메시지가
왔습니다.

메시지가

읽음

왔습니다.

읽음

읽음

조피 크라머 지음
강민경 옮김

SMS FÜR DICH

읽지 않음

수신자 없는 문자 한 통으로 시작된
사랑을 잃은 여자와 사랑을 잊은 남자의
러브 스토리

읽지 않음

아마존 독일 베스트셀러
소니 픽처스 영상화,
2023년 전 세계 개봉 예정

읽지 않음

흐름출판

"잘 잤어, 사샤? 크로와상 먹을래?"

클라라는 눈을 뜨지도 않은 채로 갓 내린 커피 향을 만족스럽게 들이마셨다. 부드러운 침대 위에서 기지개를 켜며 온몸이 충만하고 나른한 기분을 느꼈다. 주말의 아침. 평일이었다면 벤이 아침식사를 준비하러 먼저 일어나지도 않았을 것이다. 어제는 아주 늦게 잠들었다. 자주 찾는 이탈리안 레스토랑에서 걸어와 집에 도착한 건 거의 새벽 4시가 다 되어서였다. 로제 와인 두 병과, 가게 주인인 베포가 여느 방문객들에게 그러듯이 매력적인 미소를 띠며 권하던 식후주 라마초티를 몇 잔이나 마셨다. 집 계단참에 도착했을 땐 휘청대며 걸어오느라 발이 아픈 클라라를 벤이 안아 들고 2층까지 옮겨야 했다.

벤은 쟁반을 옆에 놓고 조심스럽게 침대 옆자리에 앉았다. 그의 입술이 부드럽게 클라라의 얼굴 위로 내려앉았다.

"솔직히 식사보다 다른 걸 더 하고 싶은데."

벤이 클라라의 귀에 대고 속삭였다. 클라라는 점점 의식이 또렷해졌다. 벤의 짧게 정돈된 까칠까칠한 수염이 쇄골에 닿는 것이 느껴졌다. 벤의 입술이 얇은 셔츠 위로 천천히 미끄러졌다. 벤이 자신을 이렇게 깨워주는 게 클라라는 좋았다. 벤의 단단한 몸을 가까이에서 느낄수록 그녀는 보호받는다는 기분이 들었다. 그런데 오늘은 뭔가 다르다. 벤의 몸이 지나치게 가볍다. 클라라에게 안정감을 주는 벤의 냄새도 거의 느껴지지 않는다.

클라라는 최면 상태에 빠진 사람처럼 머뭇거리다 천천히 눈을 떴다. 그리고 한순간에 잠에서 깨어나자마자 모든 것이 낯설게 느껴졌다. 마치 전혀 다른 시간대에 갇힌 기분이었다. 클라라는 곧, 잔인한 현실로 돌아왔다. 벤이 없는 세계로. 벤은 다시는 클라라의 곁에 나타나지 않을 것이다. 꿈이었겠지.

꿈을 꾼 게 얼마 만일까. 기억이 나지도 않을 만큼 오래전이다. 지난 두 달 하고도 닷새 동안은 웃은 적조차 없다. 다시 웃기 위해 무던히 애써 봤지만 말이다. 이제는 클라라의 엄마도 딸을 더 지치게 만드는 위로의 말을 건네지 않는다.

사랑하는 벤이 1월의 어느 날 발코니에서 추락해 죽은
이후 클라라는 계속 그런 기분을 느끼고 있다. 내버려진
기분, 혼자 남겨진 기분, 압도당할 만큼 거대한 그림자 형
상의 온갖 상념들에 쫓기는 기분. 밤에는 더욱 심했다. 클
라라는 위태롭고 꿈도 없는 잠에서 여러 번 깨곤 했다. 그
러나 수면과 각성 사이, 클라라는 스스로를 예전의 자신이
라고 느끼는 행복한 찰나의 순간을 경험한다.

벤이 죽기 전만 해도 클라라는 자기주도적인 여자였다.
친구들 사이에서도 유별난, 연애에 흥미도 없고 감정적이
지도 않은 사람이었다. 클라라의 합리적이고 강인한 면모
에 벤은 첫눈에 반했다. 주변 사람들 눈에 그들의 모습은
너무나 달랐지만, 그래도 두 사람이 함께 있으면 서로가
서로의 부족한 부분을 채워주는 완전하고 아름다운 그림
이 되었다.

두 사람은 다투고 난 후에도 얼마 지나지 않아 다시 화
해했다. 처음에는 한껏 기가 죽은 목소리로 자기 자존심을
지키기 위한 변명을 늘어놓다가, 결국에는 더욱 친근하고
가까운 스킨십으로 이어졌다. 대개는 방 두 개짜리 안락한
집 안에서 잡기놀이가 벌어졌고, 그 끝은 늘 클라라가 지
친 상태로 벤의 품 안에 폭 안기는 것이었다. 그런 다음 벤

은 클라라의 마른 몸을 더듬어 옆구리를 간지럽혔고 흥분한 클라라는 간지러움을 견디지 못해 새된 소리를 지르곤 했다. 벤은 클라라의 귓불 바로 아래쪽 가느다란 목덜미에 부드럽게 키스할 때마다 애정 어린 말을 속삭였다. 그럴 때마다 벤은 나지막하게 클라라를 '사샤'라고 불렀는데, 그건 클라라만 아는 이름으로, '사랑하는 사람'을 줄여 애교스럽게 바꾼 애칭이었다. 그 말을 들으면 클라라의 녹색 눈이 반짝였고 두 사람은 바로 사랑을 나누었다. 연애를 하는 3년 동안 둘은 언제나 막 사랑에 빠진 커플처럼 다정하고 친밀했다.

그 일이 일어나던 날, 벤이 머리끝까지 화가 나서 이성을 잃고 집 밖으로 나가며 '쾅' 닫은 문이 울리던 소리가 아직도 클라라의 귓가에 남아 있다. 그가 처음이자 마지막으로 행선지도 알지지 않고 사라진 날이었다.

클라라는 혼자 남겨졌지만 가장 친한 친구인 카트야에게 벤이 서른두 살이나 됐는데도 철이 없고 책임감도 없다며 토로할 정도로 마음이 가벼웠다. 하지만 이젠 당시를 떠올리면 온몸을 받치고 있는 기둥이 전부 무너지는 것처럼 괴롭기만 했다.

그날 클라라는 벤에게 따끔하게 화를 내야 할지, 아니면 평소와 달리 자신 또한 하룻밤 동안 집을 나가 있어야 할지에 대해 카트야와 이야기를 나누면서도 계속해서 휴대전화를 지켜보고 있었다. 벤에게서는 아무 소식이 없었다. 벤은 시간이 날 때면 늘 클라라에게 문자를 보냈었다. 대학에서 강의를 듣다가 쉬는 시간이 되었을 때도, 밴드 멤버들과 놀러 나갔을 때도, 친구인 카르스텐과 밤새 술을 마실 때도. 클라라가 불평할 기회조차 주지 않겠다는 듯이 벤은 배려 깊게 자신의 '샤사'를 달래는 문자를 보냈다. 어쩔 때는 곧장 집으로 돌아와 초인종을 누르기도 했다.

두 사람이 '치어스'라는 펍에서 처음 만난 날, 클라라는 벤 룽게라는 사람이 천하의 바람둥이이며 뤼네부르크의 아름다운 여자들만 보면 눈이 돌아가는 남자라는 소문을 듣고 회의적인 기분에 사로잡혀 있었다. 벤은 자신의 문자를 보여주며 오직 클라라하고만 진지한 만남을 이어가고 있다는 걸 확인시키기 위해 필사적이었다. 그는 자신의 애정을 증명이라도 하려는 듯 클라라를 떠올릴 때마다 문자를 보냈었다. 그러나 그 끔찍한 일이 일어난 이후로 클라라는 초인종 소리도, 문자 메시지 도착음도 듣지 못했다.

벤은 더이상 클라라에게 연락하지 않는다.

그는 영원히 침묵하게 되었다.

클라라

클라라는 아침부터 초조했다. 오늘은 벤의 장례식 이후 첫 출근을 하는 날이었다.

의사는 진단서를 일주일치 더 써주겠다고 말했지만 클라라는 쉬는 동안 평범한 일상과 잘 짜인 일과가 그리웠다. 밤이 새도록 뜬눈으로 침대에 누워 있거나 늦은 오후까지 침대에 머물러도 제대로 쉬었다는 기분이 들지 않는 나날은 더 견딜 수 없었다. 자신이 말라 비틀다 못해 썩어 문드러진 빵 쪼가리가 된 기분이었다. 휴가 초기에 카린이 그녀를 억지로 끌고 나가 매일 오후에 짧은 산책이나마 하도록 만들지 않았다면 클라라는 아직도 집밖에 나설 엄두

11

를 내지 못했을 것이다.

비상용으로 쌓아둘 캔 수프를 사러 처음으로 혼자 장을 보러 간 날, 클라라는 모든 사람들이 자신의 얼굴에서 고통을 읽어내는 것 같은 느낌에 사로잡혔다. 계산원은 자신과 눈도 마주치려 하지 않는 듯했다. 클라라는 그 자리에서 목 놓아 외치고 싶은 충동에 시달렸다. '그래요, 내 남자 친구가 죽었어요! 그리고 아무도 그 이유를 몰라요!'

물론 클라라에게 용기를 북돋아 주거나 적어도 또 다른 슬픔을 안겨주지는 않는 따스함이 클라라를 바깥 세계와 연결하기도 했다. 사장인 니클라스는 매주 전화를 걸어 클라라의 상태를 물었고 그녀에게 회사일은 걱정할 것 없다고 말했다. 동료인 안트예가 클라라의 일을 모두 맡아 처리하고 있으며, 그렇다고 이 회사 최고의 그래픽 디자이너 자리를 가로채지는 않을 거라고. 어차피 안트예는 광고 일에 큰 열정이 없었다. 클라라가 어떻게 그렇게 헌신적으로 커리어에 모든 것을 걸 수 있는지 이해하지 못한다는 사실은 클라라도 알고 있다.

지금까지 클라라는 벤과 집에서 오붓한 시간을 보내거나 그와 함께 하는 삶에 만족하기보다 누가 시키지 않아도 혼자 사무실에 남아 야근을 하는 일이 잦았다. 그녀는 늘 일을 완벽하게 처리했고 고객들에게 그다지 내키지 않는 초안 하나보다는 아주 훌륭한 대안 두 개를 제시하기를 원했다. 고객이 작업 결과물을 최종 낙점하는 것이 그녀에게는 가장 큰 기쁨이었다. 하지만 클라라는 보통 아무런 감탄사도 내지 않고 아주 짧은 시간 동안만 성공을 음미하곤 했다.

'인생은 원래 혼자 사는 거야'라고 클라라는 생각했다. 초안을 짜는 데 몰두하고 있을 때면 몇 시간 동안이나 최면에 빠진 상태가 되었다. 그러나 지금은 도무지 그런 기분을 느낄 수 있는 상태가 아니었다. 그 아름다운 세상으로 가는 길을 현실이 무자비하게 막아버렸기 때문이다.

클라라는 일을 하면서 모든 것이 나아지길 바랐다. 사무실에서는 정신을 똑바로 차려야 한다. 그날 밤 벤에게 도대체 무슨 일이 일어났던 건지 그리고 앞으로 벤 없이 어떻게 살아갈지, 시도 때도 없이 골똘히 생각해서는 안 된다고 다짐하고 또 다짐했다. 하지만 클라라는 잠시라도 벤과 그의 죽음에 얽힌 생각에 잠기지 않으면 양심의 가책에 짓눌렸다.

주말에 할머니와 뤼네부르크에 있는 쿠어공원을 산책하던 도중 클라라는 갑자기 짧은 작별인사만 남기고 집으로 내달렸다. 사진을 봐야만 했기 때문이다. 벤의 얼굴을 잊어버릴까 걱정이 되어 점점 사라져가는 기억의 조각을 곧장 움켜쥐어야 했다. 옆구리 통증을 느끼며 겨우 집에 도착한 클라라는 책장에 꽂힌 앨범을 전부 꺼내 앨범 페이지를 거칠게 넘기며 벤의 가장 잘 나온 사진만 골라 바닥에 늘어놓았다.

사무실 책상에 벤의 사진을 하나 세워둬야 할까? 그가 자신의 매력이 조금이나마 묻어나는 얄미운 웃음을 짓고 있는 사진을? 동료들은 어떤 반응을 보일까?

클라라는 사람들이 왠지 모르게 자신을 피하는 듯한 그 묘한 기분이 싫었다. 그리고 다른 사람들이 괜스레 당황하도록 만들고 싶지도 않았다. 그중에서도 최악은 아는 사람들이 간단한 말로 위로를 건네다가 내뱉는 어색한 표현들이 아니라, 밖으로 나오지 않고 머무는 말들이라고 클라라는 생각했다. 그런 말들이 오히려 더 굴욕적이었다. 카린의 집에 놀러 와 있던 이웃 여자는 어느 날 아무런 기별 없이 나타난 클라라와 마주쳤을 때 갑자기 벌떡 일어나 말한마디 없이 부엌을 나가 사라졌다.

회사 사람들은 오늘이 클라라의 휴가 후 첫 출근 날이라는 사실을 모두 알고 있을 것이다. 클라라는 하루가 잘 지나가길 바라며 뤼네부르크 산업단지에 있는 사무실 건물의 유리문을 밀었다. 일상 업무의 무게가 갑자기 덮쳐오기 전에 잠시나마 사무실에 다시 익숙해지려고 클라라는 평소보다 일찍 집을 나선 터였다. 엘리베이터에서 내리자 초조함이 더욱 엄습했는데, 사무실이 있는 층의 로비가 위압적일 정도로 조용했기 때문이다. 리셉션 담당인 비올라도 출근 전이었다.

사무실 문도 닫혀 있자 클라라는 이상한 생각이 들었다. 뇌가 벌써 퇴화해서 일요일을 월요일로 착각한 걸까? 하지만 니클라스의 호화로운 스포츠카 스파이더 카브리오는 입구 바로 앞에 주차되어 있었다. 사장은 이미 출근을 한 모양이었다. 사장실 문이 닫혀 있어서 클라라는 나중에 인사해야겠다고 생각했다.

"짜잔!"

클라라가 사무실 문손잡이를 돌리자마자 사무실에서부터 각기 다른 목소리가 터져 나왔다. 직원들이 클라라의 책상을 반원으로 감싸고 서서 기대에 찬 시선으로 그녀를 바라보았다. 클라라가 쓰는 맥 컴퓨터에는 "어서 와!"라는 글귀가 쓰인 배너가 붙어 있었다. 책상은 다채로운 봄꽃다발이 꽂힌 커다란 유리 화병으로 장식되어 있었다. 클라라가 입을 열기도 전에 니클라스가 운을 뗐다.

"아침 일찍 깜짝파티를 한 게 탁월한 선택이었던 것 같네요. 클라라, 어서 와요!"

그는 헛기침을 하더니 어색한 시선으로 직원들을 둘러

보았다.

"에헴. 음, 우리는 클라라가 다시 돌아와서 기쁠 따름입니다. 그리고 오래 봐 온 사이로서 클라라가 이런 자리에서 주목받기를 좋아하지 않는다는 걸 잘 알고 있으니까 여기서 말할게요. 그냥 이런 말을 하고 싶네요. 여기 있는 모두가 당신이 돌아온 걸 환영합니다! 자, 그럼 이제 다시 일하러 가자고요, 모두들."

직원들이 잠시 박수를 치다가 순식간에 흩어졌다. 안트예만이 클라라에게 다가와 가벼운 포옹으로 인사했다. 클라라는 마음 깊이 감동했고, 눈물을 꾹 참아야만 했다.

"고마워요."

클라라가 나지막이 말했다. 안트예는 눈을 동그랗게 뜨며 되물었다.

"에이, 뭐가요?"

클라라는 어깨를 으쓱하고 웃어 보였다. 몇 주 만에 처음으로 짓는 웃음이었다.

스벤

잠이나 조금 더 잘걸! 스벤은 사람이 꽉 들어찬 란둥스
브뤼케 방면 전철에서 맞은 편 사람의 입에서 나는 마늘
냄새를 맡으며 일찍 일어난 걸 후회했다. 그 남자 때문에
커피의 아몬드 향과 우유 거품을 즐기던 기분이 꽉 상해버
렸다. 스벤은 안 그래도 좋지 않은 공기를 동료와 연신 큰
목소리로 떠들어대며 구취를 풍겨 더욱 더럽게 만드는 뚱
뚱한 남자는 물론이고, 벌써 두 달 반이 넘게 지나도록 여
전히 자전거를 고치지 못한 스스로에게도 화가 났다. 변명
의 여지는 없지만 궁색한 이야깃거리는 몇 가지 있다. 엄
청난 양의 알코올과 서글프고 씁쓸한 여자관계, 내면의 열
정을 이끌어내기에는 별 효과가 없어서 그저 스러져버린
외부 자극 따위들 말이다.

스벤은 늘 자신이 운이 좋은 놈이라고 생각했다. 하지만
3년쯤 전부터 일이 안 풀리기 시작했다. 경제부 기자인 스
벤은 주변에서부터 날아오는 수많은 존경과 칭찬을 즐기
고 있었지만 최근에는 잘 나가는 경제계 거물들을 인터뷰
한다는 것만으로는 누구에게도 인정받기 어려웠다. 스벤
을 가장 인정하지 못하는 사람은 스벤 자신이었다. 편집국
에 앉아 있을 때도 날카롭고 참신한 제안서나 논평을 내놓

아 편집국장이나 동료들의 감탄을 자아내기보다 딴생각을 하기 바빴다. 주변 사람들은 스벤에게 대체 무슨 일이 생긴 건지 궁금해했다.

대학에서 경제학을 전공할 때도 스벤은 모두가 우러러보는 존재이자 이상향이었다. 정치활동도 활발히 했고 친구도 많았고 항구의 공기를 맛보려고 매일 운동도 했다. 그것도 알토나(독일 함부르크 주 북서쪽 지역 – 옮긴이)의 주민 대부분이 비몽사몽으로 침대에 누워 있을 이른 아침 시간에.

피오나와 헤어진 일 때문에 무기력증에 빠진 건가? 하지만 스벤은 그 일을 지금의 상황과 연관 짓고 싶지 않았다. 자신에게는 문제를 제어하고 해결할 능력이 없다고 시인하는 꼴이기 때문이었다. 스벤은 오히려 피오나를 그렇게 사랑하지는 않았었다고 되뇌었다. 그렇게라도 하지 않으면 이미 오래전 일임에도 피오나가 그녀의 미니 쿠퍼에 기대어 다른 남자의 목에 팔을 감고 열렬히 키스하고 있던 장면이 선명하게 떠올랐기 때문이었다.

어쩌면 스벤이 제자리걸음을 하며 아직도 앞으로 나아가지 못하는 건 스스로에 대한 분노 때문인지도 모른다. 그는 분노를 극복하기보다는 왜 그때 골목에서 자전거로 박차고 나아가 두 사람 사이를 가르고 지나갈 용기를 내지 못했는지 스스로에게 반문하며 짜증을 냈다. 그 망할 놈에게 피오나가 누구 여자인지 정확히 보여줬어야 했다.

어쩌면 스벤 자신이 그 전부터 일을 망치고 있었는지도 모른다. 피오나는 늘 스벤이 연인인 자신을 얼마나 소중히 생각하는지 절대 표현하지 않을 것이라고 호언장담했는데, 그녀가 옳았는지도 모른다. 스벤의 동료인 힐케 또한 갑자기 웬 놈이 나타나 피오나를 만난 것은 피오나가 스벤과 함께 살던 집에서 나간 원인이 아니라 그저 계기일 뿐이라고 정확히 지적했다.

스벤은 힐케를 좋아하고 신뢰하지만 이 문제에 대해서만큼은 그럴 듯한 이유 없이 힐케에게 털어놓고 싶지 않았다. 힐케는 스벤에게 남매나 다름없었다. 같이 일하던 몇 년 동안 힐케가 스벤을 실망시킨 적은 한 번도 없었다. 물론 상처를 준 적은 있지만 못된 의도가 있어서는 아니었다. 다만 힐케가 자신의 개방적이고 가식 없는 모습을 감쌀 줄 몰라 노골적인 말로 스벤의 정곡을 찔러댔던 것이다. 6층에 있는 사무실을 나눠 쓰며 함께 일하는 내내 힐케의 말은 스벤을 매번 깊은 생각에 빠뜨렸다. 그녀는 남의 약점을 건드리는 데 있어서 타고난 사람이었다.

"스벤 씨는 이젠 더는 기분 좋게 섹스할 수 없으니까 저기압인 거야."

지난 월요일, 스벤이 거친 말투로 어떤 이메일에 대해 욕하고 있을 때 책상 너머로 힐케가 던진 말이다.

"다음 주에도 인생의 소중한 시간을 그 정신 나간 친구들이랑 인터넷으로 시시덕거리는 데 낭비하면 나는 더이상 스벤 씨를 좋아하지 못할 것 같아!"

스벤은 그 말에 싱긋 웃었지만, 힐케는 그렇게 용기 있는 말을 내뱉고 난 후 어색한 침묵에 빠졌다. 이번에는 선을 넘었다는 걸 힐케 자신도 알고 있었다. 스벤의 가장 큰 약점인 컴퓨터 게임 '월드 오브 워크래프트'를 직접적으로 건드렸기 때문이 아니다. 지나치게 친근한 말투를 사용했기 때문이다. 스벤은 헛기침을 하고는 다음 주 토요일에는 어차피 아버지 집에 들러야 하기 때문에 게임을 할 시간이 없다고 웅얼거렸다. 스벤은 아버지 집에 찾아갈 시간에 자전거를 고치거나 적어도 수리하는 곳에 맡기는 게 나을 거라고 생각하며, 재미도 없고 관심도 없는 내용으로 가득한 신문에 코를 박았다.

3월치고는 따스한 날씨였지만 스벤은 여전히 오래된 갈색 가죽장갑을 끼고 있었다. 이미 다른 수천 명의 사람들이 만진 자리를 맨손으로 만지고 싶지는 않았다. 문과 문 사이의 비좁은 공간에 사람들이 밀어 넣어져 옹기종기 서 있는 상황에 구역질이 났다. 전철에서 내리면 다 식어 빠진 커피를 버려야겠다고 생각했다.

　매주 월요일 아침마다 그는 자신의 지금 삶이 얼마나 가엾고 측은한지를 뼈저리게 느꼈다. 힐케가 밝은 목소리로 인사하며 주말에 어떻게 지냈는지 물어도 스벤은 자신이 원래 계획하고 있던 일을 단 하나도 하지 못했다는 사실을 기억에서 지우기 위해 애써 거짓말을 꾸며내야 했다. 예를 들어, 고장 난 자전거 기어를 고친다거나 조깅을 한다거나 친구 베른트와 맥주를 마시러 술집에 간다거나 하는 일을 하나도 하지 못했다. 아버지에게도 연락하지 않았다. 스벤은 아버지에게 전화해서 대체 무슨 이야기를 해야 할지 몰랐다.

　전철에서 내려 잡지사 쪽으로 이동하면서 스벤은 다른 통근자들 때문에 증발한 공기를 다시 몸속으로 불어넣으려는 듯 몇 번이고 심호흡했다. '뭔가가 바뀌어야 다시 삶의 활기를 느낄 수 있을 텐데'라고 스벤은 생각했다. 그러나 어떻게 하면 변화를 일으킬 수 있을지 전혀 감이 잡히지 않았다.

클라라

밤에 침대에 눕고 나서야 휴가 이후 첫 출근일을 떠올리며, 클라라는 그날 오전 니클라스가 단 하나 남아 있던 올바른 선택지를 택했다는 사실을 알아챘다. 지난 며칠 동안 클라라가 걱정하며 끙끙 앓던 일을 니클라스가 진심 어린 환영 인사로 해결하고 클라라의 등장을 가볍게 만들어주었다. 사무실의 모든 사람이 가라앉은 눈으로 자신을 쳐다보았을 장면을 상상하면 끔찍했다.

갑자기 클라라의 얼굴에 미소가 번졌다. 클라라는 예전부터 자신의 상사가 고객을 끌어당기는 힘을 갖고는 있지만, 창의적이고 똑똑하지는 않다고 생각해왔다. 그런데 오늘은 니클라스가 아주 좋은 아이디어를 떠올린 것이다.

클라라는 오랫동안 알고 지내던 사람들이 준 신선한 감동 덕분에 편안한 하루를 보냈다고 생각하며 오래간만에 기쁜 마음으로 잠자리에 들었다. 누군가와 꼭 이야기를 나누고 싶은 기분이 들었다. 하지만 할머니에게 전화를 걸기에는 너무 늦은 시각이었다. 그렇다고 카트야에게 전화를 걸면 곧장 의미 없는 수다로 빠져들 것이다.

예전에는 벤에게 모든 이야기를 털어놓았다. 오늘 일어난 일을 벤에게 털어놓을 수 있다면 얼마나 좋을까. 오늘 클라라는 회사가 자신을 얼마나 필요로 하고 있는지 증명했다. 내일 아침에는 일찍부터 중요한 계약을 위한 회의에 참석할 것이다. 클라라에게는 기분 좋은 일이었다. 조금이나마 정상적인 일상을 되찾은 것 같았으니까. 클라라는 두 번 생각할 것 없이 재빨리 휴대전화를 집어 들고 벤에게 문자를 보냈다. 손가락이 떨리고 심장이 두근거렸다.

자기야! 도대체 어디 있어? 잘 지내는 거야? 당신은 곁에 없지만 난 오늘 처음으로 다시 웃었어. 영원히 사랑해. 당신의 사샤가.

클라라는 매일 밤 마시는 과일차를 한 모금 마신 다음 만족스럽게 고개를 끄덕이고 송신 버튼을 눌렀다.

스벤

저 거만한 자식!
편집장이 아무 말도 없이 눈썹만 위로 휙 올리고 책상

위에 던져버린 독일 경제연구소 연구에 대한 기사 인쇄물을 스벤은 돌처럼 굳은 채 노려보고 있었다. 스벤은 여태까지 자신이 쓴 기사가 별달리 수정할 것 없이 통과되는 데 익숙했다. 원고를 두세 번씩 교정할 필요가 없도록 편집부 회의에서 정해진 내용이나 중점적인 변경 사항 등을 대부분 잠자코 따르며 수긍하는 편이기 때문이다. 그런데 이 기사는 이미 마감 기한이 지났음에도 처음부터 다시 손봐야 했다.

'전체적으로는 흥미로운 초안. 그러나 논점 잘못됨! 브라이딩.' 편집장 발터 브라이딩은 6쪽 전체에 대각선으로 줄을 그어놓았을 뿐만 아니라 마지막에 의견을 딱 한 줄만 남겨두었다. 스벤이 처음 겪는 일이었다. 하노버 알게마이네 신문사에서 수습을 할 때에도 없었던 일이다. 런던의 뉴스 오브 더 월드 매거진에서 일할 때에도!

하지만 힐케에게 브라이딩에 대한 불만을 불꽃처럼 뿜어내기도 전에 스벤은 이번에는 자신이 정말로 형편없는 기사를 썼다는 걸 분명히 깨달았다. 어제 저녁 집에서 바롤로 와인을 한 병 마시며 작성한 인생의 목표만큼이나 대충 쓰인 기사였다. 힐케가 스벤에게 향후 몇 년 동안 이루고 싶은 인생의 목표를 작성해보라고 조언했다. 힐케는 그 방법이 효과가 좋을 것이라고 장담했지만 스벤은 좀처럼 목표를 작성하지 못했다. 대신 그 시간에 기사를 썼다. 자료 조사가 부족했던 탓에 기사의 논조가 자신의 입맛에 맞게 왜곡됐다는 사실을 스벤은 인정해야 했다. 그건 브라이딩이 절대 못 본척 지나칠 수 없는 수준이었을 테고, 결국 기사를 퇴짜 놓는 것 외에는 방법이 없었을 것이다.

"보아하니 양념이 부족하다는 것 같은데?"

힐케가 고소하다는 듯이 웃으며 깐죽댔다. 힐케는 모니터에서 눈을 떼지도 않고 브라이딩이 전하고자 하는 말이 무엇인지 정확히 알겠다는 듯 말했다.

"아니."

스벤이 고집스럽게 대답했다.

"오히려 메인 요리가 부족하다는 것 같은데."

"나 좀 보여줘!"

힐케가 종이를 뒤적이더니 측은한 목소리로 말했다.

"야근 당첨이네. 도와줄까?"

"한밤중이 돼도 획기적인 아이디어가 안 떠오르면 전화할게."

스벤은 그렇게 대답하며 오른쪽 입꼬리를 올렸다.

"그래, 그러면 우리 남편이 참 좋아하겠다."

힐케가 빈정거렸다.

"걱정 마. 힐케 씨 결혼 생활에 해를 끼치지는 않을 테니까."

"무슨 소리야. 겨우 그걸로 위기가 닥치진 않는다고. 알고 있으면서."

힐케는 사뭇 자랑스럽게 말했다.

"그래. 그게 의문이야. 어떻게 결혼하고 몇 년이 지났는데도 생활이 잘 굴러갈 수 있는지…."

스벤은 말에 질투심이 묻어날까 우려했다. 하지만 정말로 이해할 수 없는 일이었다.

"핵심은 바로 사랑이야. 사, 랑. 스벤 씨가 사랑이 뭔지나 알겠어?"

힐케가 의도적으로 노린 건 아니겠지만 그 말은 스벤의 마음속 어딘가를 쿡 찔렀다. 스벤은 잠자코 있었다.

"아무튼 연애 문제든 다른 문제든 긴급하게 도움이 필요하면 언제든 전화 해. 아니면 내일 봅시다."

"그래, 고마워. 퇴근 잘하고."

이미 자정이 지났지만 스벤은 아직도 컴퓨터 앞에 앉아 있었다. 그 사이에 청소부가 다녀가지 않았더라면 스벤은 앉은 자리에서 단 1센티미터도 움직이지 않았을 것이다. 청소부는 그저 스벤의 주변에서 청소기를 돌리고 가능한 조용히 그의 쓰레기통을 비웠다.

스벤의 모니터에서는 아무것도 진척되지 않았다. 기사를 새로 쓰고 싶은 마음이 전혀 일지 않았다. 일을 하는 대신 스벤은 의자에 앉아 창문 너머로 보이는 하펜시티의 대규모 건축 현장을 바라보며 생각에 잠겼다. 목덜미가 불편했고, 어깨뼈 윗부분이 아팠다. 참을 수 있는 정도였지만 불쾌감이 들었다.

바깥은 이미 어두워진 지 오래였다. 창에 스벤의 진지한 얼굴이 비쳤다. 그는 지금 보이는 자신의 모습이 마음에 드는지 자문했다. 몸매는 만족할 만한데 얼굴은 그렇지 않다. 스벤은 자신이 못생기지도, 특별히 잘생기지도 않은 평균적인 외모라고 생각한다. 여태까지 사귄 여자 친구들은 자신의 눈을 가장 마음에 들어 했다. 어머니의 눈도 밝은 파랑색이었다. 스벤이 네 살 때 어머니가 세상을 떠났기 때문에 그는 자신이 눈 외에 그녀의 어떤 점을 또 닮았는지 알지 못했다.

피오나는 늘 스벤의 눈이 시베리안 허스키의 파란 눈처럼 빛난다고 말했다. 위협적이지만 마음을 빼앗길 정도로 아름답다고. 그의 눈빛이 섹시하다고도 했다. 하지만 정작 스벤에게는 자신의 눈빛이 생기 없이 창백해 보였다. 머리숱도 점점 줄어들고 있었다. 42년 인생에서 처음으로 스벤은 자신이 늙었다고 생각했다. 여자를 만나면 혹은 가정을 꾸리면 뭔가가 달라질까? 하지만 곧 로맨틱한 판타지에 빠져서는 안 된다고 스스로를 질책했다. 로맨틱한 환상은 이제나저제나 실망으로 남을 뿐이다.

지금껏 인생에서 영원한 사랑은 없었다. 그리고 앞으로도 나타나지 않을 거라고 스벤은 굳게 믿었다. 피오나와는 둘이 함께하는 미래를 꿈꾸기도 했다. 그러나 언젠가 연애의 모든 아름다운 단면이 은밀하고 돌이킬 수 없는 곳으로 사라질 날이 오리라는 건 분명했다. 인간은 한 사람하고만 평생을 보내도록 만들어진 존재가 아니다. 수많은 B급 영화나 책들이 끊임없이 그 반대를 주장하고 있다 하더라도 말이다.

그때 휴대전화가 울렸다. 이렇게 늦은 시간에 문자를 보낸 사람이 도대체 누구인지 확인하려고 가방을 뒤적였다. 스벤의 기분을 조금이나마 밝게 만들어주려고 힐케가 남편과 함께 잠자리에 들기 전에 보낸 문자 메시지일 것이다. 스벤은 힐케와 그 남편의 관계가 부럽다고 생각했다. 하지만 문자를 읽고 나자 스벤은 그것이 자신에게 온 문자가 아니라는 걸 깨달았다. 아무래도 가망 없는 로맨티스트가 메시지를 잘못 보낸 것 같았다. 그럼에도 내용에는 공감했다. 사랑에 빠진 사람은 바보가 된다. 사랑에 빠지지 않은 사람은 무뎌진다.

클라라

"이건 어떤 신호인 게 분명해!"

"뭐?"

수화기 반대편에서 카트야가 다소 짜증이 난 듯 느릿한 목소리로 말했다.

"다시 천천히 말해봐. 대체 무슨 말인지 모르겠어. 일단 내가 잠에서 좀 깨야 할 것 같아."

클라라는 오래된 벨벳 후드 재킷을 급하게 걸치고 맨발 바닥이 차가운 타일 바닥에 닿지 않도록 부엌 창문턱에 다리를 올려 쪼그리고 앉았다. 클라라는 카트야가 구급차를 부르거나 웃음을 터뜨리는 것은 아닌가 싶어 안절부절못하며 두려움에 떨었다.

"클라라, 다시 한 번 처음부터 이야기해봐. 일단 숨을 깊이 들이쉬고, 내쉬고. 천천히, 무슨 일이 일어난 건지 말해봐."

"그놈의 불이 나가버렸다니까!"

클라라는 다시 설명하다가 신경이 매우 곤두선 것처럼 들리는 자신의 목소리에 놀랐다.

"내가 벤한테 문자를 보냈는데, 전송 완료라는 문구가 뜨자마자 침실 불이 나가버렸다고!"

"네가 뭘 했다고?"

"아무것도 안 했어! 난 아무 짓도 안 했다고. 뭔가 나쁜
일이 일어날 징조라니까!"

"아니, 내 말은, 네가 벤한테 문자를 보냈다고?"

클라라는 침을 꿀꺽 삼켰다. 또 울부짖고 싶지 않았다.
오늘만은, 성공적인 하루를 보낸 오늘만큼은. 클라라는 스
스로를 다독이고 태연하게 들리도록 목소리를 꾸며냈다.

"그래, 그게 멍청한 짓이었다는 건 나도 알아. 그런 미
친 짓을 한 건 이번이 처음이기도 하고. 정말이야! 하지만
그러고 싶었어. 근데 문자를 보내자마자 갑자기 깜깜해졌
다고!"

클라라는 자신의 목소리가 다시 커진 것을 느꼈다.

"흠. 그러니까 네가 문자를 보내고, 갑자기 어두워졌다
는 말이지?"

카트야가 당황한 목소리로 물었다.

"맞아."

"네가 직접 불을 끄지 않은 게 확실해?"

"카트야! 제발! 너희들이 다들 내 상태가 아직 안 좋다
고 생각한다는 건 알아. 그렇다고 내가 바보는 아니라고!"

"음, 뭐, 조금 기분 나쁜 일이기는 하네⋯."

카트야는 혼잣말을 하듯이 낮은 목소리로 중얼거렸다.

"내 말이 그 말이야. 너무 깜짝 놀라서 스위치를 엄청 세게 눌렀다니까. 그랬더니 다시 밝아졌어. 그 말은, 전등이 고장 난 게 아니란 뜻이야."

"그럼 아무 문제도 없는 거네."

수화기 저편에서 카트야의 하품 소리가 들렸다.

"문제가 있다니까!"

스스로도 이해할 수 없었지만 클라라는 이제 울먹이고 있었다.

"클라라, 들어봐. 내일 필요한 것들 챙겨서 우리집으로 와서 같이 자는 게 어때? 내가 데리러 갈게. 알겠지?"

"말은 고맙지만 그렇게는 못해. 내일 아침 일찍 나가야 해서."

"그럼 얼른 자. 이불 둘둘 감고. 그 전에 핫초코라도 만들어서 한 잔 마셔 봐. 크림도 꼭 넣고! 보나 마나 오늘도 수프 한 접시로 겨우 버틴 거 아니야?"

한숨이 나왔다. 클라라의 할머니도 계속해서 그 점에 대해 잔소리를 해댔다. 지난 주말, 클라라가 할머니 댁을 찾아갔을 때, 할머니는 어떻게 해서든 손녀를 '통통이'로 만들기 위해 안달이었다.

예전에 클라라는 몸에 군살이 붙을 때마다 짜증이 났다. 하지만 지금은 점점 사라져가는 식욕 때문에 조금씩 걱정이 되고 있었다. 장례식으로부터 몇 주 지났을 때는 클라라의 엉덩이 주변부에 살짝 봉긋하던 살이 감쪽같이 사라졌다. 벤이 떠난 다음부터 클라라는 무엇을 먹어도 즐거움을 느끼지 못했으며 얼마 되지 않는 음식도 억지로 삼켜야 했다. 가끔 토요일에는 자동차를 타고 대형 슈퍼마켓에 가서 통조림 수프와 탈지유를 샀다. 먹기 위해서가 아니라, 벤과 조금이라도 가까이 있는 기분을 느끼고 싶어서였다. 벤은 토요일 오전에 다음 일주일 치 식량을 사러 넓은 슈퍼마켓을 이리저리 돌아다니는 걸 좋아했다. 그는 항상 같이 가자고 클라라를 꾀어낸 다음 가족용으로 나온 거대한 스트라치아텔라 아이스크림(초콜릿 조각이 박힌 바닐라 아이스크림 - 옮긴이)을 사자고 말했다.

벤은 다른 사람들이 자신을 어떤 시선으로 보는지 전혀 신경 쓰지 않았다. 사람들이 붐비는 슈퍼마켓에서도 오렌지로 저글링을 하거나 냉장식품 코너 앞에 서 있던 클라라에게 갑자기 춤을 춰 보이기도 했다. 계산대 앞에서 기다리고 있을 때도 과장된 행동으로 키스를 졸랐고, 뻔뻔스럽게 클라라의 엉덩이를 꼬집어서 그녀가 큰 소리를 질렀을 때도 벤은 부끄러움을 느끼지 않았다. 그는 어떤 곳에 모습을 드러내든 곧장 시선의 중심이 되는 인물이었다. 클라라는 때때로 벤의 옆에 서 있는 것이 부끄러웠지만 대개는 감탄 어린 시선으로 그를 바라보았다.

벤은 클라라가 스스로를 이 세상에서 가장 멋지고 아름다운 여자라고 느끼며 기분이 좋아지게 만드는 걸 가장 잘하는 남자였다. 클라라를 칭찬할 때도 늘 호들갑을 떨며 흥분했다. 클라라가 가끔 가슴이 너무 작다느니 갈색에 가까운 금발이 지루하다느니 불평을 할 때면 벤은 그 모든 점을 바꿔 말하며 클라라가 가장 특별한 여자라고 칭찬을 퍼부었다.

그런 벤이 어떻게 클라라의 곁을 떠날 수 있었을까? 그토록 클라라를 사랑했는데? 클라라는 내면의 절망감이 점점 고조되는 것을 느꼈다. 카트야에게 과일 차를 한 잔 마시고 편히 쉬어야겠다고 재빨리 말하고는 전화를 끊었다. 이보다 처참한 일이 또 있을까? 연인과 함께 행복하게 지내던 한 젊은이의 인생이 비극적인 사고 한 번으로 망가져버린 사건보다 더 처참한 일이? 3년이 넘는 시간 동안 일상을 나누던 단 한 명의 연인에 대해 사실상 거의 아는 게 없었다는 느낌보다 비참한 기분이? 벤은 얼마나 오랜 시간 불안을 겪었던 걸까?

클라라는 계속해서 불쑥 나타나는 이런 마음 아픈 의문들을 무시해야 한다고 스스로를 다그쳤다. 이제 새 삶을 꾸리기 위해 온전히 집중하고 노력해야 할 시간이다. 게다가 무슨 일이 있어도 더이상은 카트야나 가족들에게 짐을 지우고 싶지 않았다. 무엇보다도 할머니와 할아버지를 더는 불행하게 만들고 싶지 않았다.

클라라는 '내가 아니더라도 할아버지 상태는 해마다 나빠지고 있으니까'라고 생각하며 양손으로 얼굴을 문질렀다. 할머니는 또 어떤가. 할아버지가 뇌졸중을 겪은 이후부터 할머니 또한 삶의 재미와 생기를 잃었다. 이제 할아버지는 안락의자에 앉아 천문학이나 역사와 관련된 책을 읽는 것 외에는 할 수 있는 활동이 거의 없었고 그마저도 금방 눈이 피로해져 오래 즐기지 못했다.

클라라는 어제 조부모님을 만나고 온 일을 생각하며 침을 꿀꺽 삼켰다. 칠순을 훌쩍 넘긴 할머니 리스베트, 할아버지 윌리와 클라라는 함께 식탁에 둘러앉아 있었다. 클라라는 할머니가 갓 구운 케이크를 맛있게 먹으면서 새삼 그녀가 참 사랑스럽다고 생각했다. 할머니는 건강미가 넘치고 강하면서도 늘 따스했다. 클라라는 할머니의 외모도, 성격도 닮지 않았지만, 할머니와 친밀했다. 클라라가 닮은 것은 오히려 아빠와 똑같이 짙은 녹색으로 빛나는 할아버지의 눈이다. 아무튼 클라라는 아빠 쪽 가족들을 더 애틋하게 느끼곤 했다. 아버지를 일찍 여의었기 때문일지도 모른다.

아버지가 대장암을 앓다가 갑작스럽게 돌아가셨을 때 클라라는 열한 살이었다. 모든 게 빠르게 지나가는 나이가 아닌가. 그래서 때때로 클라라는 아빠의 목소리나 얼굴, 냄새를 아주 희미하게 기억하는 자신이 부끄러웠다. 엄마 와의 관계가 점차 어려워지기 시작한 건 그때부터였다. 클 라라는 어떤 일이든 엄마보다는 할머니와 의논하는 편이 더 마음이 가벼웠다.

"아가, 그건 생크림이랑 같이 먹어야 한다."

할머니는 손을 뻗어 크림이 담긴 크리스털 접시를 집어 들었다.

"할머니가 만든 케이크는 크림 안 발라도 맛있어요."

클라라는 대답했지만 할머니의 말에 반항해봐야 아무 소용이 없다는 걸 잘 알고 있었다. 두 사람이 케이크를 먹 으며 평소처럼 이웃들에 관해 혹은 사기업이 도입한 폐지 수거함 문제를 주제로 수다를 떨기 시작하자 윌리는 다시 거실로 자리를 피했다.

"요즘에 할아버지랑은 어때요?"

클라라가 물으며 케이크를 한 조각 더 잘라 자신의 그 릇으로 덜었다.

"저 사람도 힘들지, 뭐. 꾸준히 가던 자전거 여행을 얼마 나 그리워하는지 몰라."

평소대로라면 할머니가 웃으며 화제를 돌렸을 테지만, 그 일요일에는 그녀의 눈빛이 가라앉았다.

"저 사람 상태가 점점 더 나빠질까 봐 걱정이구나."

"왜요?"

클라라의 심장이 갑자기 빠르게 뛰기 시작했다.

"무슨 일 있었어요?"

"특별한 일은 없어. 하지만 요즘에는 너희 할아버지가 말도 잘 안 해. 잠을 잘 못 잔 지도 꽤 오래 됐고."

"잠을 잘 못 주무세요? 또 발작이 있었어요?"

"아니, 그랬으면 내가 눈치 챘을 거야. 정기적으로 병원도 가고 있고. 내가 생각하기에는 너희 할아버지가…."

할머니는 잠시 말을 멈췄다.

"내 생각에는 너희 할아버지가 정신적으로 아픈 것 같아."

"할머니, 그건 당연한 거예요. 이제 봄이 오고 날씨도 풀리는데 할아버지는 예전에 하던 활동을 전혀 못하잖아요."

"그건 그렇지. 그런데 여태까지보다 상태가 더 나빠진 것 같은 기분이 드는구나."

"왜 그런 생각을 하셨어요?"

"그냥 그렇게 느꼈을 뿐이야."

"그러니까 도대체 뭘요?"

"그건 말할 수 없구나. 그냥 내가 느끼기엔 너희 할아버지 상태가 좋지 않은 것 같다."

클라라는 마른침을 삼켰다. 할머니가 자신에게 뭔가 숨기는 것이 있다고 짐작하면서도 더 캐묻지를 못했다.

"아가."

할머니가 한숨을 쉬었다.

"너희 할아버지가 가끔 아주 무례하게 굴곤 해. 하지만 마음속으로는 연약하고 예민하지. 아마도 너희 할아버지가…, 상황이 많이 바뀐 다음부터 그렇게 된 것 같아."

"벤이 가고 난 다음부터요?"

클라라는 어떤 대답도 필요 없다는 말투로 나지막이 물었다. 클라라는 당황했다. 할아버지가 그 끔찍한 사건 때문에 어떤 식으로든 영향을 받아 괴로워하고 있으리라고는 상상조차 하지 못했기 때문이다.

"너도 네 할아버지를 알잖니. 저이는 늘 생각이 너무 많은 사람이니까."

할머니는 그렇게 덧붙이고는 식탁을 치우기 시작했다. 클라라는 상황을 점차 이해했다. 할아버지만이 문제가 아니었다. 할머니조차 걱정과 우려를 어떻게 감당해야 하는지 알 수 없게 되어버린 것 같다. 할머니에게는 오랜 친구 몇 명과 둘째 아들이 있다. 하지만 그 아들은 자신의 가족들과 프랑크푸르트 근처에 살아서 뤼네부르크까지 오는 일이 거의 없었다. 할머니가 가득 채운 밀폐용기를 들고 식탁으로 돌아왔다.

"저는 그냥…."

클라라가 운을 뗐지만 할머니의 걱정 가득한 얼굴을 바라볼 수 없어 곧 고개를 푹 숙였다. 할머니가 클라라의 손을 꼭 잡고 말했다.

"할아버지는 널 매우 아끼고 사랑한단다. 말은 안 해도 어리고 연약한 자기 손녀가 상처받았다는 건 알고 있어."

클라라는 더이상 할머니를 걱정시키지 않겠다고 다짐했음에도 그날 나눈 대화만 생각하면 눈물이 나왔다. 하지만 그 순간에도 벤 때문에 눈물이 나는 건지 조부모님 때문에 눈물이 나는 건지는 알지 못했다. 마음 속 절망과 자기연민을 그저 따르는 것 외에 클라라가 할 수 있는 일은 없었다. 몇 주 만에 처음으로 클라라는 많이 울었다. 죄인이 된 기분이 들면서도 동시에 인생에 배신당해 부당한 대우를 받고 있다고 느꼈다.

슬픔과 공허함이 밀려오도록 내버려둘 수밖에 없는 이런 순간이 오면 클라라는 때때로 벤이 그랬듯이 자신 또한 아무도 모르게 자취를 감추고 싶었다. 하지만 그런 해결책이 독이 되었으면 됐지 더 좋은 방법은 아니라는 걸 잘 알고 있었다.

클라라가 사라지면 할머니, 할아버지 그리고 엄마는 어떻게 될까? 카트야는 물론이고 어릴 적부터 단짝 친구였던 베아도 클라라가 자신들에게 속마음을 털어놓지 않은 걸 절대 용서하지 않을 것이다. 게다가 혹시라도 할아버지가 자신 때문에 삶의 의욕을 전부 잃는다면 클라라는 더욱더 죄책감을 갖게 될 것이다.

벤이 죽은 이후 클라라는 유리감옥에 갇힌 기분이 들었다. 가족, 친구, 동료들이 클라라의 시선이 닿는 곳에서 클라라가 도움을 필요로 할 때면 언제든 나설 준비를 하고 있었다. 하지만 그들은 클라라에게 닿을 수 없었다. 클라라가 그들에게 뭐라고 말을 걸어도 그녀의 말을 제대로 이해하는 사람은 단 한 명도 없었다. 아무리 다정다감한 사람들이라도 그녀가 계속해서 벗어나야만 하는 그 감정과 상황을 언젠가부터 더이상 견디지 못하게 되리라는 걸 클라라는 본능적으로 알고 있었다. 선명한 외로움이 몸을 파고들었다. 끊임없이 이어지는 벤에 대한 생각은 클라라가 이전에 그토록 가까웠던 사람들로부터 그녀를 떼어놓았다.

다시 침대에 눕고 나서야 클라라는 겨우 안정을 되찾았다. 그 순간 단 하나의 생각이 클라라를 달랬다. '벤에게 또

한 번 문자를 보내야겠어!'

계속 자기 생각만 하고 있어. 잘 지내는지 신호라도 보내줘.
대신 날 너무 놀라게 하지는 말고! 영원히 사랑해. 당신의
사샤가.

스스로 생각하기에도 상당히 이상한 행동이었기 때문
에 조금 겁이 나기까지 했지만 클라라는 벤에게 문자를 보
내는 일을 하루를 마무리하는 의식으로 만들어 차츰 마음
을 안정시키는 습관이 되도록 해야겠다고 마음먹었다. 오
늘부터 클라라는 매일 그에게 문자를 보내기로 했다.

스벤

다음 날 스벤은 눈썹을 위로 잔뜩 치켜올리고 마치 연
극을 하듯 고상하지만 진중함이라고는 눈곱만큼도 느껴지
지 않는 목소리로 문자를 낭독했다.

"안녕, 자기야! 자기가 그 위에서 우리 할아버지를 위해

서 뭔가 해줄 수 없을까? 우리 가족이 다들 웃음을 잃었거든. 오늘따라 자기가 너무 그리워. 당신의 사샤가."

스벤은 자신이 이 문자를 웃음거리로 삼고 있다는 점을 힐케에게 분명하게 전달하고자 했다. 하지만 힐케의 반응이 왠지 마음에 걸렸다.

"너무 마음 아프다. 어린애가 필사적으로 신에게 말을 거는 것 같잖아."

힐케가 웃음기 하나 없는 얼굴로 진지하게 말했다.

"나 좀 보여줘."

그러고는 짐짓 명령투로 덧붙였다. 스벤은 마지못해 힐케에게 새로 산 자신의 아이폰을 내밀었다.

"다른 두 개는?"

힐케가 물었다.

"전부 다 읽어야겠어. 지금 당장!"

스벤은 힐케의 행동 때문에 웃을 수밖에 없었다. 힐케는 지금 스벤이 교황을 알현했다거나 엘비스 프레슬리의 부활을 목격했다고 말한 것처럼 반응하고 있었다.

"왜?"

힐케가 날카롭게 물었다.

"아무것도 아냐."

스벤은 그렇게 말하고는 상황이 재미있다는 듯 고개를

저었다.

"답장 보냈어?"

"아니. 뭐 하러?"

"이럴 수가!"

힐케가 눈을 뒤집더니 한쪽 눈썹을 휙 올렸다.

"아무리 그래도 상대방한테 번호 주인이 바뀌었으니 괜히 애쓰지 말라고는 말해줘야지. 이 사샤라는 사람은 자기가 보낸 메시지가 다른 사람한테 잘못 전달된 걸 모르고 있잖아!"

스벤은 갑자기 마음이 불편해졌다. 하지만 힐케는 스벤의 반응에는 관심이 없는 듯 말을 이었다.

"이 문자 메시지가 지금 마음이 차갑다 못해 얼음장 같은 괴물한테 도착했잖아. 이런 어린애를 상대하기에는 지나치게 비열하고 무정한 사람 말이야. 이 아이는 아픈 할아버지 때문에 마음을 졸이고 있는데!"

그 순간 스벤은 정말로 양심의 가책을 느꼈다. 나는 정말로 여자 가슴에만 관심 있는 구역질나는 인간인 건가? 스벤은 그 생각을 애써 옆으로 치우고 흥분한 목소리로 반격을 시작했다.

"들어봐. 첫째, '자기야라고 말하면서 이런 감상적인 말을 늘어놓는 어린애는 없어. 둘째, 도저히 있을 수 없는 일이지만 만약 이게 정말로 정신적으로 아픈 어린애가 보낸 메시지라면 교육적인 측면에서도 이 애가 신이나 천국에 있는 누군가를 진짜로 믿는 환상을 망칠 필요는 없어. 답장을 보낸다면 너희 할아버지를 잘 보살펴 주마라고 보내는 편이 낫다고."

힐케는 자신의 전화기가 울리자 스벤을 질책하듯 책상 너머로 재빨리 눈을 흘기고는 수화기를 집어 들었다. 스벤은 의기양양한 승리의 미소를 지은 뒤 경제 범죄와 주식시장의 내부거래와 관련된 기사로 다시 시선을 돌렸다. 하지만 그의 생각은 여전히 이상한 문자 메시지에 머물러 있었다. 언젠가 이 내용을 주제로 범죄소설을 써 봐도 좋을 것 같았다.

스벤은 상상력을 이리저리 펼치면서도 힐케가 다시 독설을 퍼붓지 못하도록 모니터를 바라보며 집중하는 척했다.

소설의 주요 사건은 하펜시티의 속물사회에서 발생한 살인사건이다. 수백만 유로의 뇌물과 보험사기도 들어가야 한다. 한 영업사원이 그 낌새를 눈치 채고 눈엣가시이던 상사를 협박한다. 그는 흥분한 나머지 내막을 함께 알고 있던 누군가를 지하주차장에서 목 졸라 죽이고 시신을 엘베 강에 던지는데, 마침 그 장면을 아홉 살짜리 어린 소년이 목격하지만 범인은 그 사실을 모른다. 겁이 난 소년은 사건에 대해 아무한테도 알리지 못한다. 믿을 만한 사람이 없기 때문이다. 자신이 목격한 사건을 어떻게 처리해야 할지 몰랐던 소년은 공중전화번호부를 뒤져 사립탐정의 번호를 찾는다. 소년은 전화를 하거나 직접 쓴 편지를 보내면 쉽게 추적당할 것이라고 생각해 탐정에게 문자 메시지로 살인 사건을 알리고자 한다. 소년은 이웃의 휴대전화를 훔쳐 문자를 보내고, 소식을 접한 수사관들은 사건을 파헤쳐 증거를 좇으며 결국에는 사건을 해결하기에 이른다.

스벤은 아주 참신한 아이디어가 떠올랐다며 슬며시 미소 지었다. 바로 그 순간 힐케가 그의 표정을 봤는지 습관적으로 딴죽을 걸었다.

"뭐 야한 생각이라도 하셨나 봐요?"

"하하. 정말 웃기네."

"그러니까. 우리 사랑스러운 스벤이한테도 그런 생각을 할 심장이 있다는 게 정말 웃기지."

"스벤이라고 부르지 마!"

스벤이 짜증내며 말했다.

"알았어, 스벤."

두 사람은 큰 소리로 웃음을 터뜨렸다. 스벤이 먼저 백기를 들고 힐케에게 함께 점심을 먹으러 가자고 말했다.

클라라

업무에 복귀해 일주일을 보내고 난 후 맞이한 이틀간의 휴일이 클라라는 기뻤다. 무엇을 하면서 시간을 보내야 할지 정확히 알지 못했지만 말이다. 일요일에 벤의 여동생인 도로테아와 커피를 마시기로 한 약속 외에는 불안할 정도로 아무 계획이 없었다. 카트야는 또 다시 여행길에 나섰다. 클라라는 인테리어 디자이너인 카트야가 삭막한 사무실에 얽매이지 않고 독립적으로 일한다는 점이 가끔은 부러웠다. 물론 카트야는 고객들이 갑자기 뚱딴지같은 아이디어를 내놓아 계획을 전부 바꿔버리면 밤늦게까지 일해야 했다. 그럼에도 카트야는 불평 한마디 하지 않는다. 연애보다 일을 우선하기 때문에 남자 친구가 지나치게 자주 바뀌었지만 말이다.

카트야는 늘 클라라에게 최대한 빨리 새로운 직장을 찾는 편이 좋다고 닦달했다. 클라라가 지금 직장에서 착취당하고 있으며 월급을 너무 조금 받고 있다고 생각하기 때문이다. 지난여름은 특히 클라라의 회사에 혹독한 시기였다.

중요한 고객 한 명과의 계약이 파기된 이후 니클라스는 직원 네 명을 해고해야 했다. 그중 두 명은 그래픽 부서 직원이었다. 그 이후부터 클라라는 극심한 야근과 초과 근무를 견뎌야 했지만 클라라의 월급은 카트야가 일주일이면 벌 수 있는 돈이었다.

하지만 클라라는 특히 어려운 시기를 겪는 회사의 안녕에 책임을 느꼈다. 클라라는 니클라스와 대부분의 동료 직원들을 좋아했다. 회사를 옮긴다고 하더라도 이 작은 도시에는 광고 에이전시가 많지 않다. 만약 이직을 한다면 매일 교통체증에 시달리며 함부르크까지 50킬로미터나 되는 출퇴근길을 오가야 한다. 이 문제 때문에 클라라는 벤과 자주 다퉜다.

생각해 보면 두 사람은 서로를 아주 잘 이해했다. 두 사람이 함께 보낸 시간 중 대부분은 즐겁고 조화롭게 흘러갔다. 하지만 돈이나 책임 등을 주제로 이야기를 나누기 시작하면 마치 발작 버튼이라도 눌린 듯 대화가 곧바로 말싸움으로 번졌다. 클라라의 직업적인 성공에 대해서는 카트야와 벤이 하는 말이 옳았다. 하지만 그런 이야기가 오갈 때면 클라라는 벤이 물정도 모르고 말만 잘 한다고 생각했다. 벤은 그들이 같이 사는 집의 월세 중 아주 작은 부분만 지불했지만 태평하게 소일거리나 하며 살았다. 클라라는 만약 직장을 그만둔다면 그 전에 미리 다른 직장을 구해놓은 다음 그만두고 싶었다. 어쨌든 새 직장을 함부르크에 구한다면 교통비가 늘어나면 늘어났지 줄어들지는 않을 것이다.

당시 두 사람은 옹졸하고 편협한 의견만을 토해낼 뿐 해답을 내놓지는 못했다. 벤과 카트야는 클라라가 그저 회사에서 제일 능력 있는 직원이라는 자부심을 뽐내며 그 조직에 없어서는 안 될 존재가 되어 스스로를 착취당하도록 내버려두고 있다고 생각했다. 이런 말다툼을 하고 나면 클라라는 외롭고 이해받지 못한다고 느꼈다. 특히 벤에게. 클라라의 눈에 벤은 그 문제에 진심으로 공감하지 못하는 것처럼 비쳤다. 두 사람의 관계가 시작될 때부터 이성적인 부분은 자연스럽게 클라라가 도맡았다.

벤은 몇 년 동안이나 대학 공부를 하는 중이었고 때때로 밴드 '칠리스'의 멤버로서 공연하며 몇 유로를 벌었다. 하지만 두 사람이 만난 이후로 벤은 함께하는 미래를 꿈꾸면서도 앞으로 나아가려는 발걸음을 한 발자국도 떼지 않았다.

두 사람이 함께 살 집을 찾는 것도 온전히 클라라의 일이었다. 클라라는 벤이 대부분의 시간을 그녀의 원룸 아파트에서 멀뚱하니 보내는 것이 부담스러웠다. 벤은 부모님이 이혼한 이후 어린 나이부터 쉐어하우스를 전전하며 살았다. 벤에게 대마초, 알코올, 온갖 마약들은 일상적인 것들이었다. 솔직히 클라라는 그런 문제들을 전부 알고 싶지 않았다. 결국 두 사람은 벤이, 클라라가 보기에는 수상하고 미심쩍은 그의 친구들과 어울릴 시간이 필요하다는 데 합의했다. 일주일에 최대 두 번이었다.

첫 2년 동안 합의 내용이 아주 잘 지켜졌다. 물론 그럼에도 두 사람은 꾸준히 다퉜다. 클라라는 벤이 쾌락만을 추구한다며 비난했고 벤은 클라라가 도무지 즐길 줄을 모른다고 말했다. 벤은 클라라가 자유롭게 즐기는 자신의 삶의 방식에 전염되어서 스스로를 옥죄는 코르셋에서 벗어날 거라 생각했다. 그래서 언젠가는 클라라의 회사 점심시간에 그녀를 마중 나가 둘이 충동적으로 피크닉을 갈 수도 있을 것이라고 생각했다.

하지만 지난번 클라라의 생일 때, 두 사람은 심하게 다투었다. 클라라는 자신의 서른 번째 생일에 쓸데없는 사건에 휘말려 번잡하게 보내거나 산더미처럼 쌓인 엄마의 음식을 마주할 필요가 없도록 여행을 떠나고 싶어 했다. 여행은 무조건 며칠 이상이어야 했다. 벤이 클라라에게 여행 경비를 감당할 수 없다고 못을 박자 클라라는 결국 단념해야 했다. 클라라는 당연히 자신이 모든 경비를 책임질 수 있다고 말했지만 벤은 받아들이지 않았다. 생활비나 집세 등 일상적인 것을 넘어 여행 경비까지 클라라에게 의존하기에는 벤의 자존심이 너무 셌다. 벤은 부모님으로부터 경제적인 도움도 일절 받지 않고 있었다.

하지만 벤은 클라라를 기분 좋게 만드는 방법을 잘 알고 있었다. 벤은 클라라의 생일을 위해 특별한 이벤트를 준비했다. 클라라가 생일 전날 저녁 퇴근해 집으로 돌아왔을 때, 벤은 현관에서 클라라를 붙잡아 그녀의 손에 여행 가방을 쥐어 준 다음 차에 타라고 말했다. 수건으로 클라라의 눈을 가린 벤은 록밴드 '비어 진트 헬덴(Wir sind Helden)'의 CD를 최대 음량으로 틀고 30분 정도 차를 몰았다. 그런 다음 클라라에게 도착했으니 내려도 된다고 말했다. 벤은 차에서 내린 클라라를 안아 들고 계단을 몇 개 오른 다음 클라라의 신발을 벗기고 그녀의 맨발을 따뜻하고 부드러운 모래에 내려놓았다. 클라라는 눈을 떠도 된다는 말을 들었을 때야 비로소 그것이 발트 해의 모래사장도, 풍경이 좋은 휴양지의 바닷가도 아니라는 사실을 깨달았다. 클라라는 벤이 호일을 깔고 건축 자재상에서 사 온 모래를 깔아둔 거실 한 가운데에 서 있었다. 벤이 클라라를 위해 집을 휴양지로 만들었다는 사실을 미처 인식하기도 전에 칠리스의 멤버인 크누트와 미치가 어쿠스틱 기타를 연주하기 시작했다. 벤은 클라라의 생일선물로 직접 곡을 써서 가사를 붙였다. 두 사람이 좋아하는 앨범인 핑크 플로이드의 〈다크 사이드 오브 더 문(Dark Side of the Moon)〉에서 영감을 받은 그 곡은 사랑을 노래하고 있었다.

달을 올려다볼 때마다
나는 당신의 곁으로 어서 돌아와
사랑스런 미소에 키스하고파
당신과 함께 달콤한 순간을 즐기고파
클라라, 나의 심장, 클라라, 나의 빛
당신의 아름다움이 달을 밝게 비추네

후렴구는 너무 감상적이었지만 그 내용이 암시하는 바나 갑자기 부엌에서부터 나타난 깜짝 초대 손님들의 우레 같은 박수 소리는 클라라가 전율을 느끼게 만들기 충분했다. 누구나 생일에 일어나기를 바라는 환상적인 축제 같았다. 이런 일에 냉담한 편인 베아조차 그날은 클라라에게 그렇게 멋진 노래를 부르고 기발한 아이디어를 떠올린 남자 친구가 있다는 걸 부러워했다.

그날 저녁을 떠올릴 때마다 클라라는 갑자기 웃음과 울음을 동시에 터뜨릴 수밖에 없었다. 클라라는 시간이 지날

수록 고통이 참을 만해진다는 사실에 감사했다. 하지만 언젠가 벤을 이해할 수 있게 되리라고는 생각하지 않았다. 단 한 번도 마음을 열어준 적이 없는 사람을 어떻게 가깝다고 느낄 수 있을까? 그래서 벤은 그토록 마약과 음악에 심취했던 걸까? 그때 클라라는 벤이 자신의 재능을 과소평가한다는 사실을 몰랐던 걸까? 벤은 인생을 즐기며 살길 자처하면서도 실제로는 자신이 그저 무능력자라고 느껴 괴로움에 몸부림쳤을까?

카르스텐을 떠올릴 때면 두려움과 분노가 뒤섞인 감정이 클라라를 살그머니 덮친다. 물론 벤의 가장 친한 친구인 그를 클라라 또한 매우 좋아했고, 근본적으로는 그가 괜찮은 사람이라는 점도 알고 있었다. 하지만 결국 그들만의 소위 '남자들의 우정'은 클라라에게 늘 눈엣가시였다. 벤이 누구보다도 가장 오랜 시간을 같이 보낸 친구가, 마약을 피우는 연기 속에서 그 수많은 밤을 벤이 함께 보낸 건 다른 누구도 아닌 카르스텐이었다. 죽기 전 마지막 밤도 마찬가지였다. 하지만 정작 중요한 순간에 카르스텐은 그곳에 없었다. 카르스텐은 그날 속이 안 좋았다고 형사들에게 진술했다. 술을 너무 많이 마신 데다 조인트(대마를 섞은 담배―옮긴이)를 너무 많이 피워 속이 안 좋았다고.

벤이 발코니에서 30분 이상 머무는 동안 카르스텐은 내내 화장실에 있었다. 벤이 지나치게 높아진 혈중 알코올 농도 때문에 용기가 샘솟아 콘크리트 난간 위에 올라가 앉았는지 어쨌는지는 아무도 모른다. 아니면 벤이 클라라와 크게 다툰 탓에 스스로 자신의 인생을 끝내버렸는지 또한 아무도 모른다.

카르스텐은 5층에서 벌어진 이 끔찍한 추락을 사고라고 여기지 않았다. 그렇지만 클라라는 벤의 사건을 자살로 분류하는 모든 추정을 부인했다. 벤과 함께 있었던 모든 밤을 떠올려 봐도 도저히 퍼즐 조각을 맞출 수 없었다.

상담심리사인 페르디난트와 온 마음이 너덜너덜해지는 대화를 수차례나 나눈 끝에 클라라는 점차 벤의 세상으로 들어갈 수 있었다. 클라라는 벤이 어쩌면 몇 년 동안이나 표출되지 않은 혹은 일부러 숨겼을 성격장애를 앓고 있었다는 사실을 이해하게 됐다. 하지만 클라라가 매 상담시간 동안 병리학적인 인과관계에 대해 배우고 그 틀 안에 벤의 인생을 끼워 맞추려고 하더라도 그 끝에는 늘 그의 지나치게 이른 죽음을 위안해주는 게 아무것도 없다는 냉정한 깨달음이 있었다.

꿈과 열정 그리고 재능과 유약함을 지니고 있던 젊은이이자 클라라의 남자 친구였던 벤은 그렇게 일찍 죽을 사람이 아니었다. 그는 작별의 편지도 남기지 않았다. 클라라와 벤의 가족, 친구들에게 남은 것이라고는 추억과 사진, 벤이 쓴 노래뿐이었다.

그 일이 일어난 이후 처음으로 클라라는 책상 선반에서 벤이 선물했던 CD를 찾아 꺼냈다. 클라라는 떨리는 손으로 생일날 밤에 자신이 그림을 그려 넣었던 CD를 쥐었다. 은빛으로 빛나는 달이 새카만 우주를 밝게 비추고 있었다.

케이스를 열었을 때 클라라는 화들짝 놀랐다. 북클릿 뒷면에 익숙한 손 글씨로 다음과 같은 문구가 쓰여 있었다.

"나의 작고 위대한 예술가, 사샤에게! 벤."

스벤

스벤은 소파에 앉아 양팔을 교차해 뒷목에 대고 천장을 지그시 올려다보았다. 토요일 저녁, 텔레비전에서는 오디션 프로그램이 방송되고 있었지만 스벤은 전혀 관심이 없었다.

스벤은 수수께끼 같은 문자가 또 오기를 기다리고 있었다. 그 짧은 문자는 점차 스스로가 인정하는 것보다 훨씬 더 그의 신경을 가로챘다. 누가 이 문자를 보냈는지, 그리고 어쩌면 그것들이 사실은 자신에게 보낸 메시지인 건 아닌가 하고 스벤은 골똘히 생각했다. 지인 중 누군가가 스벤을 놀리려고 보낸 것일 수 있겠다는 생각도 들었다. 혹은 지난 몇 달 동안 교류가 없었던 예전 동료들이나 태극권을 같이 배우던 사람 중 누군가가 보낸 메시지인지도 모른다.

희한하게도 이 수상한 발신인은 어제 저녁에 '메시지 고마워'라는 문자를 보냈다. 그렇다면 문자 메시지가 올바른 수신인에게 전달이 됐는데, 어떤 이유에서인지 기술적인 오류가 발생해 문자의 복사본이 스벤에게 수신된 것인지도 모른다.

스벤은 월요일 아침이 되자마자 사무실에서 과연 그것이 이론적으로 가능한 일인지, 혹시라도 통신사에 부탁해 발신 번호 소유자를 알아낼 일말의 가능성이 있는지 알아보기로 마음먹었다. 발신인이 자신의 정체를 들키고 싶지 않아 꾀를 쓴 모양인지 어떤 연락처 명단을 검색해보아도 같은 번호를 가진 지인은 없었기 때문이다.

물론 곧장 그 번호로 전화를 걸어 더이상 문자를 보내지 말아달라고 정중하게 부탁할 수도 있다. 하지만 어째서인지 스벤은 그렇게 하고 싶지 않았다. 아마 단순한 호기심 때문이었을 것이다.

사실 스벤은 스스로를 자신과 관련이 있는 일에만 신경

을 쓰고 적극적으로 나서는, 신중한 사람이라고 생각한다. 예외가 있다면 직업적인 이유로 꼭 해야 하는 취재를 할 때다. 사람은 누구나 비밀스러운 정보를 파헤치고 싶은 욕구를 어딘가 숨기고 있다고 생각하며 와인을 마셨다. 저널리스트라고 해도 다 같은 저널리스트가 아니다.

어쨌든 스벤은 국제적으로 이름난 시사 잡지를 만드는 유명한 언론사에서 일할 수 있다는 사실이 자랑스러웠다. 지난 몇 주 동안에는 과거 대부분의 시간보다 훨씬 나은 일들을 겪기도 했다. 브라이딩조차 스벤이 유엔 스포츠 특별보좌관을 인터뷰한 일에 대해서는 그 특유의 거만하기 짝이 없는 태도로 칭찬을 아끼지 않았다.

아버지에게 선물 받은 레드와인을 몇 잔 마시고 나니 시간이 벌써 10시 반이었다. 스벤은 다시 휴대전화로 손을 뻗었다. 오늘은 아직 문자가 오지 않았다. 스벤은 이상하다고 생각하며 화면 위에서 손가락을 움직였다. 아무 메시지도 없었다. 실망에 가까운 감정을 느끼며 그는 욕실로 향했다.

칫솔을 집으려는 찰나, 문자 수신 알림음이 들려왔다. 스벤은 곧바로 하던 일을 멈추고 서둘러 휴대전화를 확인했다. 미지의 발신인은 '이름 없음'이라는 이름으로 저장해 두었다. 이름 없음이 보낸 메시지는 다음과 같았다.

오늘부터 다시 그림을 그리기 시작했어. 오직 자기만을 위해서.

다크 사이드 오브 더 문!

사랑하고, 고마워. 키스와 함께, 당신의 사샤가.

　의도치 않았지만 저절로 미소가 지어졌다. 핑크 플로이드의 그 음반은 스벤이 이미 오래전부터 모은 컬렉션 중 하나였다. 스벤은 거실에 놓인 하얗고 긴 선반으로 다가가 알파벳순으로 정리해 보관하고 있는 LP판과 CD를 바라보았다. 그러고는 곧바로 핑크 플로이드의 앨범을 꺼내 앨범 표지를 살펴봤다. 예전의 느낌이 되살아나면서 동시에 어린 시절의 추억이 떠올랐고, 자연스레 기분이 좋아졌다. 처음으로 참석했던 파티, 나무로 지어진 지하실, 어릴 적 친구들, 첫사랑…. 그때 스벤은 미하엘라와 2년 넘게 사귀었다. 미하엘라는 섹스를 원한 적이 없는 연인이었지만 스벤은 가끔 그녀와 함께 지냈던 시간을 떠올리곤 했다. 하루는 스벤이 서투른 손동작으로 미하엘라의 브래지어를 풀고 있었는데, 그 모습을 아버지에게 들켰다. 그처럼 난처하고 부끄러운 일은 처음이었다. 어느새 스벤은 당시의 아버지보다 나이가 많아졌지만, 그때의 아버지가 지금의 자신보다 훨씬 더 어른이었다고 생각했다.

스벤은 북클릿을 처음부터 끝까지 꼼꼼히 읽었다. 어머니가 그렇게 일찍 돌아가시지 않았다면 스스로를 더 성숙한 인간으로 느낄 수 있었을까?

LP판을 턴테이블 위에 올려놓았다. 멋들어진 튜브앰프 그리고 뱅앤올룹슨 스피커와 시각적으로 강력한 대조를 이루는 턴테이블을 스벤은 지난 몇 년 동안 사용하지 않았다. 과연 그 기계가 아직도 작동할까 기대하며 바늘을 앨범의 세 번째 곡인 '타임'에 올렸다. 잠시 후 깜짝 놀랄 만큼 좋은 음질의 음악이 흘러나왔다. 스벤은 음량을 조금 높이고 병에 남은 와인을 전부 잔에 따른 다음 쭉 들이켰다. 그런 다음 옥상 테라스로 연결된 문을 열고 차가운 공기를 깊이 들이마셨다. 맞은편에 줄지어 늘어선 집 중에는 불빛이 켜진 곳이 드물었다. 그래서인지 달빛이 평소와 달리 높고 밝게 빛나 보였다.

인생이 이렇게 아름다울 수도 있군, 하고 스벤은 문득 생각했다. 그리고 자신도 모르게 대체 언제 마지막으로 이런 즐거움을 느꼈는지 생각에 잠겼다.

클라라

클라라는 부엌 한가운데에 놓인 이젤 속 그림을 뿌듯하게 쳐다보았다. 미술수업이 한창인 유치원처럼 물감과 붓, 작은 물통이 여기저기 널브러져 있었다.

힘이 빠진 클라라는 의자에 걸터앉았고 그제야 처음으로 그림을 그리느라 팔이 얼마나 아픈지 깨달았다. 아무 잡생각 없이 한 가지 일에 완전히 몰두한 게 언제였을까. 물론 사무실에서 작은 기호나 연필 데생을 그려야 할 일은 많았다. 하지만 제대로 된 유화를, 그것도 이렇게 큰 캔버스에 그릴 기회는 지난 2년 동안 없었다. 클라라는 왜 그렇게 오래도록 그림을 그리지 않았는지 스스로를 책망했다. 다양한 색과 형태가 가득한 이 매력적인 세계, 그 세상으로 들어가면 끝없는 상념도, 시간도, 공간도, 모두 완전한 망각으로 빠져드는 걸 이제야 깨달은 것처럼.

벤과 함께 보낸 마지막 몇 달 동안 클라라는 도저히 거기까지 도달할 수 없었다. 새로 이사한 집을 정리하고 리모델링을 하느라 바빴다. 창작을 위해 붓을 휘두를 시간 따위는 없었다. 이후에도 혼자 살 때 자주 했던 일들을 할 공간이나 시간은 없었다. 두 번 고려할 것 없이 클라라는 100점이 넘는 스케치, 수채화, 유화, 동판화 등을 창고에 쌓아두었다.

클라라가 냉장고에서 꺼낸 무알코올 음료를 손에 들고 다시 부엌 의자로 돌아왔을 때, 갑자기 휴대전화가 울렸다. 클라라는 이렇게 늦은 시간에 문 메시지를 보낸 사람이 누구인지 확인하려고 거실로 나가야 하나 잠시 망설였다. 그리고 혹시라도 벤이 문자를 보낸 건 아닐까 하는 생각이 퍼뜩 들었을 때는 자조적인 미소가 새어 나왔다. 벤이 아니라면 문자를 보낼 사람은 카트야밖에 없었다. 클라라는 휴대전화를 획 낚아채듯 집어 들었다. 카트야가 보낸 게 맞았다.

아직 깨어 있어? :-)

클라라는 곧장 전화를 걸기 위해 녹색 버튼을 눌렀다.

"어디야?"

"너한테 가는 중이야. 가도 돼?"

"당연하지. 근데 난 네가 남부 독일 어딘가에 있는 줄 알았는데."

"일단, 카셀은 바이에른 주에 있는 도시가 아니고, 둘째,

완전 어이없는 일이 있었어. 그건 만나서 이야기할게."

"알겠어. 프로세코 와인 한 병 딸게."

"손수건도 좀 준비해줘. 이따 봐!"

그게 무슨 뜻인지 클라라가 채 묻기도 전에 카트야는 전화를 끊었다. 클라라는 그림과 이젤을 창고에 세워두고 잽싸게 화장실로 가 물감이 얼룩덜룩 묻은 낡은 작업복 셔츠를 욕조 안으로 던진 후 솔벤트(유화용 희석 용액 – 옮긴이)를 부어 굳은 물감을 녹인 다음 비누로 꼼꼼히 빨았다. 일을 마치고 거울을 들여다보자 행복하고 환한 미소가 절로 지어졌다. 클라라는 보람찬 하루를 보내서 그리고 곧 친구가 놀러 온다는 소식에 즐거워졌다. 부엌으로 다시 돌아가려던 참에 현관문 초인종이 울렸다.

"안녕, 친구!"

계단을 급하게 올라오느라 다소 숨차 보이는 카트야가 언제나처럼 조금 거칠게 클라라를 밀고 집 안으로 들어왔다. 외향적인 카트야는 늘 산만했다. 클라라가 미처 카트야의 얼굴을 제대로 보기도 전에 이미 소파로 가서 편안히 앉아 있었다.

"고백할 게 있어. 하지만 절대 뭐라고 하면 안 돼. 알겠지?"

클라라가 프로세코 와인과 잔 두 개 그리고 감자칩 과

자를 준비하는 동안 카트야가 부엌 쪽으로 소리쳤다.

"뭔지 기대되는데."

"우선, 첫 번째 고해성사. 난 카셀에 일하러 간 게 아냐. 두 번째. 나 요즘 사랑에 빠졌어. 세 번째. 그 개자식이 유부남이었어!"

클라라는 깜짝 놀라 하마터면 와인 병을 떨어뜨릴 뻔했다. 클라라가 뭐라고 대답하기도 전에 카트야가 말을 이었다.

"지금까지 너한테 말을 안 한 이유는…, 음…, 네가 슬퍼하지 않고 내 얘기를 들을 수 있을지 확신이 없어서였어."

"도대체 무슨 일인지 차근차근 얘기해 봐."

분노가 조금 섞인 목소리로 클라라가 말했다.

"난 로베르트를 만나서 행복해. 아니, 더 정확히 말하자면 행복했어."

"하나씩 정리를 해보자. 일단 네가 나한테 뭐든지 털어놓을 수 있다는 건 알았어야지. 난 아직 이 세상에 존재하는 사람이고 네 말을 듣지 못할 정도로 정신이 딴 데 가 있는 게 아니라고."

"그래, 알아. 하지만…."

"어쨌든."

클라라는 카트야의 말을 가로막은 다음 조금 누그러진

목소리로 말을 이었다.

"이 세상에서 일부분이라도 잘 굴러간다는 걸 듣게 돼서 기뻐."

"전혀 잘 굴러가는 게 아니라니까."

카트야가 평소와 달리 진지한 목소리로 말하며 잔에 담긴 와인을 단숨에 비웠다.

"빨리 말해봐. 처음부터. 날 위한답시고 거짓말 할 생각 말고!"

카트야가 모든 일을 다 털어놓기까지는 30분이 걸렸다. 두 사람이 지난 몇 달 동안 이야기를 나눈 적이 전혀 없기라도 한 것처럼 카트야는 흥분해 있었다. 그토록 오랜 시간 동안 가장 친한 친구에게 자신이 빠져 있던 일을 털어놓지 못했던 것이다. 처음에는 카트야가 여태까지 짧고 굵게 만나며 모든 것을 쏟아붓고 열중했던 여느 남자들과 함께였을 때처럼 로베르트와 보내는 시간도 즐겁게 지나갔다. 카트야가 이렇게 깊은 사랑에 빠졌던 적은 단 한 번이었다. 열일곱 살 때 카트야는 나이 많은 교사에게 마음을 빼앗겼다. 그리고 지금 또 다시 그런 일이 벌어진 것이다. 클라라는 아주 중요하게 들리는 그 많은 상세한 내용을 도저히 따라갈 수 없었다.

카트야에 따르면, 로베르트는 키가 187센티미터에 아주 마른 체형이었다. 몸에 지방이라고는 1그램도 없으며 끊임없이 스포츠를 즐기고 나머지 시간은 사무실에서 투자 관련 일을 하며 보낸다고 했다. 그리고 불과 다섯 시간 전까지 이 남자는 자신에게 아내가 있다는 사실을 말하지 않았다.

카트야는 폭발하기 직전이었다. 클라라가 두 병째 와인을 따려고 했을 때 카트야는 결국 분노를 터뜨렸다.

"진짜 결혼을 했다고, 그 개자식이!"

로베르트의 아내는 주말 동안 오스트프리스란트에 있는 친정집에 가 있었고, 로베르트는 그때야말로 카트야를 카셀에 있는 자신의 집에 초대할 절호의 기회라고 생각한 모양이다. 여태까지 두 사람은 뤼네부르크에 있는 카트야의 집이나 함부르크에 있는 여러 호텔에서만 만났으며, 그 여정은 로베르트가 출장이라고 둘러댈 수 있을 만 한 범주 내였다.

"그 개자식이 자기 집에 대해서 그렇게 뻐기더니, 내가 거길 리모델링해줬으면 한다는 헛소리를 하더라고. 내가 저한테 마법의 성이라도 한 채 지어줘야 한다는 거야, 뭐야?"

혀가 조금 꼬부라진 듯했지만, 카트야는 아랑곳하지 않고 점점 목소리를 높였다.

클라라는 이제부터 카트야의 진정한 분노 폭발이 시작될지 아니면 곧 눈물을 흘릴지 알 수 없었다. 이 모든 상황을 받아들이기는 쉽지 않았지만, 일단 클라라는 자신의 역할을 귀 기울여 듣는 사람으로 한정했다. 카트야가 내일 아침에 눈을 뜨고 나서도 그 남자를 계속해서 개자식이라고 부를지 알 수 없었으니까. 카트야는 한숨을 쉬고 생기 없는 눈으로 클라라를 바라보았다.

"그것보다도, 대체 넌 왜 그렇게 뼈밖에 안 남은 거야? 이제 슬슬 진짜로 걱정이 되기 시작했어. 예전 같았으면 이런 감자칩 한 봉지쯤 벌써 네 입에 다 들어가고 남았을 텐데 말이야!"

카트야는 감자칩을 한주먹 가득 쥐어 만족스러운 표정으로 입에 욱여넣었다. 그러더니 갑자기 얼굴을 찌푸렸다.

"우웩. 이거 얼마나 된 거야?"

"글세…, 두 달쯤?"

클라라는 고개를 숙였다가 억지로 옅은 미소를 지으며 덧붙였다.

"알잖아. 나 이별 다이어트 중인 거."

카트야는 재빨리 씹고 있던 감자칩을 삼키고는 의심스러운 눈길로 클라라를 쳐다봤다. 그리고 잠시 망설이다가 웃음을 터뜨리며 아주 작은 조각으로 부서진 과자 부스러기를 소파 위에 흩뿌렸다.

"이별 다이어트!"

카트야가 기침했다.

"그래, 우리 둘 다 이게 무슨 꼴이지? 이별 다이어트라 니! 이 세상에서 가장 가련하고 불쌍한 클라라 좀머펠트 와 카트야 알베르스가 함께 만든 새로운 다이어트 법! 성 공적인 살빼기 방법을 알려드릴까요? 우선 사랑에 빠지세 요. 그리고 헤어지세요. 8주 만에 10킬로그램 감량이 가능 하답니다!"

카트야는 비명을 지르듯이 외치며 웃음을 터뜨렸고, 그 모습을 보던 클라라 또한 배가 아플 때까지 웃었다.

"진지하게 하는 말이야."

웃음을 그친 카트야가 그렇게 말하며 다시 감자칩을 집 어 들었다. "신경 써서 잘 좀 먹어."

"난 괜찮아. 지금 중요한 건 너잖아."

클라라는 그렇게 대답하며 두 사람의 잔에 다시 와인을 채웠다.

"그 자식은 그냥 내버려두지 뭐. 여태까지 다 그렇게 해 결했는걸."

"어쨌든 그 겁쟁이 자식이랑 끝낸 건 잘했어."

"그놈이 벌을 받아야 하는데!"

"그렇다고 결국 마지막에 혼자 벌을 받는 사람이 네가 되면 안 되잖아. 정말로 그놈이 아내를 떠날 거라고 생각해?"

"모르겠어. 하지만 우리가 여태까지 같이 보낸 시간은 정말 즐거웠다니까. 너도 인터넷에서 남자 좀 찾아봐!"

"그거 좋은 생각이네. 내 자기소개는 이럴 거야. 무기력한 과부가 할인마트에서 남자다운 무언가를 찾습니다."

"무슨 소리야! 요즘에는 인터넷에서 만나는 커플이 얼마나 많은데. 변태나 사회성 없는 사람들만 인터넷에서 짝을 찾는 게 아니라니까."

"하지만 이중생활을 하려는 유부남들이 많은 건 사실이잖아!"

"그건 그래. 그리고 하필 거기에 내가 걸려들었고 말이야!"

카트야는 고개를 숙이고 호탕하게 하품을 했다.

"나라고 더 나을 것도 없지. 여태까지 내가 엿 먹인 남자들이 한 트럭인데. 어쩌면 저 위에 있는 무서운 천사가 정의의 심판을 내린 걸지도 모르지."

거실에 불현듯 침묵이 내려앉았다. 카트야는 조금 민망하다는 표정으로 클라라를 쳐다보았다. 클라라의 몫으로 남아 있던 마지막 케이크 조각을 먹어치워 버린 것처럼.

"그 복수의 천사가 나한테는 왜 그런 걸까? 도대체 내가 뭘 잘못해서?"

클라라가 카트야에게 묻기보다는 자문하듯이 말했다. 쓸쓸한 여운이 느껴지는 말이었다.

"친구야, 내가 진부한 연애 문제로 푸념이나 하면서 널 괴롭히고 있단 건 알아. 네 걱정거리가 내 고민보다 훨씬 크다는 것도 알고."

"그렇지 않아. 네가 지금 어떤 문제로 고민하고 힘들어하고 있다면 우리가 어떻게든 함께 이겨내야 돼. 어쩌면 로베르트와 네가 벌써 깊은 사이가 된 건지도 몰라."

"그럴지도 모르지. 단, 그 사람이 더 용기를 낸다면 말이야."

카트야가 웃음을 터뜨렸다. 다시 진정한 다음 카트야는 창틀에 길게 늘어선 유리잔과 붓을 가리켰다.

"여기 있는 게 대체 다 뭐야? 그럼 다시 그리기 시작했어?"

"응, 어제부터 큰 캔버스에."

클라라는 조금 부끄럽지만 자신감 있는 미소를 지으며 대답했다.

"완성되고 나면 보여줄게."

다음날 클라라는 긴장한 얼굴로 벤의 여동생 집 앞에 서 있었다. 지난 일주일 동안 그녀와 만날 약속을 했었다 는 걸 애써 잊고 지냈다. 하지만 무슨 일이 일어나더라도 도로테아와의 약속을 취소하고 싶지는 않았다. 벤은 여동 생을 늘 애정이 가득 깃든 말투로 '테오'라고 불렀고, 클라 라는 테오가 잘 지내고 있는지 확인해야 할 책임을 느꼈 다. 벤이 죽은 지 두 달이 지났지만 도로테아 또한 이 상황 을 도저히 이해하지 못하고 있다는 사실을 클라라도 잘 알 고 있었기 때문이다. 도로테아는 겨우 스물다섯 살이었지 만, 이해심이 넓고 클라라와는 달리 씩씩하게 지내려고 무 던히 노력하고 있었다.

두 사람은 상쾌하고 기분이 좋아질 일을 하자고 약속을 잡았다. 일요일 날씨가 매우 좋아서 클라라는 함부르크로 소풍을 가자고 제안할 생각이었다. 어떤 골목길을 가든 벤 을 떠올리게 만드는 이 지역에서 벗어나 더 자유롭게 돌아 다닐 수 있는 곳으로 가는 편이 안전했다.

때때로 뤼네부르크는 위험한 지뢰밭처럼 느껴진다. 단 골 술집, 베포의 레스토랑, 영화관, 유원지, 온천, 여러 상 점, 도심에서 조금 떨어진 빌셴브루흐의 꼬불꼬불한 길, 광활하면서도 목가적인 숲…. 어디를 가도 추억이 숨어서 클라라를 기다리고 있었다. 음험한 저격수가 은신처에서 클라라를 아주 정확하게 노리고 작은 화살을 발사하는 것처럼. 그 화살은 심장의 한가운데에 박혀 이따금 숨을 쉬지도 못할 정도로 엄청난 고통을 선사했다. 그럴 때면 클라라는 다른 시간대로 순간이동하고 싶었다. 예를 들어 5년 후 미래라거나. 그때쯤이면 적어도 지금보다는 조금 더 '정상적인' 나날을 보낼 수 있지 않을까.

카트야의 말이 맞다. 다른 남자들을 만나며 관심사를 돌리는 편이 나을지도 모른다. 벤과 클라라가 결혼을 약속했다지만 어차피 두 사람이 실제로 결혼까지 골인했으리라고는 누구도 장담하지 못한다. 만약 벤이 정말로 자살했다면, 그는 작별인사 한 마디도 남기지 않고 그냥 그렇게 클라라의 곁을 떠난 셈이다. 하지만 클라라가 알고, 또 사랑했던 벤은 절대 그럴 사람이 아니다.

클라라는 1년 전 어느 날 저녁 아무런 작별인사도 없이 조용히, 가족들이 눈치 채지 못하게 집을 나간 사람들에 관한 텔레비전 프로그램을 본 기억이 아직도 생생하다. 그 사람들은 가족과 친구들을 떠나 외국 어딘가에 자리를 잡았고, 도대체 무슨 영문인지 모르는 가족과 친구들은 걱정 때문에 시름시름 앓고 있었다. 어느 날 갑자기 아들이 사라져버렸다는 한 어머니는 인터뷰에서 사랑하던 사람을 잃었을 때의 슬픔보다 살았는지 죽었는지조차 모르는 상황이 훨씬 더 견디기 힘들다고 말했다. 남겨진 사람들은 매일같이 떠난 이들이 돌아오기를 기도했고, 그들이 갑자기 사라진 이유를 설명해줄 거라고 생각되는 과거의 사건들을 심신이 완전히 지쳐버릴 때까지 마음속으로 되뇌어야 했으니까.

도로테아가 아버지와 함께 살고 있는 집 문 앞에 서서 돌처럼 굳어 있던 클라라는, 자신과 모든 다른 이들이 벤과 적어도 작별인사는 할 수 있었던 것에 대해 얼마나 감사해야 하는지 문득 깨달았다.

벤의 장례식은 클라라의 인생 최악의 날이 아니었다. 미사에 이어 추도식이 진행되는 동안 정말 많은 사람들이 함께했다. 그날의 분위기는 클라라와 카트야 그리고 밴드 멤버인 크누트가 장례식을 위해 심혈을 기울여 선곡한 벤의 음악에 물들어 있었지만, 클라라는 적어도 혼자 벤을 떠올리며 외로운 시간을 보내지 않아도 되었다.

클라라는 엄마가 추천한 민간요법인 기 치료와 면역글로불린 알약 덕분에 내면의 안정을 완벽하게 되찾은 상태였다. 그때 클라라는 누가 자신에게 어떤 약을 내밀든 그 정체도 묻지 않고 받아먹었다. 형사들이 찾아와 끔찍한 소식을 전하고 유서나 생활환경 등에 대해 물어보고 난 다음에는 응급실에 가서 안정제를 맞기도 했다. 그 이후로는 매일 밤 수면제를 복용하거나 꽃과 약초 추출물 에센스를 사용하거나 엄마에게 기 치료를 받았다. 엄마는 손으로 기를 불어넣는 것만으로도 클라라가 영혼의 고통을 이겨낼 수 있다고 말했다.

하지만 사실은 엄마가 그런 일을 자신에게 강요하는 게 클라라는 싫었다. 그것 때문에 여태까지 자주 다투기도 했다. 엄마는 몇 년 전부터 인간적인 치유와 진정한 충만함을 찾으려고 노력 중이었다. 엄마는 계속해서 클라라에게 기를 일치시켜야 한다느니 우주니 뭐니 하는 이야기들을 해댔다. 클라라는 이미 한참 전부터 엄마를 이해할 수 없었다. 물론 클라라는 엄마를 사랑했다. 하지만 그건 조부모님이나 아빠에 대한 사랑과는 완전히 다른 종류의 사랑이었다.

엄마와 클라라는 근본적으로 다른 사람이었다. 클라라의 엄마, 카린은 정열적이고 적극적인 사람이었다. 클라라는 스스로를 얌전하고 내향적인 사람이라고 생각했다. 카린은 누가 묻지 않아도 자신을 드러내야 한다는 주의였지만, 클라라는 눈에 띄지 않기를 선호했다. 그래서인지 때때로 클라라는 너무 계산적이고 자발적이지 않다는 이야기를 듣곤 했다. 카린의 외모나 패션 스타일, 집을 꾸미는 방식 또한 클라라의 눈에는 매우 낯설었다. 클라라는 그래서 한때 자신이 입양된 건 아닌지 의문을 품은 적도 있었다.

한편으로 클라라는 엄마가 자신을 얼마나 걱정하고 있는지 고마워해야 한다고 생각했다. 어쨌든 엄마가 좋은 의도로 말한 조언이 전부 틀리지는 않았으니까. 무엇보다도 장례식이 마무리되기 전까지 카린과 그리고 당연하게도 카트야가 클라라의 곁에 서 있었다. 반면 벤의 부모님은 비통함에 빠진 유가족들이 흔히 그렇듯 서로를 보듬거나 일을 효율적으로 처리할 기력이 없었다. 그때 모든 일을 돌보고 벤의 물건들을 부지런하게 정리한 사람이 바로 클라라의 엄마였다. 클라라가 소유를 포기하고 내주고자 한 벤의 물건이 애초에 많지 않았지만.

같이 쓰던 옷장에는 이제 클라라의 물건만 남아 있다. 벤의 옷은 커다란 주머니 몇 개에 나눠 담은 뒤 창고에 넣었고 개인 물품은 정리하지 않고 상자에 채워 거실에 놔두었다. 벤의 유골함이나 마찬가지인 이 물건들은 벤을 가까이에서 느낄 수 있는 것들임과 동시에 클라라에게 왠지 모를 불편함을 안겨주기도 했다.

벤이 청혼하면서 준 반지만은 액세서리라는 생각이 전혀 들지 않음에도 밤낮없이 끼고 다녔다. 클라라가 어느 해 크리스마스에 벤에게 선물했던 반지는 다른 물건 몇 개와 함께 무덤에 묻었다.

그건 장례식을 마치고 한 달쯤 지났을 때, 카트야가 모든 용기를 끌어모아 클라라에게 제안한 미친 아이디어였다. 클라라는 갑자기 벤에게 더 주고 싶은 것이 있다는 생각이 들었다. 그래서 클라라와 카트야는 어느 늦은 밤에 어둠을 헤치고 벤의 무덤으로 가서 설치된 지 얼마 안 된 비석 앞에 30센티미터 정도 깊이의 구멍을 파 작은 상자를 그곳에 묻었다. 상자 안에는 클라라가 상담사인 페르디난트의 권고로 쓴 장문의 이별 편지와 상조회사 직원이 클라라에게 건넨 하얀 봉투가 있었다. 그 봉투에는 벤의 지갑, 반지가 들어 있었다. 휴대전화도 넣었다. 휴대전화는 두 사람이 오랜 시간 나눈 수많은 작은 사랑의 증거이자 그들을 계속해서 연결하는 상징이었다.

벤의 손목시계는 도로테아에게 주려고 남겨두었다. 오늘이 도로테아에게 시계를 건넬 좋은 기회일지도 모른다고 생각하며 클라라는 초인종을 눌렀다. 이전에도 몇 번 도로테아와 만난 적이 있지만, 클라라가 더 많은 눈물을 쏟을 만큼 슬픈 만남이었다.

안쪽에서 발소리가 들리자 클라라는 왠지 모르게 겁이 났다. 클라라는 벤의 아버지가 부재중이길 간절히 바랐다. 벤의 아버지가 다정한 목소리로, 그러나 비난이 담긴 눈길로 그녀에게 잘 지내냐고 물어보는 일이 일어나지 않길 기도했다. 그럴 때면 클라라는 마치 나이 든 아주머니들의 다과회에서 거리낌 없이 토해내는 노골적인 수다를 듣는 기분이었다.

"어서 오세요."

도로테아가 문을 열며 반갑게 인사했다.

"언니가 와서 기뻐요."

도로테아의 말은 따뜻한 진심으로 들렸다. 도로테아는 클라라를 꼭 안아주었고 재회의 기쁨 덕분에 클라라가 느낀 두려움은 금방 사라졌다.

"나도 널 만나서 기뻐. 갑작스럽겠지만, 말할 게 있어! 오늘 함부르크에 가는 게 어때? 알스터 강이나 엘베 강 근처에서 산책을 할 수 있을 거야."

도로테아는 열성적으로 고개를 끄덕이더니 재킷을 집어 들었다. 두 사람은 말없이 클라라의 오래 된 푸조 자동차까지 걸었다. 도로테아가 불안한 듯 집을 뒤돌아보는 모습이 눈에 띄었다. 아버지가 걱정되는 건가? 아들의 죽음 이후 벤의 아버지가 혼자 지내기 어렵다는 건 클라라도 알고 있었다. 차 안에 앉고 나서 도로테아가 갑자기 말을 꺼냈다.

"아빠는 요즘 밑 빠진 독처럼 술을 마셔요. 조만간 내가 폭발할 것 같아요."

클라라는 도로테아치고는 직설적인 발언에 놀랐다.

"아버님이?"

"네. 전 어떻게 해야 할지 모르겠어요. 아빠가 술을 마시지 못하게 할 좋은 방법이 있는지도 모르겠고요."

"아버님이 어떻게든 네 도움을 받으신대?"

"절대로요. 아빠는 벤 오빠만큼이나 고집쟁이니까."

도로테아의 솔직한 표현은 쓴 소리가 분명했지만 그러면서도 애정이 깃든 말이었다.

두 사람은 한 동안 말이 없었지만 클라라는 그 침묵이 왠지 마음에 들었다. 클라라는 늘 도로테아를 가깝다고 느꼈다. 물론 두 사람이 여태까지 정말로 친해질 기회는 거의 없었지만. 그 이유는 두 사람의 나이 차이 때문이 아니라 그저 클라라가 벤의 가족관계에 끼어들고 싶지 않았고 벤이 여동생과 단둘이 보내는 시간도 거의 없었기 때문이었다.

30분쯤 달려 엘베 다리 위를 지날 때 클라라의 가슴이 갑자기 따끔했다. 벤과 함께 릴로와 얀의 집들이를 하러 함부르크에 갔을 때가 기억이 나서였다. 릴로와 얀은 이전에 클라라와 벤의 옆집에 살던 이웃이었는데, 교외 소도시 생활에 질렸다며 알토나로 이사했다. 그날 네 사람은 아주 즐거운 시간을 보냈다. 바비큐도 하고, 영화도 보고, 게임도 하고.

도로테아는 벤이 죽은 다음부터 부드러운 말을 전혀 하지 못하게 된 이혼한 부모와 함께 사는 일이 얼마나 힘든 건지 다시 푸념하기 시작했지만 클라라는 자기 생각에 빠져들기 직전이었다. 도로테아는 엄마와 아빠가 서로를 더 증오하고 아들의 운명에 대한 책임을 상대방에게 미룰까 봐 걱정했다.

"전부 내 책임인지도 몰라."

클라라는 돌연 그렇게 내뱉은 다음 도로테아에게 반박하고자 한 말은 아니었으나 혹시 그렇게 들렸을까봐 입술을 깨물었다.

"그게 무슨 말도 안 되는 소리예요. 절대 그런 생각하지 마요, 언니!"

도로테아는 심장에서 직접 말이 튀어나온 것처럼 재빨리 대답했다.

"왜 그런 말도 안 되는 생각을 한 거예요?"

"그럴 수도 있잖아. 만약에 벤이 정말로⋯."

클라라는 잠시 망설였다.

"만약 벤이 정말로 자살을 결심했던 거라면 내가 원인일 수도 있어. 어쩌면 벤은 모든 게 부담스럽고 압박이 너무 크다고 느꼈는지도 몰라. 어쩌면….”

클라라는 도로테아의 얼굴을 볼 수 없었다. 함부르크 도심의 거리인 뢰딩스마르크트에 있는 빨간색 신호등만 계속해서 노려보았다. 여태까지 품고 있던 두려움을 지금 처음 입 밖으로 내는 순간 그것이 사실이 될까 무서웠다.

“압박이라니, 무슨 뜻이에요?”

“음. 벤이 전혀 원하지 않던 삶을 내가 강요한 게 틀림없거든. 집, 가족, 꾸준한 수입. 그게 다 내가 원한 거야. 안정감도. 하지만 벤은 그런 걸 전혀 해내지 못했어.”

“그게 부담스러웠으면 오빠가 말을 했어야죠. 결국 본인 책임인 거예요. 저도 가끔 오빠한테 화가 난다니까요.”

“화가 난다고? 왜?”

“집에 그 난리가 나는데 오빠는 날 혼자 뒀어요. 처음에는 집에서 도망치더니, 이제 완전히 사라졌다고요. 게다가 마약까지 해대고. 언니는 화 안 나요?”

“당연히 나지. 하지만 난 벤에게 뭐라고 할 권리가 없잖아.”

“언니가 왜 권리가 없어요? 어디서 읽은 적이 있는데, 분노도 슬픔의 일종이래요.”

도로테아는 눈을 희번덕거리며 양주먹을 서로 부딪쳤다. 화가 머리끝까지 난 듯 나지막이 앓는 소리를 냈다.

"어떨 때는 진짜로…, 오빠를 죽이고 싶었어요!"

클라라의 심장이 '쿵' 뛰었다. 정차 중이던 차를 출발시키자 엔진이 털털거렸다. 두 사람은 갑작스럽게 충격이라도 받은 듯한 표정으로 서로의 눈을 쳐다보았다. 그리고 바로 웃음을 터뜨렸다.

도로테아의 아주 기묘한 발언 이후로 왠지 모르게 꽉 조여 있던 매듭이 풀린 느낌이었다. 그날 밤 피곤함에 절어 침대에 누운 클라라는 도로테아와 함께 보낸 오후를 떠올렸다. 즐거운 시간이었다. 도로테아에게 벤의 손목시계를 전달할 적당한 타이밍을 찾은 것이 기뻤다.

오늘 두 사람은 전에 없을 만큼 유쾌한 시간을 보냈지만 같이 울기도 했다. 세인트 파울리 란둥스브뤼케 부두에서 엘베 강의 반대편 물 위를 함께 바라보고 있자니 도로테아가 문득 조용해졌다. 곧 코를 훌쩍이는 소리가 들렸을 때 클라라는 도로테아의 얼굴을 쳐다보지 않아도 그녀가 울고 있다는 걸 알았다. 클라라는 모든 걸 이해했다.

뒤이어 도로테아는 부모님 없이 보낸 첫 섣달그믐에 관해 이야기했다. 그때 그녀는 열다섯 살이었고 벤으로부터 함부르크에 데려가주겠다는 말을 들었던 터라 든든한 자신감에 차 있었다. 도로테아와 벤은 벤의 밴드 멤버들과 함께 우선 교외 유흥가 지역에서 시간을 보냈다. 자정이 가까워져 올 무렵 그들은 함부르크 항에서 진행되는 대규모 불꽃놀이를 잘 볼 수 있는 뮤지컬 공연장으로 가기 위해 자유무역항을 지나갔다.

클라라가 여태까지 지켜본 바로는 두 남매는 늘 죽이 잘 맞았다. 그럼에도 두 사람이 함께 보낸 시간은 많지 않았다. 적어도 도로테아는 그렇게 표현했다. 도로테아는 오빠를 늘 좋아하고 따랐기 때문에 끝이 없을 정도로 슬프다고 말했다. 이제 도로테아는 부모님에게 하나 남은 자식이 되었고, 불행했던 어린 시절의 기억을 오빠보다 자신이 더 잘 극복해낸 것만 같아 양심의 가책을 느낀다고도 했다. 벤은 언제나 강한 사람이었다. 도로테아에게 있어 오빠는 거친 파도를 막아주는 바위 같은 존재였다. 그 바위는 늘 도로테아가 위로 올라가 있도록 버텨주었고, 파도가 치면 어디선가 곧바로 나타났다.

찬가처럼 이어지는 독백을 클라라는 잘 이해할 수 있었다. 그 순간 클라라는 도로테아와 이렇게 마음을 터놓고 이야기할 수 있는 사람은 자신이 유일하다는 점을 분명히 느꼈다. 동시에 자신은 혼자서만 절망하고 슬퍼하느라 여태까지 타인의 슬픔은 전혀 깨닫지 못한 이기적인 괴물이 된 기분이었다.

그래서 클라라는 도로테아를 믿고 문자 메시지에 대해 털어놓아도 될 것 같다는 생각이 들어 기뻤다. 벤의 여동생은 이상하다기보다 재미있다고 여겼다. 클라라는 신이 나서 왜 벤에게 문자를 보내야겠다는 어처구니없는 생각에 이르게 된 것인지, 그동안 그 행동이 얼마나 자신의 마음을 다스리는 의식처럼 변했는지 이야기했다.

클라라는 장례식 이후에 벤의 휴대전화를 그의 무덤가에 묻었다고 말했고, 그 말을 들은 도로테아는 따스하고 기대감에 찬 미소를 지으며 그러면 나도 내가 얼마나 화가 났는지 그리고 사랑한다는 말을 많이 하지 못한 것이 얼마나 후회되는지 오빠에게 전할 수 있겠다고 답했다.

클라라는 이불을 위로 끌어올렸다. 도로테아가 오늘부터 가끔씩 오빠에게 문자를 보내고 그녀 또한 자신처럼 위안을 얻을 것을 생각하자 절로 미소가 지어졌다. 벤의 여동생에게 자신의 생각을 털어놓을 때 클라라에게는 어떤 두려움도 없었다. 기껏해야 할머니에게, 아니면 가끔 적당히 취했을 때 카트야에게 털어놓았을 생각들을. 하지만 도로테아는 클라라가 이전에 가족의 죽음을 겪은 사람들에게서 들어본 적이 있는 그 혼란스러운 생각들을 털어놓기에 알맞은 사람이었다. 벤이 죽은 다음부터는 예전에 들었던 말들이 점점 더 선명하게 떠올랐다. 사랑하던 사람을 잃은 후로 기 체험을 하는 사람들도 있었다.

클라라는 아빠가 돌아가시고 열흘 정도 후 엄마가 겪은 일에 대해 도로테아에게 이야기했다. 그때 엄마는 마음을 가다듬기 위해 카페리를 타고 스웨덴까지 가던 중이었다. 클라라를 당분간 조부모의 집에 맡겨두고, 엄마는 스칸디나비아로 여행을 떠나 슬픔을 조금이나마 잊고 싶어 했다. 엄마는 몇 달 동안이나 자신의 남편을 간호했고, 그의 몸이 점점 쇠약해지는 모습을 바로 곁에서 지켜봐야 했으니까.

클라라는 부모님의 결혼 생활을 위대한 사랑이라고 불러도 될지 판단이 서지 않았다. 하지만 엄마의 상실감이 얼마나 크고 깊은 것이었을지는 잘 알고 있었다. 나중에 엄마는 다른 남자를 만났지만, 클라라는 엄마와 아빠의 유대감이 아주 특별했을 거라는 걸 의심한 적은 없었다.

아무튼 그날 엄마가 카페리의 갑판에 섰을 때 날은 이미 어두웠다. 여름밤의 천둥번개가 배 전체를 뒤덮었고 엄마는 사방에서 흩뿌려지는 비에 흠뻑 젖어 앞도 제대로 볼 수 없었다. 엄마는 난간에 서서 수평선 아래로 떨어지는 번개를 보고 있었다. 그러다가 갑자기 엄마의 바로 앞에 번개가 떨어졌고, 다음 순간 엄마는 자신의 남편을 다시 한 번 아주 가까이에서 실감할 수 있었다. 마치 아빠가 엄마의 몸 안으로 들어온 것처럼 아빠를 느꼈던 것이다. 엄마가 묘사한 바에 따르면, 그 짧은 몇 초 혹은 몇 분 동안 엄마는 전에 없이 행복했다고 한다. 엄마는 아빠가 혹은 아빠의 영혼이 그 순간에 정말로 자신의 곁에 있었다고 믿었다. 어떤 형태로든 말이다. 그리고 그 경험은 말로 표현하지 못할 정도로 엄마를 평온한 환희로 가득 채웠다. 분명하게 느낀 그 감정 때문인지 그날의 이야기를 할 때마다 엄마의 눈에는 여전히 생생하고 반짝이는 빛이 어려 있었다. 그 이야기를 들을 때마다 클라라가 거북한 반응을 보인다는 사실을 알면서도 엄마는 지치지도 않고 그 일이 자신의 세계관과 믿음으로 가는 길 그리고 온화한 이별에 얼마나 중대한 영향을 끼쳤는지 설명했다.

하지만 벤이 죽은 후 엄마가 다시 그 이야기를 꺼냈을 때, 클라라는 전에 없이 화를 냈다. 엄마가 정신 나간 기치료니 뭐니 하는 헛소리를 하기 위해 자신이 처해 있는 상황을 이용할 생각만 하고 있다는 걸 받아들이기가 힘들었다.

그럼에도 클라라는 최근 엄마의 경험을 다시 떠올릴 수밖에 없었다. 벤이 어딘가에 숨어서 자신을 드러낼 절호의 기회를 기다리고 있다는 상상을 떨칠 방법이 없었다. 그래서 클라라는 벤에게 처음 문자를 보내자마자 형광등이 꺼졌을 때 깜짝 놀랐다. 엄마에게 이야기하면 섬뜩한 느낌이 사실이 될까 두려워 털어놓지 못했다. 하지만 클라라는 매일 벤이 보내는 신호가 나타나 그가 잘 지내고 있고, 클라라를 지켜보고 있으며, 언젠가 모든 것이 다 좋아질 거라는 메시지를 전달해주길 바랐다.

도로테아를 만나고 나자 오늘따라 벤이 더욱 가까이에 있는 것처럼 느껴졌고, 그래서 얼른 그에게 문자를 보내고 싶었지만 클라라는 그 감정을 혼자 간직하기로 마음먹었다. 스스로도 우스운 생각이었지만, 클라라는 이번에는 도로테아가 먼저 벤에게 새로운 소식을 전하도록 두고 싶었다.

스벤

"이제 내가 욕 좀 해야겠어!"

스벤이 인사를 건네며 기세등등한 표정을 지어 보였다.

"일단 좋은 아침."

힐케가 단호하게 대답했다.

"브라이딩이 또 지랄했어?"

"아니. 새로운 메시지가 왔어. 들어봐. '오빠한테 너무 화가 나서 오빠를 죽이고 싶어'래. 대박이지?"

"대체 무슨 잘못을 저지른 거야?"

힐케가 씩 웃으며 물었다.

"존경하는 재판장님, 저는 정말 아무런 잘못이 없단 말입니다."

스벤이 그렇게 말하며 양손을 들어 보였다.

"주말 동안 얼마나 얌전히 지냈는데!"

"그래? 못 믿겠는데. 사샤가 딱 그렇게만 보냈어?"

"살해 협박을 보낸 사람은 사샤가 아냐. 이번엔 테오라는 사람이 보냈어."

"보여줘!"

스벤은 눈을 흘기고 스마트폰에서 문자를 찾은 다음 힐케에게 건넸다. 힐케가 안경을 고쳐 쓰고는 문자를 읽었다.

오빠한테 너무 화가 나서 오빠를 죽이고 싶어. ;-)
하지만 오빠를 이 세상에서 제일 사랑해. 클라라 언니는 내가 잘 돌볼게. 약속해!
안녕. 테오가.

"클라라, 테오, 사샤. 정말 미스터리다. 누군가가 바람을 피웠고, 이 사람이 상대방에게 화가 났고, 그래서 클라라를 돌본다는 것 같은데."

스벤이 무심하게 대답했다.

"몰라. 어떻든 상관없어. 하지만 만약 이런 식으로 계속 메시지가 이어진다면 전화해서 더이상 날 괴롭히지 말라고 할 거야."

"테오랑 사샤가 동일인물이 아닌 게 확실해?"

"내가 어떻게 알겠어? 아무튼 이 문자는 다른 번호로 온 거야."

"이름 없음은 누구야?"

힐케가 스벤의 문자 메시지 목록을 읽으며 물었고 스벤은 당황했다.

"그만 보고 이리 줘!"

"일이 점점 더 재밌어지는 것 같은데."

그렇게 말한 힐케는 저녁 시간에 하는 범죄수사 드라마를 보며 휴식을 취하기라도 할 기세로 요거트 한 통을 꺼냈다.

스벤은 화장실에 갔다. 화장실 칸 안에서 누군가가 소화불량과 싸우는 소리를 들으며 스벤은 왜 이런 일이 일어난 걸까, 하고 생각했다. 그리고 오늘 퇴근하고 나면 뭔가 의미 있는 일을 하며 시간을 보내야겠다고 다짐했다. 한 주가 또 눈 깜짝할 새에 지나갈 것이다. 스벤은 오늘에야말로 꼭 다시 태극권 도장에 가야겠다고 마음먹었다.

그 생각을 하니 남은 하루를 또렷한 정신으로 보낼 수 있었다. 하지만 한편으로는 그렇게 오랫동안 도장을 찾지 않다가 갑자기 낯선 사람들을 만나야 한다는 것이 걱정되어 조금 불안했다. 친하게 지냈던 다비드가 아직 도장에 다닐까? 스벤은 대학 강사인 다비드와 훈련이 끝난 다음 몇 번 식사를 한 적이 있었다. 하지만 최근에는 서로 연락을 하지 않았다. 그래서 다비드가 그날 저녁 자신에게 다가와 그동안 아무 일도 없었다는 듯이 어떻게 지냈냐고 물어보았을 때 스벤은 기분이 좋아졌다.

바로 그런 점 때문에 스벤은 다비드를 좋아했다. 꾸밈없는 태도는 그의 천성이었다. 게다가 다비드는 별달리 의도하지 않는데도 내뱉는 말마다 웃음을 터트리게 하는 사람이었다. 스벤은 훈련이 끝나고 곧장 그에게 저녁을 먹으러 가자고 말했다. 두 사람은 모둠초밥을 먹으며 서로의 근황을 나누기 시작했다.

하지만 이내 스벤은 민망해졌다. 최근에 운동과는 거리가 먼 생활을 해서 떠들어낼 만한 일이 없었기 때문이다. 4년 만에 마라톤을 다시 시작해 4시간 이내로 완주하는 것을 목표로 삼겠다고 떵떵거렸지만, 연습은 단 한 번도 하지 않았다. 스벤의 생활은 오히려 정반대였다. 지난 크리스마스 이후로 몸매가 완전히 망가졌고 군살이 붙었다. 아직 원래 입던 옷이 완전히 작아진 건 아니었지만, 스벤이 스스로의 외모에 불만을 품을 정도의 지방이기는 했다.

스벤은 대화에 집중하며 점점 마음을 열었다. 다비드의 근황에 무척이나 관심이 갔기 때문에 스벤은 다비드에게 먼저 이야기하도록 채근했다.

"스벤, 나 완전히 반했어!"

다비드가 곧장 털어놓았다. 스벤은 한숨을 쉬고 곧이어 나올 말에 대비해 마음을 가다듬었다. 사실 스벤은 커플이 처음 만나 친해진 과정에 대한 이야기를 듣는 걸 싫어했다. 하지만 다비드처럼 괴짜 마초남이 여자에 관심이 없던 성향을 어떻게 스스로 버릴 수 있었는지 흥미가 일었다.

"정말 멋진 여자야. 그렇게 좋은 여자를 낚을 줄은 생각도 못 했어."

다비드가 마치 격랑이 이는 호수에서 사투 끝에 거대한 곤들매기를 잡았던 무용담을 늘어놓듯 자랑스럽게 말했다.

"나도."

스벤은 그렇게 대답하고서 다비드가 그 짤막한 감상에

조금 기분이 상했다는 걸 느꼈다.

"그러니까, 내 말은 나한테도 그런 일이 일어날 수 있을까 상상이 안 된다는 뜻이야."

스벤이 곧바로 정정했다. 다비드가 다 이해하겠다는 듯이 고개를 끄덕였다. 뒤이어 다비드로서는 드물게 여자와 남자에 대한 긴 독백이 이어졌고, 그는 모든 남자가, 그러니까 자신과 같은 고독한 늑대 같은 남자도 사랑에 빠질 수 있다고 생각한다고 덧붙였다. 그런 말을 하는 내내 다비드가 진심으로 감격한 듯 눈을 빛내서 스벤은 웃어넘기지도, 말꼬리를 잡아 비꼬지도 못했다. 누군가에게 반했다는 감정이 언젠가는 차차 줄어들 거라는 말을 건넨 것 외에는. 하지만 다비드는 그 말을 들으려 하지 않았다. 다비드는 스벤의 의견 따위는 받아들일 가치가 전혀 없다는 듯 초연하게 무시했다. 그러고는 자세한 이야기를 이어갔다. 다비드가 만난 여신의 이름은 스티네로, 두 사람은 두 달 넘게 만남을 이어오고 있었다. 하지만 다비드는 날이 갈수록 그녀를 더 갈구하고 있다고 말했다.

"갈구…."

스벤은 자세한 상상을 하지 않으려 말을 멈추었다.

"그래, 나도 알아. 나도 예전에는…."

피오나가 늘 '사랑 나누기'라고 불렀던 행위다. 아름다운 추억이지만, 스벤은 기억 속에서 그 부분을 가장 구석까지 밀어두었다.

"네 연애사도 요즘 아주 스릴 있어 보이는데."

다비드가 간략하게 말했다. 스벤은 갑자기 마음 한구석이 불편해서 그 빈정대는 말을 무시하고 싶었다. 하지만 다비드는 호기심 가득한 눈으로 스벤을 바라보고 있었다.

"그렇지, 뭐."

스벤이 우물쭈물 대답했다.

"사실 요즘은 아무 일도 없어."

다비드가 안타깝다는 시선을 던졌고 그 시선은 스벤의 명치에 명중했다. 스벤은 급히 덧붙였다.

"그보다도 요즘 아주 비밀스러운 숭배자를 알게 됐지. 말하자면 스토커야."

"누굴 만났다고?"

다비드가 재미있다는 듯이 물었다.

"내 휴대전화에 낯선 사람한테서 꾸준히 문자가 와."

"그 낯선 사람이 너한테서 뭘 원하는데?"

"그건 나도 알고 싶어."

스벤은 그렇게 대답하고는 기이한 문자 메시지에 얽힌 이야기를 늘어놓았다. 다만 스벤은 사건 내용 중 중요한 부분을 조금씩 왜곡해서 사샤가 여성이며, 스벤 자신에게 관심이 있다고 암시했다.

"근데 넌 사샤가 누구인지 모른다고?"

다비드가 관심을 보이며 물었고 스벤은 자신을 가둔 살얼음을 깨고 나오려고 안간힘을 썼다.

"몰라. 하지만 짐작 가는 여자들은 몇 있어."

스벤은 거짓말을 했다.

"널 꼬시려는 건가 보지?"

다비드가 빈정대듯 말했다.

"그냥 전화라도 해보는 게 어때?"

다비드는 아주 좋은 아이디어를 내놓기라도 한 양 재촉하는 눈길로 스벤을 바라보았다.

"음, 상황 봐서. 난 이런 멍청한 게임은 안 해."

스벤은 그렇게 말하고 화제를 다시 스티네에게로 돌렸다. 작전은 성공이었다. 다비드는 주체할 수 없는 행복감을 분출하며 이야기를 늘어놓았고, 덕분에 스벤은 집으로 돌아가는 길에 저도 모르게 그 내용을 떠올려야 했다.

인터넷상에서 새로운 연애 상대를 만난다는 게 스벤은 왠지 거북했다. 무엇보다도 스벤은 인터넷을 통해 만난 상대와는 대단히 피상적인 대화밖에 나눈 적이 없었다. 그 대화는 대개 "전화할게요"로 끝나거나 아니면 다음 날 완전히 낯선 침대에서 눈을 뜨는 씁쓸한 뒷맛을 남길 뿐이었다. 상대방이 어떤 사람인지 자세히 알아보고 그 사람이 나를 어떤 시선으로 바라보는지 느끼는 것과는 다른 방식으로 사랑을 찾는다는 게 스벤에게는 어색하고 이상했다.

스벤은 자전거 페달을 굴려 집으로 향하면서 정말로 사샤에게 전화를 해야 할지 생각했다. 어쩌면 이 미스터리한 발신자의 뒤에 정말로 스티네 같은 완벽한 여자가 숨어 있는지도 모른다. 하지만 만약 그렇다고 하더라도 사랑을 쟁취하기란 쉬운 일이 아닐 것이다. 스벤은 이 사샤라는 사람과 실제 수신자의 사이가 얼마나 가까울지 생각했다. 만약 실제 수신자가 자신이 얼마나 행운아인지 모른다면, 이 모든 건 일방적인 이야기가 될 것이다.

뢰딩스마르크트의 신호등에서 빨간불에 걸렸을 때, 스벤은 불이 켜진 맥주 광고 사진에서 멋진 미소를 짓고 있는 잘생긴 남자를 봤다. 남자는 소파에 앉아 다리를 테이블에 올리고 갓 딴 필스 맥주를 손에 들고 있었다. 그 아래 이렇게 적혀 있었다. '남자의 인생은 오직 한 번!'

지금 하지 않으면 기회가 없다는 생각이 스벤의 머리를 스쳤다. 지금 당장 공중전화 부스를 찾아야 해! 공중전화 부스를 찾아 헤매고 있자니 갑자기 그 상황이 우스웠다. 스벤은 새로 산 지 얼마 안 된 휴대전화를 갖고 있었고, 그 기계는 사진을 찍거나 음악을 들을 뿐만 아니라, 문자 메시지가 온 번호로 전화를 걸 수도 있다! 다만 스벤은 익명으로 남고 싶었다.

갑자기 심장이 쿵쾅거리기 시작했지만 스벤은 그것이 절대 정당화될 수 없는 어떤 일을 앞둔 흥분이 아니라 레퍼반(함부르크 밤문화의 중심지 중 하나인 거리–옮긴이) 방면으로 향하며 속도를 올려 페달을 밟았기 때문이라고 애써 스스로에게 항변했다. 다음 신호등에서 스벤은 빨간불을 무시하고 지나가려다가 일단 멈춰서 생각에 빠졌다. 우선 그 번호로 전화를 거는 것이 정말 옳은 일인지, 도대체 왜 이것 때문에 고민하고 있는지 자문했다. 스벤은 곧 교외 유흥가 지역까지 가는 도중에 한 번도 빨간불에 걸리지 않는다면, 그 번호로 전화를 걸기로 마음먹었다. 빨간불에 걸린다면, 행동을 멈추고 상대방에게 문자를 보낸 다음 번호를 지우기로 했다.

빨간 신호등에 걸리지 않았다. 그리고 레퍼반 쪽으로 커브를 돌자마자 나란히 선 공중전화 부스 두 개가 보였다. 그는 씩 웃으며 무의식 속에서는 여기서 곧바로 공중전화 부스를 찾을 수 있다는 걸 이미 알고 있었던 게 아닌가 생각했다. 새로운 게임을 이어간다고 생각하자 마음이 들떴다. 스벤은 자전거에서 내려 주머니를 뒤적였다.

"만약 지금 공중전화에 쓸 잔돈이 있으면 전화를 하겠어."

스벤은 바로 옆 부스 안에서 의아한 표정으로 자신을 쳐다보는 나이 든 여자를 향해 웃어 보였다.

스벤의 생각에도 멀쩡해 보이는 남자가 한 손에는 공중전화 수화기를 들고 다른 한 손에는 아이폰을 들고 있는 모습을 마주치면 아주 기이할 것 같았다.

스벤은 변조한 음성으로 협박 전화를 하려는 사람처럼 불안한 시선으로 주변을 둘러보았다. 누군가가 전화를 받는다면 다비드를 찾아야겠다고 계획을 세웠다. 자신의 친구인 다비드를 바꿔달라고. 그러면 사샤가 이렇게 대답할 것이다.

"다비드라는 사람은 없어요. 랄프, 에곤, 후고, 기타 등등은 있지만요."

스벤은 제발 여자가 전화를 받기를 혹은 남자가 받는다면 본명을 전부 말하며 전화를 받기를 기도했다. 그러면 스벤은 이 사건의 전모를 마침내 제대로 알 수 있게 될 것이다. 어쩌면 범죄소설을 집필할 때 이야기의 아귀를 맞출 새로운 아이디어를 얻을 수도 있었다. 무엇보다도 스벤은 자신의 '수사'가 조금이나마 진전이 있길 바랐다.

스벤은 번호를 눌렀고 신호음이 울리자 흥분한 채 기다렸다. 다섯 번 정도 신호음이 울린 후 소리가 끊겼다.

"현재 연결된 번호는 0172…."

"젠장!"

스벤이 욕을 내뱉었다. 음성사서함. 예상치 못한 일이었다. 녹음된 기계음이 들리리라고는 생각하지 못했다. 스벤은 화가 났다. 하지만 그 이유는 자동으로 만들어진 기계음을 들었다는 사실 때문이 아니었다. 스벤은 오히려 자기 자신에게 화가 났고 이 모든 일을 가능한 빨리 처리해야겠다고 결심했다.

클라라

긴 하루를 보낸 클라라는 충만함을 느끼며 아직 세탁하지 않은 벤의 이불 속으로 들어가 휴대전화로 문자를 입력했다.

테오가 연락했어? 자기는 테오가 자랑스러울 거야. 아마 자기가 생각하기에 나도 자랑스럽겠지? 오늘 자기를 위한 달 그림을 완성했어. 천 번의 키스와 함께, 사샤가.

그리고 벤의 번호를 찾아 전송 버튼을 눌렀다. 어제 도로테아와 함께 보낸 하루는 무척 좋았지만 아직 완성하지 못한 그림이 계속 마음에 걸렸다.

도로테아와 헤어지고 집으로 돌아온 클라라는 저녁에 새로 그리기 시작했던 달의 뒷면 그림을 이어서 작업했다. 그 그림을 오늘 완성할 수 있으리라고는 생각지도 못했다. 클라라는 기대감에 가득 차서 퇴근길을 서둘렀다. 저녁 식사도 하지 않고 휴대전화가 울려도 무시했다. 그러다가 문득 카트야가 자기 애인과의 사이에서 생긴 새로운 소식을 전하려는 것인지도 모른다는 생각이 들어 얼른 거실로 나갔다. 하지만 음성사서함이 더 빨랐다. 발신자는 메시지를 남기지 않았고, 클라라는 그것이 벤이 보낸 신호라고 생각할 수밖에 없었다. 가벼운 미소를 지은 클라라는 다시 그림 작업에 몰두했다.

클라라는 안정적이고 편안한 상태에 깊이 빠져들어 온 정신을 빼앗겼다. 마치 환각 상태에 빠진 것만 같았다. 잠시 쉬면서 시계를 쳐다보았을 때 벌써 자정이 넘었다는 걸 알고 깜짝 놀랐다. 여태까지는 그림을 한 점씩만 그렸지만, 달의 뒷면을 그리면서 클라라는 이 작품을 연작으로 만들어야겠다고 생각했다.

언젠가 작품들을 전시할 기회가 생긴다면 참 좋겠다. 누가 알겠는가? 그림을 전시하면 약간이나마 돈을 벌 수 있을지도 모른다.

벤이 들었다면 진심으로 기뻐해줬을 꿈이다. 어둠 속을 가만히 응시하고 있자니 클라라의 눈 앞에 벤의 모습이 뚜렷하게 나타났다. 그가 식탁 의자에 앉아 편안한 자세로 다리 한쪽을 식탁 모서리에 올리고 담배를 피우며 말했다. "와, 자기야. 그거 좋은 생각이다. 정말 좋은 생각이야!" 그런 다음 자리에서 벌떡 일어나 아주 유능하고 숙련된 미술 전문가라도 된 양 그림을 다시 자세히 살펴봤다. 그리고 클라라에게 이 정도면 당장 프로로서 경력을 쌓을 수 있을 거라고 말했다.

벤은 매사에 열정적인 반응을 보이는 사람이었다. 어떤 아이디어가 떠오를 때마다 그것을 구현하는 일이 얼마나 비현실적이든 상관없이 벤은 자세한 내용을 이것저것 늘어놓으며 즐거워했다. 이런 식으로 벤과 나누는 대화의 대부분이 몽상으로 끝났다. 두 사람이 나누는 일상적인 주제는 봇물 터지듯 흘러나온 공상적인 이야기가 되었다. 그 주제는 벤이 밴드 멤버들과 함께 이루고자 하는 근사한 커리어든, 돈은 한 푼도 없지만 떠나고 싶은 몇 개월 동안의 세계 일주든 상관없었다.

누구도 따라할 수 없는 벤만의 독특한 사고방식을 떠올리자 클라라의 눈에 눈물이 차올랐다. 최근에는 벤을 생각하더라도 이렇게 빨리 눈물이 난 적이 많지 않았다. 그렇기 때문에 클라라는 어떻게 다스려야 하는지 도무지 알 수 없는 죄책감에 점점 휩싸이고 있었다. 첫 번째 상담 시간에 페르디난트는 남겨진 사람이 죄책감을 갖는 건 당연할 수 있지만, 절대 그럴 필요는 없다고 말했다. 하지만 자신에게 벌어진 사건은 뭔가 다른 거라고 클라라는 두려워했다.

어쩌면 자신이 무의식적으로 벤에게 너무 많은 것을 바라고 강요했으며 벤은 클라라를 실망시키고 싶지 않은 나머지 거대한 압박감에 압도되었는지도 모른다. 클라라는 벤에게 계속해서 노골적으로 혹은 은근히 빈정대면서 제대로 된 직업을 찾으려면 학업을 마쳐야 한다고 종용했다. 그 중심에는 당연히 클라라가 벤이 가장 좋은 성과와 직업적인 성공을 이루기를 바라던 마음이 담겨 있었다. 하지만 최근 들어 그 이면에 자신의 이기적인 욕심이 숨어 있었다는 생각이 들기 시작했다. 믿음직스럽고 문제 없이 가족들을 먹여 살릴 수 있는 남편을 곁에 둔, 그림책에 나올 정도로 이상적인 결혼 생활에 대한 갈망이 얼마나 보수적인 것인지 클라라 또한 뼈저리게 알고 있었다.

어쩌면 벤은 나의 이리저리 날뛰는 변덕을 잠재우기 위해 그냥 청혼을 해버린 건 아닐까? 얼마 동안은 청혼의 효과가 좋았다. 크리스마스이브에 벤이 그녀의 손을 쥐고 청혼해왔을 때 클라라는 구름 위를 걷는 듯했으니까.

클라라와 벤 그리고 클라라의 조부모님, 엄마의 반려자인 라인하르트가 둘러앉은 식탁으로 엄마가 디저트를 들고 돌아왔을 때 벤이 자리에서 일어나 숟가락으로 와인잔을 쳐서 울린 다음 헛기침했다. 기대감에 찬 열 개의 눈동자가 벤을 향했다. 벤이 작은 보석 상자를 꺼냈을 때조차도 클라라는 무슨 일이 일어날지 예상하지 못했다. 벤이 점잔빼는 말을 마치고 클라라가 앉은 의자 앞에 무릎을 꿇은 다음에야 클라라는 그가 하고 있는 행동이 무엇인지 감을 잡았다.

"클라라, 나랑 결혼해줄래?"

클라라가 대답을 하기도 전에 엄마는 환호성을 지르며 박수를 치기 시작했다. 할머니와 할아버지, 라인하르트가 같이 소리를 질렀고 클라라가 무언가를 터뜨리듯 "응!"이라고 대답하자 가족들이 두 사람을 힘껏 끌어안았다.

하지만 클라라의 행복은 오래 가지 않았다. 그로부터 몇 주 후에 사고가 발생했으니까.

클라라는 허공을 쳐다보며 손가락에 낀 반지를 돌리다가 마침내 불을 껐다. 하지만 방 안은 완전히 어두워지지 않았다. 보름달이 뜬 청량하고 맑은 밤이었다. 은색 달빛이 비치자 클라라는 오늘 꺼내 세워둔 벤의 사진 속에서 그의 미소를 잘 알아볼 수 있었다. 벤의 미소는 마치 그의 작지만 큰 예술가가 달 그림 프로젝트를 꼭 실현해야 한다고 응원해주는 것 같았다.

스벤

스벤은 생각에 잠겨 컴퓨터 화면보호기를 멍하니 바라보았다. 오늘 아침, 힐케가 출근하기 전 먼저 사무실에 나온 스벤은 통신사 고객센터에 전화해 경제지 기자로서 조사할 내용이 있다는 취지를 전했다. 스벤이 평소보다 더 여유만만하고 힘 있는 목소리를 내서인지 수화기 맞은편의 젊은 남자도 그의 첩보 활동을 믿음직스럽고 친근하게 느낀 것 같았다. 그에 따르면, 문자 메시지가 동시에 서로 다른 두 명의 수신자에게 전달되는 건 기술적으로 불가능했다. 아울러 고객을 혼동해 메시지가 잘못 전달되는 경우도 대단히 드문데, 이동 통신 번호는 계약이 끝난 후 6개월이 지나야 다시 활성화되기 때문이었다.

문자를 보낸 사람의 이름을 알아낼 수 없다는 점이 스벤을 더욱 안달 나게 만들었다. 아무리 기자라고 하더라도 예외는 없다고 했다. 민감한 고객 정보를 다룰 때는 어떤 상황에서도 비밀이 엄수되어야 했다.

"그 번호로 곧장 전화해서 상대방 고객님의 성함을 여쭤보시는 게 어떨까요?"

남자가 야무진 목소리로 말했다. 우습게도 스벤은 그에 대해 답하기를 주저했다. 남의 집 현관문 열쇠 구멍으로 안을 들여다보다가 현행범으로 붙잡힌 10대 청소년이 된 기분이었다. 스벤은 재빨리 정중한 감사 인사를 남기고 전화를 끊었다.

"아름답고 좋은 아침! 사샤한테서 새로운 소식 없어?"

힐케가 한 손에 커피를 들고 사무실 문을 벌컥 열며 물었다. 힐케는 호기심에 안달복달하며 새로운 소식이 들리면 곧바로 그 내용을 알고 싶어 했다. 스벤은 아무 소식도 알리지 않고 그저 미소를 지으며 힐케를 바라보곤 대꾸했다.

"좋은 아침, 사랑하는 동료님!"

힐케는 당황한 표정으로 스벤을 바라보고는 손가락을

조급하게 움직여 책상 위를 두드렸다.

"왜 그래?"

아무것도 모르는 척하며 스벤이 되물었다.

"아냐."

"그럼 다행이고."

스벤은 계속 웃고 있었다. 힐케는 몇 초 동안 브라이딩이 자신의 컴퓨터에 남긴 포스트잇 메모에 집중하는 척하다가 참을 수 없다는 듯이 소리쳤다.

"이제 빨리 말해봐! 꼭 이렇게 캐물어야만 얘기하지 말고!"

"내가 숨기는 게 뭐가 있다고 캐내겠다는 거야?"

스벤이 우월감에 차서 대답하고는 아침 일찍부터 벌어진 이 논쟁의 난타전에서 선점한 우위를 즐겼다.

"사샤가 주말에 무슨 메시지를 보냈는지 당장 말하지 않으면 다시는 스벤 씨랑 점심 먹으러 안 갈 거야."

힐케는 자신이 대단한 인물이라도 된 양 엄포를 놓았다.

"상관없어."

스벤이 대답하자, 곧바로 힐케 쪽에서 여행용 티슈 한 팩이 날아왔다.

"이 배신자! 그러면 앞으로 나한테 문자의 문, 자도 꺼내지 마!"

힐케가 소리쳤다. 스벤은 잠자코 자신의 승리를 맛봤다. 몇 분의 휴전이 지나고 나서 다음 공격이 시작되었다.

"내가 스벤 씨의 그 소중하고 비밀스러운 정보를 캐내서 뭘 하겠어? 안 그래, 위대한 스타 기자님?"

"자, 여기."

스벤은 화해를 제안하듯이 힐케에게 자신의 아이폰을 내밀었다. "이제 이거 보고 진정하라고"

힐케는 게걸스럽게 휴대전화를 낚아채 놀라우리만치 빠른 속도로 메시지 함을 훑어보았다. 스벤은 자신의 불안을 들키지 않으려고 애썼다. 하지만 하필이면 여자 동료가 스벤의 가장 은밀한 비밀을 들여다보고 있다는 사실이 그를 더욱 조마조마하게 만들었다. 힐케가 큰 소리로 문자를 읽었다.

자기야, 뭐라도 말 좀 해주면 안 돼? 두 번째 그림을 완성했고,

자기가 보내는 신호를 기다리고 있어. 사랑해. 당신의 사샤가.

"내가 그럴 줄 알았어! 이름 없음으로 저장해뒀던 게 사샤였네. 사샤는 그림을 그리나 봐. 멋지다. 그 다음 문자 내용도 의미심장하네. '테오가 연락했어? 자기는 테오가 자랑스러울 거야…' 그리고 이 테오라는 사람은 남자가 아니고 말이야. 재미있다!"

힐케가 분석했다.

"사샤는 정말 로맨틱한 사람 같아. 그리고 여자인 게 분명해. 이런 감수성은 여자한테서만 나올 수 있다고."

스벤의 심장이 밖으로 튀어나올 뻔했다. 아주 잠깐 스벤은 심장이 튀어나올지도 모른다고 느꼈다. 스벤도 마음속으로는 사샤의 뒤에 정말로 여자가, 그것도 이상한 방식으로 스벤의 마음을 건드리는 말을 하는 여자가 숨어 있는 건 아닌지 의심을 점점 키우던 중이었다. 하지만 그런 말은 절대 힐케에게 털어놓을 수 없었다. 그것이 로맨틱하든 아니든.

"그거 알아? 점점 이 상황이 짜증 나기 시작했어. 지금 당장 이 사람한테 날 그만 괴롭히라고 문자를 보내야겠어."

"안 돼!"

힐케가 외쳤다.

"그러면 더이상 이 사람 소식을 들을 수 없잖아."

스벤이 미심쩍은 눈초리로 힐케를 바라보았다. 힐케가 마치 연극을 하듯 의도적으로 잠시 침묵한 다음 말을 이었다.

"이 사람이 스벤 씨가 꿈에 그리던 이상형인지 누가 알겠어?"

힐케가 만면에 미소를 지었다. 스벤의 심장이 다시 쿵쾅거리기 시작했다. 먼젓번에는 다비드가 나서서 스벤이 그의 소중한 자유 시간을 '사샤 판타지'에 낭비하도록 만들더니, 이제는 힐케까지 스벤을 자극하고 있었다.

"그러게. 그리고 마지막에 그들은 모두 사랑에 빠졌고, 행복이 가득한 세상에 대한 힐케의 믿음이 또다시 이겼답니다."

스벤이 비아냥거리듯 말했다.

"그래서? 그게 뭐가 나쁘다는 거야? 지금 스벤 씨가 사샤한테 관심이 전혀 없다고 하더라도, 이 사건 자체에 감정적인 건 맞잖아."

힐케가 단호하게 말했다. 궁지에 몰린 스벤은 크게 앓는 소리를 냈다. 하지만 지금 까칠하게 반응한다면 힐케는 자신의 예상이 적중했다며 우쭐해 할 것이다. 스벤은 잠시 생각하고는 말했다.

"더 자세히 알고 싶다면 알려주지. 사실 금요일에 날 성가시게 하는 이 일의 정체가 뭔지 알아보려고 그 번호로 전화를 했어. 공중전화로 걸었지만."

"뭐? 정말이야?"

힐케가 망연자실한 표정으로 말하더니 곧장 흥미진진한 표정으로 "그래서?"라고 물었다.

"그래서? 아무 일도 없었어. 아무도 전화를 받지 않았거든."

"음성사서함도 없었어?"

"그건 있었어."

"오 맙소사, 스벤아! 나 미치는 꼴 보려고 그래? 빨리 말해!"

"스벤아라고 부르지 않으면 말할게."

"빨리! 그 사람은 누구야? 이름이 뭐야?"

"나도 몰라."

"모른다니?"

"음성사서함 목소리가 자동으로 나오는 기계음이었다고."

"그래서?"

"그래서라니?"

"음성 메시지를 남겼어?"

"아니."

"왜?"

"이런 일이 생길까봐!"

"그럼 왜 다시 한 번 더 전화하지 않는 거야?"

스벤이 눈을 치켜뜨며 흰자위를 보였다.

"그렇다면 힐케 씨가 해보든가!"

스벤은 힐케를 재촉하면서 동시에 입술을 깨물어야 했다. 왜 그런 말을 했을까?

"그거만큼 바라던 일이 없지."

힐케는 즐거워했다. 완전히 행복감에 젖은 표정이었다.

"기다려! 내 전화로는 안 돼."

"안 할 테니 걱정 마. 내 전화로 할게."

힐케는 곧장 자신의 휴대전화를 집어 번호를 입력했다. 그 모든 과정을 더는 보고 있을 수 없던 스벤은 고개를 절레절레 젓고는 서류철을 들고 사무실 밖으로 나가면서 말했다.

"마침 회의하러 가야 해서 다행이군!"

스벤은 문을 나선 후 복도를 따라 몇 미터쯤 걸었을 때 불현듯 볼펜을 가져오지 않았다는 사실을 깨달았다. 스벤은 잠시 그 자리에 서서 다시 책상으로 돌아가야 하나 망설였다. 책상으로 돌아간다면 힐케는 분명 그가 호기심이 일었으면서도 볼펜이 없어서 돌아왔다는 핑계를 댄다고 오해할 게 분명했다.

당연하게도 스벤은 힐케가 사샤와 통화 연결이 되었는

지 그리고 무엇보다도 그 낯선 사람이 어떤 반응을 보일지 궁금했다. 스벤은 천천히 사무실 쪽으로 돌아가서 닫힌 문 앞에 섰다. 주변에 아무도 없다는 사실을 확인한 다음 힐케의 목소리가 새어 나오지 않는지 귀를 기울였다. 아쉽게도 드문드문 끊긴 문장밖에 알아들을 수 없었다.

"음…, 죄송해요. 몰랐네요…, 아, 고맙습니다…. 네, 그쪽도요…."

스벤의 심장이 뛰었다. 미친 짓임이 분명하다는 생각이 들었지만 지금 당장 사무실 안으로 들어가고 싶었다. 하지만 이제 더이상 지체할 시간이 없이 곧장 회의실로 가야 했다. 스벤은 마음을 다잡고 계단 방향으로 서둘러 발걸음을 옮겼다. 걸어가는 내내 여러 번 고개를 저었다. 호기심이 왕성한 힐케 때문만은 아니었다. 아니, 그 누구보다도 자기 자신 그리고 자신의 멍청한 행동 때문이었다.

스벤이 책상으로 다시 돌아왔을 때 힐케는 자신의 승리를 만끽하고 있었다. 힐케는 스벤이 몇 번이고 부탁한 후에야 사샤가 정말로 여성이었으며, 게다가 아주 상냥하고 따뜻한 목소리의 소유자였다는 생생한 소식을 전달했다.

"그 사람이랑 몇 마디 나눈 다음에 스벤 브라이딩이라는 사람의 번호가 아니냐고 물어봤어."

힐케가 자랑스럽게 말했다. 동료 직원과 상사의 이름을
결합한 이름 말고 지어내야 할 가명이 그렇게 빨리는 떠오
르지 않았던 모양이라고 스벤은 생각했다. 대화가 고작해
야 몇 초밖에 이어지지 않았을 텐데도 힐케는 스벤에게 사
샤라는 사람의 전반적인 인물상에 대해 이러쿵저러쿵 설
명을 늘어놓았다.

"무엇보다도 굉장히 젊은 사람이었어. 그렇다고 어리지
는 않고. 서른 살 전후? 교양 있는 어투였고 북부 말투를
썼어. 사투리 억양은 없었고, 이상한 말도 하지 않았어. 그
반대였어. 당신이 직접 들어봤어야 하는 건데! 종소리처럼
맑으면서도 약간 우수에 젖은 목소리에 세련된 표현…, '우
아한'이라는 말이 딱 어울려!"

힐케가 계속해서 잘못 걸린 전화에도 친절하게 답하던
그 낯선 목소리에 감성과 성애적인 의미를 부여하자 스벤
은 이 모든 일이 버거워졌다. 그는 고개를 저으며 점심을
먹으러 가겠다고 말했다.

엘베 강가를 산책하던 중 스벤은 홀연히 이끌리듯 곧장
공중전화 부스로 다가갔다. 스스로 생각하기에도 우스웠
지만, 힐케의 설명이 맞는지 꼭 직접 알고 싶었다.

사샤가 전화를 받으면 도대체 뭐라고 말해야 할까? 전
문적인 상담 같은 대화를 시작해야 하나? 콜센터의 직원

인 척 이야기를 끌어 가면 될 것이다. 복권 추첨 이벤트에 참여하라고 말하며 사샤의 관심을 자극해볼까? 스벤이 진지하고 예의 바르게 부탁한다면 사샤가 자신의 개인정보를 어느 정도 알려줄지도 모른다. 그러면 적어도 스벤은 여태까지 자신에게 문자를 보낸 사람이 어떤 인물인지 알게 될 것이다.

스벤은 공중전화 부스 안으로 들어가 번호를 누르고 기대감에 차서 신호음을 기다렸다. 몇 번이나 헛기침을 하다가 마침내 수화기 저편에서, 힐케의 말대로 호감이 가는 목소리가 들렸을 때 스벤은 깜짝 놀랐다.

"네?"

조금 전에 계획을 세운 것이 무색하게도 스벤은 갑자기 말은커녕 그 어떤 소리조차도 내지 못했다. 잠깐 침묵이 이어진 다음 다시 목소리가 들렸다.

"여보세요?"

몇 초 후 다시 그 목소리.

"여보세요?"

그리고 목소리가 물었다.

"누구세요?"

하지만 스벤은 그때까지도 아무런 반응을 할 수 없었다. 사춘기 소년처럼 수화기를 내려놓기 일보 직전이던 스벤에게 사샤가 물었다.

"벤? 당신이야?"

소스라치게 놀란 스벤은 재빨리 전화기를 내려놓고 말았다.

그날 오후 내내 스벤은 생각을 정리하려고 애썼다. 왜 그렇게 그 낯선 사람에게 신경이 쓰이는 건지 끊임없이 자문하고 고민했다. 만족스러운 답을 찾지 못한 스벤은 이 모든 일을 더 근본까지 파고들어 보자고 결심했다.

그는 사샤가 보낸 수많은 문자를 워드 파일에 입력하고 내용에서 알아낸 모든 사실을 볼드체로 표시했다. 그런 다음 A4용지 세 장에 달하는 내용을 인쇄해 챙겨두었다. 혼자 조용히 분석하기 위해서였다.

자전거를 타고 퇴근한 그는 맥주 한 병을 따고 턴테이블 옆에 그대로 놓아두었던 핑크 플로이드의 LP판을 재생한 다음 소파에 앉아 다리를 테이블에 올렸다.

'자, 내가 이 여자에 대해서 아는 게 정확히 뭐지?'

'일단 나는 이 사람이 연애문제 때문에 도통 웃을 일이 없다는 걸 알고 있어. 그리고 이 사람은 할아버지를 무척 사랑해. 달 그림을 그리고, 춤을 즐기지.'

스벤은 지난주 언젠가 늦은 밤에 온 문자를 다시 한 번 읽었다.

난 지금 춤, 춤, 춤을 추고 싶어. 제발 지금 당장 춤을 추러 와줄 수 있어? 난 당신을 다시 보고, 듣고, 맛보고, 당신의 냄새를 맡고 그리고 무엇보다도 당신을 느끼고 싶어.

스벤은 현재 자신이 이 여자에 대해 아는 바가 거의 없기 때문에 흥미가 이는 것이 아닌가 생각했다. 그는 사랑이 충족되지 못했으면서도 희망에 차 보이는 어떤 낯선 사람의 삶을 들여다보는 상상 여행에 확 이끌렸다. 그 사람의 깊은 감정이 스벤에게 떨쳐낼 수 없는 인상을 남겼다. 게다가 의심할 여지 없이 모든 메시지에서 묻어나는 우울감이 왠지 모르게 마음에 와닿았다. 스벤은 과연 이 사샤라는 사람이 자신의 여성관을 바로잡을 운명의 암시가 되어야 하는지 스스로에게 물었다.

피오나와 사귀기 시작했을 때도 당연히 몇 차례 문자 메시지나 전자메일을 주고받았다. 처음 몇 개월 동안 피오나가 먼저 습관적으로 연락을 했는데, 스벤은 언젠가부터 그녀에게 무슨 말을 해야 할지 모르게 되었다. 두 사람은 주로 전화 통화를 하거나 직접 만나서 이야기를 나눴고, 그래서인지 스벤은 그 사이에 문자나 메일로 소통하는 것이 설레고 즐겁다기보다 부담스러웠다.

아직도 스벤의 귓가에는 사샤의 목소리가 울리는 것 같았다. 오늘 스벤이 사샤로부터 들은 말은 겨우 몇 단어뿐일 정도로 적었지만, 그는 사샤의 입에서 나오는 "사랑해"라는 말이 피오나의 입에서 나오던 것과 완전히 다를 거라고 확신했다. 자신의 기억 속에 남은 그 진부한 말과는 전혀 다를 거라고.

스벤은 맥주를 한 모금 더 마시고는 이미 소리가 그친 지 오래된 턴테이블의 전원을 껐다. 불쾌한 기분이 들었지만 이유는 알 수 없었다. 혹시 외로워서 그런가? 스벤이 그런 생각을 한 것은 오늘이 처음이었다.

메모한 내용을 검토하던 중 날짜가 최근에 가까워질수록 사샤의 말투에 깃든 슬픔과 갈망이 눈에 띄게 줄어들었다는 사실을 알아차렸다. 그리고 문자 메시지 내용에서 사샤가 광고와 관련된 일을 한다는 점, 꽤나 성공한 커리어를 보유하고 있다는 점, 하지만 그다지 행복해 보이지는 않는다는 점을 파악했다. 사샤의 세상에 살고 있는 인물들은 클라라, 카트야, 카린, 크누트, 테오, 카르스텐 그리고 할머니와 할아버지였다. 그 밖에 많은 것들은 심오한 의문과 추측으로 남았다. 사샤는 사랑하지만 손에 넣을 수 없는 어떤 남자를 그리워하는 것 같았다. 어쩌면 그 남자는 북해의 해상 플랜트에서 일하거나 아니면 북극으로 탐사 여행을 떠났는지도 모른다. 사샤가 '그 위에서는'이라는 표현을 자주 사용했기 때문이다.

어쩌면 이 문자 메시지의 진짜 수신인은 애초에 존재하지 않는 사람인지도 모른다. 어쩌면 그는 죽었거나, 혼수 상태거나, 상상 속의 인물일 것이다. 말하자면 그는 짜증이 나는 고객, 아무런 의미 없는 일들, 성가신 동료 직원, 지나치게 많은 야근 등으로 점철된 음울한 일상으로부터 도피하려고 사샤가 가상으로 만들어낸 이상형인지도 모른다. 사샤는 아무렇게나 지어낸 전화번호로 문자를 보냈는지도 모른다. 마치 즐거운 기대와 흥분으로 잔뜩 신이 나병에 담긴 편지를 바다에 던지는 어린아이처럼 사샤는 흥미진진한 모험을 기대하며 메시지를 보냈을 것이다.

때때로 사샤는 그저 순진하거나 사춘기 어린아이 같지 않은 면모도 보였다. 어떨 때는 그녀의 말투가 도도하게 느껴질 정도로 어른스러웠다. 어쨌든 그녀는 여러 모순적인 측면을 갖춘 사람임에 틀림없다. 한편으로 사샤는 대단히 목표 지향적이고 야심 차고 현실적인 인물이다. 다른한편으로 그녀는 스벤의 눈에 우울함, 연애감정, 특히 연약함으로 가득한 인물로 비쳤다.

그녀는 어떻게 생겼을까? 스벤은 그렇게 생각하며 다시 맥주를 크게 한 모금 마셨다. 만약 사샤가 가슴이 크고 다리가 길고 헤이즐넛 색의 긴 웨이브 머리를 한 사람이라면 스벤의 취향일 것이다. 피오나처럼. 하지만 스벤이 상상하기에 사샤는 왠지 마른 체형에 표정이 풍부해서 감정을 숨기지 못할 것 같았다. 그리고 왠지 자신의 삶을 주체적으로 꾸려나가지 못할 성격의 소유자처럼 여겨졌다. 만약 스벤이 길에서 우연히 마주쳤다면 어떤 관심도 주지 않고 지나칠 법한 작고, 눈에 띄지 않고, 어쩌면 덜 매력적인 사람일지도 모른다. 하지만 누군가가 우연히 그녀와 대화를 나눈다면, 그녀는 특유의 감성과 지성으로 수수한 외모를 보완할 수 있을 것이다.

여기까지 상상한 스벤은 지금 현재 실제로 누군가를 만나 연애 관계를 맺는 것보다 상상 속에서 가까워질 이상형 여성을 이런 식으로 얼마든지 더 창조해낼 수 있겠다는 생각이 들어 웃을 수밖에 없었다. 사샤는 짜증을 내지도, 불만을 토로하지도 않았다. 문자 메시지에서 그녀는 즐거운 화젯거리만 언급했다. 하지만 사샤의 목소리는 진짜였다. 그녀는 정말로 존재하는 사람이었다.

이제 그녀를 찾기만 하면 된다.

클라라

클라라는 인상을 찌푸리고 부엌 창가에 서서 카트야의 갓 뽑은 자동차인 피아트 500을 바라보고 있었다.

"주말에 시승식을 하는 거야. 함부르크까지. 대신 네가 제대로 화장도 하고 옷도 잘 차려입으면!"이라고 카트야가 엄포를 놓았었다.

토요일인 이 날은 아침부터 활기차게 시작되었다. 클라라는 드디어 예전처럼 뤼네부르크의 아름다운 구시가지에 있는 여러 가게를 돌아다니면서 돈 쓰는 즐거움을 누렸다. 청바지 두 벌, 세련된 윗옷 한 벌, 할인된 가격임에도 손이 떨릴 정도로 비쌌지만 아주 고급스럽고 클라라가 원래 자주 신던 스타일과 잘 맞는 여름용 신발 한 켤레를 구입했다.

처음에 클라라는 새로 산 옷과 신발을 걸치고 한껏 꾸민 다음 오늘 저녁 외출한다는 생각에 설렜다. 하지만 지금은 그냥 집에 머물면서 와인을 마시고, 선율이 아름다운 음악을 듣고, 그림이나 계속 그리고 싶었다.

만약 또 카트야에게 퇴짜를 놓는다면, 클라라는 앞으로 카트야가 아닌 다른 사람을 가장 친한 친구로 삼아야 할 것이다. 지난주 내내 카트야가 사랑의 열병 때문에 괴로워하며 성질을 부릴 때도 클라라는 큰 도움이 되지 못했다. 카트야는 칵테일 바나 영화관에 가서 로베르트라는 남자를 잊고 싶어 했지만, 클라라는 사람이 많은 곳에 가는 것이 내키지 않는다며 거절했다. 슬픔은 사람을 이기적으로 만든다. 그렇다고 클라라가 카트야에게 용기를 북돋는 일에 질린 건 아니었다. 어쨌든 로베르트는 단언한 대로 정말로 아내와 헤어졌다. 하지만 카트야는 로베르트와 두 번 이상 더 만난 후에도 그를 용서하지 못했고, 대신 새로운 자동차를 샀다.

"이거야말로 위대한 삶의 기쁨이지!"

클라라가 마침내 하늘색 자동차에 올라타자마자 카트야는 감격한 목소리로 말했다.

"때로는 자기 자신한테 진짜, 진짜 좋은 걸 베풀어야 한다니까."

"나도 돈 좀 썼어."

클라라는 자랑스럽게 대답하며 카트야가 새 신발을 볼 수 있도록 오른쪽 발을 높이 들었다.

"오! 새 거야?"

카트야가 물었다.

"따끈따끈한 신상이야. 이렇게 제대로 쇼핑한 게 백만 년만인 것 같아."

"그건 정말 좋은 신호 아냐? 그리고 이제 우리가 함께 즐길 최고의 시간이 돌아왔어. 모든 걸 다 휩쓸어 버리는 밤이 될 거야!"

"이제 말해봐. 오늘 계획이 도대체 뭐야?"

"특별한 계획은 없어."

카트야가 갑자기 목소리를 높이며 과장되게 아무렇지 않은 태도로 말하기에 클라라는 미심쩍은 기분이 들었다.

"빨리 말해봐! 뭔가 꿍꿍이가 있잖아. 유흥가로 가서 스트리퍼라도 보는 거야? 맞지?"

토요일 이른 저녁부터 즐기기에는 가장 좋지 않은 일을 상상하며 클라라가 물었다. 하지만 카트야가 미소만 지을 뿐, 대답이 없자 클라라의 의심은 더욱 깊어졌다.

"왠지 모르겠지만 내가 오늘 여태까지 전혀 해본 적이 없는 일을 해야만 할 것 같은 기분이 드는데."

"왜냐하면 네가 오늘 인생에서 처음으로 이 귀여운 자동차를 타고 외출할 거니까. 우선 기름부터 가득 채워야겠지만."

클라라 역시 친구에게 미소 지으며 말했다. 어떤 기대감이 클라라를 들뜨게 했다. 하지만 분명히 뭔가 다른 분위기가 존재했다. 클라라가 상당한 불편함을 느끼는 무언가가.

화창한 일요일이 그저 그렇게 흘러가도록 두고 싶지는 않았지만, 클라라는 오후가 될 때까지 뭔가 의미 있는 일을 해야겠다는 생각이 들지 않았다. 클라라는 마치 최면에 걸린 사람처럼 베란다에 놓인 작은 테이블에 앉아 내용에 전혀 관심이 가지 않는 잡지를 무심하게 뒤적이고 있었다.

클라라의 생각은 계속해서 전날 밤으로 향했다. 카트야가 어떻게 그녀에게 그런 짓을 할 수 있었을까? 물론 카트야로서는 좋은 마음으로 한 일일 것이다. 하지만 타이밍이 전혀 맞지 않았다. 클라라가 생각하기에 3년쯤 빠른 일이었던 것 같다.

이번 주말까지 클라라는 단 한 번도 새로운 연애를 시작하기는커녕 하물며 새로운 남자를 만날 생각조차 한 적이 없었다. 낯선 사람과 입을 맞추고, 그의 팔에 안기고, 벤이 아닌 다른 사람의 체취를 맡는다는 상상을 하는 것만으로도 몸이 벌벌 떨릴 정도로 공포가 밀려왔다. 물론 클라라는 누구나 인생에서 한 번쯤은 사랑 때문에 지독한 괴로움을 겪는다는 사실을 알고 있었다. 하지만 과연 앞으로의 인생에서 벤이 아닌 다른 누군가를 사랑하게 될 수 있을지는 상상이 가지 않았다. 그런데 카트야는 어제 클라라에게 남자를, 그것도 한 명이 아니라 동시에 여덟 명이나 소개했다!

카트야와 함께 함부르크 시내의 인공 호수인 빈넨알스터 근처에 있는 술집에 도착한 클라라는 카트야에게 등을 떠밀려 따로 마련된 방으로 들어갔다. 그곳에는 이미 남자 다섯 명과 여자 세 명이 앉아 있었다. 클라라는 그때까지도 일이 대체 어떻게 돌아가고 있는 건지 짐작조차 할 수 없었다. 사회자가 등장해 '스피드 데이팅 $8 \times 8 \times 8$'이라고 쓰인 설문조사 용지를 내밀며 답변을 채우라고 말하자 그제야 상황을 파악했다. 클라라가 여태까지 자신의 몸을 내던지리라고는 전혀 생각지도 않은 그런 행사에 카트야가 몰래 참가신청을 하다니, 믿어지지 않았다.

카트야는 자신이 무척이나 획기적인 아이디어를 냈다고 확신했는지 연신 미소를 지으며 클라라에게 윙크와 눈짓을 보냈다. 남자들은 8분 동안 표면적인 이야기를 우물쭈물 늘어놓다가 다음 테이블로 옮겨갔다.

솔직히 말하면, 클라라는 여러 남자들로부터 친절한 말과 칭찬을 받는 것이 아주 조금은 즐거웠다. 하지만 나중에는 양심의 가책이 느껴지기 시작했다. 집으로 돌아왔을 때는 벤에게 문자 메시지 한 통조차 보내지 못할 정도였다. 남자를 찾으려고 미팅 자리에 나갔다고 벤에게 어떻게 고백해야 할지 몰랐다. 물론 오늘 만난 사람들 중에 벤만큼 매력적이고 마음을 끌어당기는 혹은 그에 거의 근접한 남자는 한 명도 없었다. 누구에게나 호감을 살 법한 인물이지만 눈에 확 띄는 결혼반지를 끼고 있던 사회자 안드레아스가 줄곧 분위기를 부드럽게 주도했다. 그러나 그를 제외한 다른 남자들은 모두 측은할 정도로 오랜 시간 솔로인 듯했다. 그래서인지 끊임없이 질문을 이어가며 애써 상황을 주도하려는 행동에서 조바심이 느껴졌다.

카트야와 클라라도 어느 정도 그 시간을 즐겼다. 하지만 애매한 미팅 후에 모든 남성 및 여성 참가자들은 상대방을 평가해야 했다. 가령, 머리가 반쯤 벗겨지고 손이 축축하던 마흔여섯 살 디터 씨는 카트야와 클라라에게 토씨 하나 틀리지 않고 똑같은 질문을 던졌다. 사전에 메모해두었다가 암기한 게 틀림없었다. 젊은 참가자였던 이십 대 중반의 플로리안은 말할 때 침을 너무 많이 튀겼다. 폴커라는 사람은 상대의 눈을 똑바로 마주치지도, 말을 제대로 하지도 못했다.

처음부터 클라라는 모든 잠재적인 데이트 상대를 거절할 생각이었고 이메일 주소도 알려주고 싶지 않았다. 클라라는 어차피 자신이 밤새도록 괴로워하며 현재 가장 집중하고 있는 주제를 기억에서 밀어내려고 안간힘을 다할 것이 고작이라는 사실을 뻔히 알고 있었기 때문에 다른 남자와 약속을 잡는 게 의미가 없다고 생각했다. 그래서 클라라는 애초에 인위적으로 관심 있는 척을 하고 싶지도 않았고, 모든 남자들에게 자신이 이 애매한 미팅 장소에 온 단하나의 이유는 옆에 있는 친구 때문이라고 말했다.

클라라는 혹시 카트야가 그날 저녁 아무런 성과가 없어서 실망한 것은 아닌지 걱정했다. 하지만 후퇴를 다시 승리로 바꾸지 못한다면 카트야가 아니다. 카트야는 곧바로안드레아스의 손가락에 시선을 고정했다. 클라라 또한 안드레아스가 매우 매력적이고, 주체적이고, 능동적이고, 유머러스하게 게임 방식을 설명하고, 그러면서 이 모든 이벤트를 수준 높게 이끌었다고 인정했다. 카트야는 결국 안드레아스에게 그녀의 번호를 전달해도 좋을 사람들 명단에안드레아스 본인을 추가해도 되냐고 물었다. 안드레아스는 웃으며 의미심장하게 말했다.

"제 번호는 이미 갖고 계시잖아요."

그 말은 이번에도 카트야가 적극적인 행동에 나서기를분명하게 부추기고 말았다.

클라라는 자신의 친구가 앞으로 몇 주 동안 이 남자들을 어장에 넣고 성대한 쇼를 벌이리라고 확신했다. 카트야는 우리가 한창의 나이이며, 그러므로 얼마나 많은 과거와미래가 걸려 있든지 상관없이 늘 최선을 다해야 한다고 말했다.

클라라는 대단히 열성적이고 열광적인 친구가 자신을 다시 일상적인 삶으로 되돌아오게 만들기 위해 얼마나 많은 에너지를 투자하는지 생각하자 웃음이 나왔다. 바로 그런 이유 때문에 클라라는 카트야를 사랑했다. 카트야가 자신의 소극적인 태도와 불안을 참아주기 때문에. 또한 카트야가 언제나 즐거움과 기분전환을 위한 아이디어를 잔뜩 고안해내기 때문에.

하지만 이제는 예전과 달리 다시는 남자나 연애 관계만을 주제로 진행되는 멍청한 대화에 끼어들지 않으리라는 것을 카트야는 받아들여야 했다. 클라라의 귓속에 들어앉은 난쟁이 요정이 "눈에 보이는 것과 달라", "이 평화로움을 절대 믿어서는 안 돼", "어쩌면 넌 행복했던 적이 없는 거 아닐까?"라고 끊임없이 절망적인 말을 속삭이고 있는데 어떻게 이 모든 상황이 아무렇지 않게 다시 밝아질 수 있을까?

클라라는 이제 자기 자신이 싫었다. 때때로 누군가가 자신의 코앞에서 자기연민에 빠져 벤을 미화하는 건 이제 제발 그만두라고 소리쳐주길 바랐다. 그러나 그런 일이 일어나기는커녕 클라라의 조부모님이나 친구들, 동료들 그리고 당연하게도 엄마는 늘 그녀를 위로하고 다독이기만 했다. 그럴 때마다 클라라의 바람은 오직 하나였다. 다시 이

전의 자신으로 돌아가는 것. 클라라는 10미터 밖에서도 누구나 알아볼 수 있을 것 같은 이 오점에서 벗어나고 싶었다. 아주 기분 나쁘고 파멸적인 무언가가 자신에게 달라붙은 기분이었다.

무심하게 잡지를 넘기던 중 어젯밤 함부르크 시내로 향하던 길에 전광판에서 봤던 광고가 나온 페이지가 클라라의 눈에 들어왔다. 돋보일 정도로 그래픽이 출중하지는 않았지만, 내용 때문에 클라라는 살짝 미소 지었다. 개성 있고 잘생긴 남자가 소파 위에 편안하게 앉아 맛있다는 듯이 맥주를 마시고 있다. 그 위에 '남자의 인생은 오직 한 번!'이라는 문구가 적혀 있었다.

'벤도 오직 한 번의 인생을 살았지.' 너무 짧은 한 번의 인생이었지만, 벤은 클라라가 아는 그 누구보다 많은 것을 즐기려고 추구한 사람이었다.

하지만 클라라는 어떤가? 클라라의 인생도 벤의 인생과 함께 사라져버린 걸까? 클라라는 자리를 박차고 일어났다. 그래서는 안 된다. 벤이 어떤 식으로 사망에 이르렀든, 그는 자신 때문에 클라라가 불행한 채로 남기를 바라지 않을 것이다. 그리고 만에 하나 어떤 이유에서든 벤이 그러기를 바랐다고 하더라도, 클라라에게는 인생을 최대한 즐길 권리가 있다.

그녀의 내면에서 점점 일종의 분노가 싹트기 시작했다. 분노의 화살은 인생, 자신의 운명 그리고 이따금 벤을 향했다. 언젠가 클라라만을 바라보고 그녀의 과거 때문에 주저하지 않으며 자연스럽게 남은 인생을 함께할 수 있는 누군가를 만날 수 있다면 행복하리라.

마실 것을 가지러 부엌으로 들어간 클라라의 시선이 자석으로 냉장고에 붙여 둔 피자 배달 서비스 광고지에 붙잡혔다. 저도 모르게 침을 삼켰다. 거의 매주 일요일 저녁마다 벤은 그곳에 두 사람이 먹을 음식을 주문하곤 했다. 그리고 클라라는 갑자기 기름지고 짜고 두꺼운 치즈가 덮인 살라미 피자를 먹고 싶다는 강한 충동에 사로잡혔다.

클라라는 곧장 수화기를 들고 피자를 주문했다. 주문을 받은 직원이 고객 번호와 주소가 일치하는지 그리고 수령인의 이름이 '벤야민 룽게'가 맞는지 물었을 때는 속으로 깜짝 놀라 몸을 움츠렸다.

"아뇨!"

클라라는 스스로도 경악할 정도로 무례하게 들리는 목소리로 말했다.

"룽게라는 이름은 지워주세요. 하지만 주소는 맞아요. 수령인은 좀머펠트입니다."

전화를 끊고 클라라는 목을 꽉 메운 충동에 그대로 무

너져야 하는지 잠시 생각했다. 하지만 다시 울고 싶지는 않았다. 이번 주말은 온 힘을 다해 패배가 아닌 전진으로 만들어내고 싶었다. 그녀는 그늘이 진 베란다로 돌아가 반 년 만에 처음으로 맛보는 피자를 즐길 준비를 했다.

스벤

'사샤 사건에 대한 수사'는 결코 종료되지 않았지만 일이 너무 많은 한 주를 보내는 바람에 지난 며칠 동안 수사를 완전히 뒷전으로 밀어버리고 말았다. 그 사이 스벤은 사샤가 존재하는 가상의 세계에 멍하니 빠져든 현실을 핑계 삼아 다른 활동적인 일을 하지 않아도 되는 건 아닌가 생각했다. 스벤은 계속해서 밀려드는 시간적 압박과 미팅 약속에 붙잡혀 휴가가 절실히 필요하다고 느끼는 중이었기 때문이다. 요즘에는 삶 자체가 코르셋으로 조여진 기분이었다.

물론 스벤은 자신이 하는 일을 사랑한다. 글을 쓰는 것이 좋고, 바쁘게 움직이는 것도 좋아한다. 집에서는 편히 쉴 수 있다. 게다가 얼마 전 아버지와 만났을 때는 불편하지도 않았을 뿐만 아니라 아버지로부터 다정한 말도 들어서 깜짝 놀랐다. 스벤은 아버지와 서서히 다시 가까워진다는 느낌을 받았다.

갑자기 밀려드는 딴생각의 공격을 피하기 위해 스벤은 맛있는 저녁식사를 차리려고 냉장고로 다가갔다. 냉장고에는 식욕을 돋우는 냉동 피자도, 맥주도 없었기 때문에 그는 밖에 나가 뭔가를 사오기로 결정했다.

밖으로 나가는 길에 냉장고에 쌓아두었던 먹지 못하는 것들을 버리려고 커다란 비닐봉지를 꺼냈다. 위쪽 선반에 놓인 토마토 페이스트가 든 튜브는 딱딱해져서 도저히 먹을 것이 못 되었다. 유통기한이 1년 이상 지난 걸 발견하고 스벤은 경악했다. 마멀레이드 병도 두 개나 있었는데, 내용물을 자세히 들여다보지 않기로 했다. 기억이 맞다면 이건 피오나의 어머니로부터 선물 받은 것이다. 애초에 그는 마멀레이드를 좋아하지도 않았고, 피오나가 좋아하던, 그러나 스벤의 입장에서는 매스껍기만 한 드레싱은 더욱 싫어했다. 얼핏봐도 드레싱 병 안에서는 벌써 알록달록한 곰팡이들이 무리를 지어 자라나 있었다.

전 여자 친구의 흔적을 지울 절호의 기회라고 스벤은 생각했다. 오늘이 바로 그 날이었다.

그는 날개가 돋친 듯 벌써 반이나 찬 봉지를 들고, 전 여자 친구를 떠올리게 하는 물건들을 찾아 치워버리려고 집

안을 쭉 둘러보았다. 물건이 많지는 않았다. 냉장고에 붙은 별것 아닌 엽서 한 장, 전혀 스벤의 취향이 아닌 과일 접시, 먼지가 켜켜이 쌓인 입욕제, 옷 몇 벌, 신발 두 켤레, 함부르크 돔 놀이공원에서 산 하트 모양 아이싱쿠키, 액자에서 분리돼 서랍에 들어 있던 사진 몇 장이 다였다. 사진은 계속 간직할 것이다. 스벤은 사진 외의 나머지 물건을 전부 봉지에 넣었다. 아무 감정도 느껴지지 않았다.

스벤은 지갑과 열쇠, 휴대전화를 들고 밖으로 나갔다. 우선 쓰레기통에 봉지를 버린다. 그리고 슈퍼마켓에서 먹거리를 산다. 마지막에는 서점에 들렀다 돌아오는 코스가 될 것이다.

클라라

공동묘지 입구에서부터 벤의 묘지까지 가는 길은 끝없이 멀어 보였다. 클라라는 기분이 좋지 않았는데, 그 이유가 벤의 죽은 몸을 이토록 가까이 느끼는 것이 생리적으로 싫어서인지, 아니면 카린이 같이 가겠다고 우기며 클라라를 따라와서인지는 알 수 없었다.

"그동안 여기 얼마나 자주 왔니?"

카린이 부드럽고 조심스러운 목소리로 물었다. 그럼에도 클라라는 곧장 방어 태세에 돌입하고 말았다. 지난 몇 주 동안 이곳에 올 용기를 내지 못해서 뜨끔했기 때문이다.

"여기 오면 마음이 무거워요. 왠지 으스스하고."

"그건 당연한 거야."

카린이 잠시 망설이더니 클라라의 팔짱을 끼고 조심스럽게 덧붙였다.

"네가 두려워한다는 건 아직 네 앞에 해결해야 할 일이 많이 남았다는 뜻이니까."

"네, 네. 나도 알아요."

클라라는 건성으로 대답하며 카린에게 화를 내지 않도록 스스로를 다독여야 했다.

"내가 언제나 네 곁으로 달려올 거라는 건 알고 있지, 얘야? 우리가 함께 네 고통을 가볍게 만들 가능성은 얼마든지 있어. 하지만 가장 중요한 건, 네가 그걸 놓아줘야 한다는 거야."

카린은 묻지도 않은 말을 이어갔다.

"나도 잘 안다니까요. 엄마가 계속 그 말을 반복해봤자 더 나아질 건 없어요."

클라라는 이미 아까 전부터 속이 끓다 못해 터져버린

상태였지만 냉정함을 유지하려고 노력했다.

"엄마는 널 돕고 싶을 뿐이야. 내가 슬픔을 극복했던 그 가치 있는 경험을 너한테 공유하지 않는다면 내가 무슨 엄마란 말이니?"

클라라는 고개를 젓고 차라리 입을 다물기를 택했다. 지금 당장 혼자가 되고 싶었다. 아주 먼 곳에서, 혼자 있고 싶었다.

모든 걸 내팽개치고, 멀리 도망간 다음 어딘가에서 처음부터 다시 시작하고 싶었다. 엄마가 자신의 생각을 알게 된다면 분명 고통스러운 현실에서 도피하는 행동이라고 지적할 것이다. 엄마는 격앙된 목소리로 전반적인 심리 치료 과정을 시작하고 스스로를 우주의 에너지와 연결해야 한다고 클라라를 설득하려 들 것이다. 그리고 자신이 갖고 있는 모든 지혜롭고 인생에 도움이 되는 책들을 가져다주고 수많은 전문가들이 한 말을 읊으면서 이 책과 전문가들을 믿으면 내면의 힘을 다시 되찾을 수 있을 거라고 말할 것이다.

그런 대화를 나눌 때면 클라라는 엄마의 얼굴에 대고 나는 여태까지 단 한 번도 내면의 힘인지 뭔지를 가진 적이 없으며, 그 원인은 내 어린 시절에 있다고 소리치고 싶었다. 그때 클라라는 아버지를 잃은 슬픔에 잠겨 완전히 혼자가 된 기분이었다. 클라라는 엄마가 아빠 때문에 우는 모습을 거의 본 적이 없다. 그리고 지금, 클라라가 그저 혼자 조용한 곳에 남겨지고 싶다고 생각할 때, 엄마가 주제넘게도 클라라의 내면 가장 깊은 곳을 들여다보려고 하며 상처에 소금을 뿌려대고 있는 것이다.

"어머, 정말 예쁘다!"

거베라와 장미로 만들어진 하얀 꽃다발이 비석 왼편에 놓인 모습을 본 카린이 소리쳤다.

"네가 놓은 건 아니지?"

클라라는 또다시 속으로 공포에 사로잡혔다. 처음에는 완고하게 부인할 생각이었다. 하지만 고민 끝에 대답했다.

"도로테아나 벤의 어머님이 갖다 두신 게 분명해요."

카린이 갑자기 핸드백에서 작은 유리 조각상을 꺼냈다. 자세히 들여다보고 나서야 클라라는 그것이 천사상이라는 걸 알 수 있었다.

"그걸로 뭐하게요?"

클라라가 의아하다는 듯 물었다.

"자, 여기. 자세히 보렴."

카린이 조각상의 얼굴을 가리키며 말했다.

"천사가 아주 행복하게 노래하고 있잖아. 슈뢰더 거리에 있는 예쁜 가게에서 이걸 발견하자마자 벤이 생각났어."

클라라는 이해하지 못하겠다는 표정으로 카린을 쳐다보았다. 하지만 카린은 그저 웃을 뿐이었다.

"너만 괜찮다면, 이 조각상을 여기 두고 싶은데."

마침내 카린은 그렇게 말하며 천사 조각상을 비석의 오른편에 놓고 뒤로 물러났다.

"아빠 무덤에는 이런 거 세워놓지도 않았으면서…."

클라라는 불쑥 그렇게 내뱉었다. 카린이 눈살을 찌푸리며 클라라를 돌아보았다.

"내가 얼마나 오랫동안 침실 서랍장에 네 아빠를 위한 물건들을 세워두었는지 아니?"

클라라는 왠지 뜨끔했다. 벤의 사진을 세워둔 침실용 탁자 외에는 클라라가 벤이나 벤과의 추억을 위해 헌정한 장소가 없기 때문이었다. 엄마가 조심스럽게 클라라의 어깨에 팔을 둘렀다. 잠시 아무 말 없이 비석에 적힌 비문을 읽던 카린이 나지막이 말했다.

"나도 벤을 무척 좋아했어. 아들같이 느낄 정도로 말이야. 슬퍼하는 사람은 너뿐만이 아니란다."

클라라는 무슨 말을 해야 할지 몰랐다. 마음으로는 꾹 눌러 참았지만 겉으로는 표현하지 않았다.

편안한 분위기 속에서 카린과 함께 부엌에서 페스토와

파마산 치즈로 만든 스파게티를 먹고 최근 분위기가 좋지 않은 사무실 일에 대해 이야기를 나눈 다음 늦은 밤이 되어서야 클라라는 카린과 보낸 하루를 절반쯤은 견뎌낼 수 있게 되었다.

클라라는 벤의 묘지를 찾아가는 일이 훨씬 괴로울 거라고 상상했었다. 클라라는 카린에게, 시간이 조금 지나니 장례식 때 예배당에서 벤에게 작별인사를 한 일이 잘한 일이라는 생각이 들어 기쁘다고 인정했다. 그때 클라라에게 다정하게 용기를 북돋워 준 사람이 엄마였기 때문이다. 카린은 영혼이 몸에서 떠나가는 모습을 직접 두 눈으로 본다면 위안이 될 것이라고 말했다. 땅속에 묻히는 존재가 그저 껍데기일 뿐이라는 사실을 깨닫는다면 장례식과 관을 땅속에 내려 묻는 과정이 덜 고통스러울 것이라고.

실제로 클라라는 죽은 얼굴에서 자신이 믿고 의지하던 벤을 거의 알아볼 수 없었다. 땅바닥과 충돌하면서 머리에 상처를 입었지만, 벤의 얼굴은 온전한 상태로 매우 평화로웠고, 오히려 홀가분해 보이기까지 했다. 하지만 한편으로 클라라는 벤의 진짜 성격을 나타내는 특유의 표정을 하나도 찾지 못했다. 벤의 상체 위에 놓여 있던 그의 양손이 남긴 고통은 아직도 클라라의 몸속 깊은 곳에 남아 있었다.

냄새와 목소리 그리고 체온, 그 모든 것이 사라져버렸지만 압도적인 상실감을 가장 명확하게 상징하는 것이 바로 두 손이었다. 벤의 두 손은 클라라가 더이상 움켜쥘 수 없는 데다 부드럽지도 않고 클라라의 손을 마주 잡아오지도 않고 움직이지도 않는다. 생기 없는 상태임에도 이전과 똑같은 부드러움과 친밀함이 느껴졌지만 말이다.

클라라는 벤이 아름답고 힘 있고 그러면서도 어딘지 모르게 부드러운 느낌이 나는 손가락으로 기타를 연주하는 모습을 자주 지켜봤다. 때때로 벤은 몇 시간이고 거실 바닥에 앉아 연주하곤 했다. 가장 좋아하는 곡을 기억에 의지하거나, 어려운 곡은 악보를 보며 연주하기도 했는데, 대부분 짧은 부분을 변주하거나 반복하면서 마지막에는 벤만의 스타일로 독특하고 아름다운 곡으로 편곡해냈다.

그 생각을 하면 미소가 지어졌다. 클라라는 오는 주말에 벤의 CD를 전부 듣고 정리한 다음 그중 몇 개는 크누트나 밴드 멤버들에게 전달해야겠다고 마음먹었다.

클라라는 다시 벤에게 조금은 힘들었지만 보람 있었던 하루를 보고할 시간이 되었다고 생각했다. 그래서 오늘 종일 단 한 번도 사용하지 않았던 휴대전화를 들어 슬픈 미소를 띠고 문자를 입력하기 시작했다.

스벤

질식할 것 같은 호텔방만큼 스벤이 혐오하는 건 없다. 그는 베를린에 사는 오랜 친구인 필립이 하필이면 이번 주에 여행을 떠났다는 사실에 낙담한 상태였다. 평소였다면 다음 날 아침 일찍 미팅이 잡혀 있어도 쿠담(쿠르퓌르스텐담, 베를린의 주요 번화가 중 하나–옮긴이)에 있는, 바람만 겨우 막을 것 같은 허름하고 음울한 호텔방이 아니라 프리드리히샤인(베를린의 유흥 및 관광 명소–옮긴이)에 있는 필립의 집에 묵었을 것이다. 두 건의 인터뷰를 앞둔 스벤은 아직 준비를 더 해야 했는데, 인터뷰를 하고 나서도 기사 작성 때문에 이번 주 내내 시달릴 게 분명했다. 하지만 기차를 타고 올 때부터 이미 스벤은 일에 집중할 수 없었다. 지금도 그의 마음은 완전히 다른 곳에 가 있었다.

스벤은 상당히 짜증이 나 있었는데, 그 이유가 좁은 호텔방 때문인지, 아니면 지나치게 기름진 저녁식사 때문인지, 아니면 비가 내리는 탓에 바람을 쐬며 정신을 차리고 싶어도 베를린의 분위기를 조금도 맛볼 수 없어서인지는 정확한 판단이 서지 않았다.

애초에 스벤은 사샤로부터 한동안 문자가 오지 않아서 조바심을 내고 있었고, 바로 그 사실 때문에 기분이 좋지 않았다. 기차를 타고 이동하는 도중에는 하마터면 사샤에게 정중한 문자를 보내 왜 지난 며칠 동안 소식을 전하지 않았는지 물을 뻔했다. 하지만 사샤가 겁먹지 않도록 할 좋은 방법이 전혀 떠오르지 않았다.

그는 대체 그동안 무슨 일이 일어났을지 생각했다. 어쩌면 사샤는 여태까지의 실수를 드디어 깨닫고 문자 메시지가 올바른 수신자에게 전달되지 않았다는 사실을 알게 되었는지도 모른다. 어쩌면 사샤의 애인이 여행에서 돌아왔기 때문에 이제 더이상 그를 애타게 그리워할 이유가 없어졌는지도 모른다. 어쩌면 사샤에게 무슨 일이 생겼는지도 모른다. 어쩌면 사샤는 사랑을 그만뒀는지도 모른다. 어쩌면…, 어쩌면 이 모든 게 스벤과 전혀 상관이 없는 일인지도 모른다!

스벤은 딱딱한 침대 위에 앉아 텔레비전을 켜려고 리모컨을 찾으면서 동시에 메모장과 리서치 서류를 손에 쥐었다. 재미있는 책을 가져오지 않은 스스로에게 조금 화가 났다. 서류에 온 집중력을 쏟으려는 헛된 노력을 10분 정도 이어간 다음 스벤은 텔레비전을 껐다. 시간이 지날수록 심기는 더욱 더 불편해졌다.

그는 아이폰을 집어 들어 연락처를 살펴보았다. 다비드에게 연락해 지난번에 새로 만났다는 여자 친구와는 잘 되어 가는지 물어볼까. 솔직히 말해, 전혀 관심이 없었다. 스벤은 최근 자신의 바로 그런 점이 마음에 들지 않았다. 주변 친구들이나 힐케에게 무슨 일이 생기든, 타인의 행복에 순수하게 기뻐하기가 어려워진 것이다.

스벤은 질투를 잘 느끼지 않는 사람이었다. 타인에게 뜻밖에 좋은 일이 생기면 당연히 조금 부러움을 느끼기는 했지만 시기하지는 않았다. 하지만 최근에 다비드에게 새로운 연애사에 대해 묻고 나서는 그의 사랑이 공중분해 되기를 은밀하게 바랐다.

그런 생각을 하다니 정신이 어떻게 된 게 아니야? 호텔방 전화기로 사샤에게 전화해보려고 휴대전화에서 사샤의 전화번호를 찾던 순간에는 자신이 완전히 미쳐버린 것 같다는 생각이 들었다. 그는 아주 천천히 버튼을 눌렀다. 불장난을 하는 어린아이처럼 조심스럽게. 처음에는 망설이다가, 대담하게 전진했다가, 용기와 호기심이 다시 끓어오를 때까지 뒤로 물러났다.

스벤은 자신이 도대체 왜 알지도 못하는 상상 속의 여자와 연락하기를 그토록 원하는지 알지 못했다. 그렇다고 달리 할 수 있는 일이 없었다. 사샤에게 연락하지 말라고 아우성인 합리적인 생각들을 계속해서 신중하게 고려하기보다 지금은 행동에 나설 때였다.

연결음이 들렸다. 심장이 망치질하는 것처럼 두근거렸다. 그는 침대 위에 꼿꼿하게 앉아 헛기침을 하며, 지금 자신이 돌아버린 것 같다고 생각했다.

"현재 연결된 번호는 0172…."

실망감과 동시에 안도감이 퍼졌다. 현실과 환상 세계 사이에 자리 잡고 그의 앞을 가로막는 장벽인 음성사서함이 다시 등장한 것이다. 사샤를 잊는 편이 낫다는 신호로 느껴졌다.

스벤은 다시 생각에 빠졌다. 그는 갑자기 자리를 박차고 일어나 후드 티셔츠를 걸치고 산책이라도 할 겸 밖으로 나갔다.

"그래. 그럼, 30분쯤 후에 늘 가던 초밥집에서 보자고."

다음 날 오후 스벤은 다비드에게 전화했다.

"알겠어. 기대된다!"

다비드가 대답했다. 함부르크로 돌아온 다음 스벤은 완전히 의기소침해져 있었지만, 그나마 조금이라도 이성적인 판단이 가능한 사람과 꼭 대화를 나누고 싶었다. 오늘 하루는 정말 끔찍했다. 긴 인터뷰를 두 건이나 진행했는데, 그중 한 건은 쉴 새 없이 입을 놀리며 잘난 체를 해대는 상사와 함께 점심을 먹으며 진행하느라 줄곧 긴장을 해야 했다. 게다가 스벤은 계속해서 사샤와 그녀의 문자 메시지 그리고 베를린에서 밤 산책을 한 다음 겪은 희한한 일에 대해 생각하느라 도무지 집중할 수 없었다.

그날 그가 이상한 점을 눈치챈 것은 호텔방으로 돌아와 휴대전화 디스플레이를 확인했을 때였다. 문자 메시지 한 통에 목메고 기다리는 게 굴욕적이어서 처음에는 휴대전화를 들여다보고 싶지 않았다. 다른 사람에게 보내진 것이 명백한 문자를 어떻게 개인적으로 받아들이고 또 그것에 실망할 수 있었을까. 하지만 휴대전화를 확인하려고 손에 쥐자, 뭔지 모를 확신이 들었다.

휴대전화를 확인하자, 정말로 '이름 없음'으로부터 메시지가 도착했다는 표시가 보여서 스벤은 조금 소름이 끼쳤다. 이 엄청난 우연에 당황했기 때문이다. 이렇게 타이밍이 딱 들어맞다니, 마법에 가까운 일이었다. 쿠담 거리를 따라 걷던 도중 스벤은 망령처럼 달라붙은 사샤를 머릿속에서 추방해야겠다고 마음먹은 참이었다. 그런데 바로 그 사샤가 같은 날 밤 신호를 보낸 것이다. 잠시 말 없이 앉아 있던 스벤의 마음이 기쁨과 흥분으로 빠르게 차올랐다.

스벤은 내용을 정확히 파악하기 위해 두 번이나 메시지를 읽어야 했다. 사샤가 보낸 문자는 다음과 같았다.

당신한테 갔었어, 당신 무덤에. 그런데 당신은 멀리 가고 없더라. 모든 게 다시 좋아질 수 있을까? 당신 없이도, 당신의 손 없이도, 당신의 음악 없이도? 사랑해, 사샤가.

스벤은 정장을 갈아입지도 않고 자기 집의 편안한 옥상 테라스에 앉아 하얀 도형 같은 구름이 둥실거리는 쪽빛 하늘을 쳐다보고 있었다. 꽉 묶여 있던 넥타이를 느슨하게 풀고 지난 몇 달 동안 도착한 사샤의 문자를 전부 다시 살펴보았다. 사샤가 사랑하는 사람이 어쩌면 더는 이 세상 사람이 아닐지도 모른다는 건 이미 몇 번이나 추측한 바 있었지만, 그 가설이 맞았다는 확인을 하고 나니 기분이 좋지 않았다.

기분이 나쁜 이유는 양심의 가책 때문일 수도 있다. 그러나 베를린에서 돌아오는 길에 기차에서 스벤은 환희와 비슷한 감정을 느꼈다. 사샤의 곁에 남자가 없다는 사실에 대한 기쁨이었다. 하지만 사샤의 마음은, 그녀의 마음만은 분명히 다른 남자의 것이었다. 스벤은 모든 문자를 다시 한 번 읽어보면서 그 점을 더욱 확실히 알게 되었다.

스벤은 테라스 난간에 기대어 늘어선 지붕들을 바라보았다. 포근한 밤이었다. 스벤은 다비드와 만날 때 야외 테이블 자리를 차지할 수 있길 바랐다. 야외 테이블을 잡지 못한다면 초밥집 다음에 노천 맥줏집으로 가자고 제안할 생각이었다. 숨 막히듯 꽉 막힌 곳이 아니라 신선한 공기를 즐길 수 있는 곳에서 시간을 보내고 싶었다.

무슨 옷을 입어야 할지 고민하던 스벤은 갑자기 숨쉬기가 어려워져 다급하게 헐떡였다. 얼마 전부터 이런 천식 증상이 나타나기 시작했다. 처음에는 계단을 너무 빨리 올라서 그런 것 같다고 생각했다. 문자를 다시 살펴보고 싶었기 때문이었다. 평소였다면 지금쯤 호흡이 안정되었어야 했는데. 스벤은 짜증이 나다 못해 신경질적이 되었다.

스벤은 스스로를 웃음거리로 만드는 꼴이 될지라도 이 모든 이야기를 다비드에게 전해야겠다고 생각했다. 이리저리 골몰해 생각하는 동안 무엇이 옳은지 알 수 없게 되었다. 스벤은 상황을 제어할 수 없다는 사실이 정말 싫었다. 이 상황이 그를 압도하고 있었다.

이제 어떻게 해야 할까? 사샤를 무시해야 할까? 사샤에게 친절하지만 단호한 어투로 연락을 그만두라고 부탁해야 할까? 사샤에게 자신의 정체를 숨기고 연락하기 위해 새로운 번호를 개통해야 할까? 그러고 나면? 새로운 번호로 사샤에게 전화해서 커피나 마시러 가자고 한 다음 그녀가 황당하고 감당하기 힘든 방식으로 사랑하는 사람을 잃은 현실에 대한 이야기를 나눠야 할까?

스벤은 망설였다. 다비드와의 약속을 취소하는 편이 나을까? 지금 밖에 나가지 않는다면 아무런 결론도 얻지 못한 채 정신을 너덜너덜하게 만드는 생각에 빠져들게 될 것이다.

스벤은 마음을 다잡고 침실로 들어갔다. 옷을 벗고, 샤워를 하며 친구에게 어떤 말부터 꺼내야 할지 궁리했다. 친구가 자기를 머저리라고 여기지 않길 기대하면서.

클라라

금요일 저녁 자전거를 타고 쿠어공원을 지나가면서 클라라는 뤼네부르크가 참 아름다운 곳이라고 생각했다. 한참 멀리 돌아가는 퇴근길이었지만, 이렇게 날씨가 좋은 봄밤에는 돌아갈 만한 가치가 있었다.

얼마 전까지만 해도 저녁마다 회사에서부터 아무도 기다리지 않는 집으로 가는 것이 버겁고 힘들었다. 하지만 시간이 지나면서 동료 직원들 사이의 분위기가 점차 팽팽하게 긴장되고 적대적으로 변하는 게 느껴졌다. 클라라는 회사에 오래 머물고 싶지 않았다. 최근에는 중요한 계약

몇 건이 무산되었고, 많은 직원들이 진심으로 회사 상황을 걱정하기 시작했다. 클라라도 이제 다른 곳에 이력서를 보내야 할 때인지도 모른다. 인터넷이나 신문에 게재된 구인 광고를 보면 그래픽 디자이너들에게는 그나마 시장의 문이 활짝 열려 있는 것 같았다. 조건이 좋은 곳을 발견할 수 있을지도 모른다. 한편으로 클라라는 현재 일하는 에이전시 외에는 경력이 많지 않기 때문에 대규모 캠페인을 진행하는 중요한 고객과 손잡게 될 가능성이 적었다.

아무튼 클라라는 앞으로 광고 일보다는 그림으로 돈을 벌고 싶었다. 전혀 현실적인 꿈이 아니지만 말이다. 광고 일과 병행하면서 그림으로 조금씩 돈을 버는 단계부터 시작할 수 있을 것이다. 관심이 있는 일반인들에게 그림을 가르칠 수도 있다. 독특한 금속박지와 건축 자재상에서 사온 수공예 도구로 클라라는 자신만의 특별한 기술을 개발하기도 했다. 유화물감과 금속 재료를 함께 사용하니 남다른 작품이 완성되었다. 카트야와 클라라의 엄마도 인정했다. 물론 두 사람의 의견이 완전히 객관적이지는 않을 테지만.

이제 다시 주말이 다가왔다! 클라라는 이틀 동안의 휴일을 앞두고 기분이 좋았다. 즐거운 기분을 고무시키고 긴장을 제대로 푸는 휴일이 될 것이다. 할머니와 할아버지의 집에 잠시 방문하는 것 외에 클라라가 세운 계획은 땅굴을 파고드는 생각을 잠시나마 잊을 수 있기를 바라며 조용히 그림을 그리는 일뿐이었다.

벤에 대한 생각을 완전히 밀어두는 건 아직도 어려웠다. 클라라는 여전히 대략 한 시간에 열 번쯤은 흠칫흠칫 놀란다. 그럴 때마다 머릿속에서 떠오른 커다란 글자가 눈 안쪽에 새겨진다. '벤이 죽었어!' 그 사실을 반드시 규칙적으로 떠올려야 한다는 듯이 말이다.

하지만 클라라가 제아무리 원하더라도 그 운명을 잠시나마 의식적으로 잊어버리는 것이 불가능했다. 이 새로운 '일상적인 감정'은 그녀가 죽을 때까지 함께할 것이다. 평소에는 날카롭고 크게 울리지만 어쨌든 잠잘 때만은 가까스로 조용해지는 이명처럼.

인생에는 분명 다른 길이 있을 거라고 클라라는 생각했다. 벤이 그 길을 찾지 못했더라도, 나만은 그의 죽음이 허황되어 보이지 않도록 어떤 일이든 해야 한다고.

어렸을 때 클라라는 안 좋은 하루를 보내면 늘 아름다운 것을 그렸다. 방의 비스듬하게 기울어진 천장 아래 틈이 있었는데, 그녀는 그곳으로 기어들어가 울다가 눈물이 멈추면 더 큰 방, 반려동물, 경주용 자전거, 공주님 옷 등을 떠올렸다. 속으로 꿈꾸던 그 그림들을 크레파스로 종이에 그려내고 싶은 마음이 들 때까지.

　이번 주말 클라라는 어릴 때 했던 행동을 그대로 되풀이할 것이다. 일곱 번째 그림을 마무리하고, 벤의 음악 모음집을 듣고, 햇볕을 잔뜩 쬐고, 신선한 공기를 마시고, 전문적으로 그림을 그릴 방법이 있는지 조사도 할 것이다.

스벤

　"정말 로맨틱하다!"

　힐케가 그렇게 외치더니 단꿈에 빠진 표정으로 창밖을 바라보았다. 그리고 큰 소리를 내며 탄식했다.

　"뭐가 로맨틱하다는 거야? 젊은 여성이 깊이 사랑하던 사람을 잃은 거?"

　스벤이 짜증을 내며 물었다. 다비드와의 만남은 즐거웠지만 사샤에 얽힌 일에는 특별한 진전이 없었기에, 스벤은 모든 용기를 짜내서 힐케에게 의견을 물었다.

　"그 점부터 설명해야 한다니, 역시 내가 알던 스벤이 어디 갔겠어? 스벤 씨는 지금 이 상황이 어떻게 돌아가는지 전혀 모르지? 이게 로맨틱하지 않으면 뭐야? 진정한 인생이란 이런 거라고!"

"죽음이 인생이랑 어떤 직접적인 연관이 있다는 건지 모르겠어."

사샤가 존재하는 평행세계에서 벌어진 새로운 사건에 대한 달갑지 않은 논쟁이 끝나기를 바라는 목소리로 스벤이 말했다. 하지만 힐케는 그 말을 듣고 인생과 사랑을 논하는 현명한 지혜를 설파할 생각에 흥분한 모양이었다. 힐케는 뒤로 등을 기대더니 숨을 깊이 들이마셨다.

"스벤아!"

"왜, 힐케야!"

"바보 같은 소리 마! 사샤는 엄청나게 로맨틱한 사람이라고 생각해 봐. 떠나버린 연인에게 저 세상으로 문자를 보내는 것밖에 달리 할 수 있는 일이 없다는 걸 뼈저리게 느낄 때 그리움과 고통이 얼마나 크겠어?"

"나한테 묻는 거라면 정신 나간 감상적인 행동이라고 생각해."

"아니, 진짜로 묻는 게 아니잖아! 어차피 스벤 씨는 본질이 뭔지도 모르니까. 하필 스벤 씨 같은 사람한테 문자를 보내다니, 사샤가 아까워!"

스벤은 하마터면 커피잔을 손에서 떨어뜨릴 뻔했다. 그는 황당하다는 표정으로 힐케를 쳐다보았다.

"나 같은 사람? 이제 힐케 씨까지 점점 정신이 나가고 있는 거야?"

"운명이 스벤 씨가 꿈꾸던 이상형을 스벤 씨 코앞까지 데려다주고 있다는 걸 모르겠어?"

"여생 동안 죽은 사람에게 마음이 빼앗겨 있을 이상형 말이지."

"그걸 어떻게 알아? 내 사촌은 첫 번째 남편이 사고로 죽은 다음에도 행복하게 결혼했어. 그런 일을 겪은 사람들은 새로운 행운이 찾아왔을 때 훨씬 조심스럽고 다정하게 대한다고. 그게 얼마나 소중한지 아니까."

"이런 대낮에 그런 무거운 이야기를…."

"아, 그래. 소심한 스벤 씨한테는 무겁겠지."

스벤은 무어라 반박하고 싶었지만 적당한 말을 찾지 못했다. 그래서 다시 인터뷰 기사 퇴고에 집중했다. 힐케 또한 강렬한 시선으로 자신의 모니터를 쳐다보며 마치 망치로 내려치듯 키보드를 두드리기 시작했다.

오디오 녹음 파일 중 중요한 내용은 이미 대본으로 정리해 기사에 인용해둔 뒤였지만 스벤은 다시 헤드폰을 끼고 불필요한 말은 걸지 말라는 뜻을 명확하게 내비쳤다. 하지만 만만치 않은 상대인 힐케가 이번에는 이메일을 보내왔다. 스벤은 짜증을 억누르며 아웃룩에서 열린 팝업창을 응시했다.

보낸 사람: 힐케 슈나이더

제목: 거래 내용

스벤아! :)

스벤 씨 말을 이해했고, 거래를 하나 제안하려 해. 스벤 씨의 연애사에는 절대 다시 끼어들지 않을게. 단, 스벤 씨한테 심장이 있다는 전제하에!

안녕. H.

스벤은 곧장 답장을 쓸 수밖에 없었다.

보낸 사람: 스벤 레만

사랑하는 힐케야! 알겠어. 그럼 이제 더이상 이 일에 관여하지 마.

안녕. S.

1분도 채 지나지 않아 힐케의 답장이 날아왔다. 힐케 또한 모니터에만 시선을 고정한 채 아무런 표정도 짓지 않으려고 노력 중이었다.

보낸 사람: 힐케 슈나이더

그래, 하지만 꼭 약속해줘. 사샤를 찾겠다고 말이야.

보낸 사람: 스벤 레만
일하는데 귀찮게 좀 하지 마!

보낸 사람: 힐케 슈나이더
일하는데 그렇게 얼굴 찡그리지 좀 마!

보낸 사람: 스벤 레만
내가 사샤에 대해 알고 싶지 않다는 건 둘째치고, 애초에
어떻게 찾아야 하는지도 모르겠는데.

보낸 사람: 힐케 슈나이더
당신 유명 잡지사의 기자잖아. 사람 찾는 방법 정도는 알
고 있으면서.

보낸 사람: 스벤 레만
당신 생각에는 결과가 어떨 것 같아, 친애하는 동료님?

보낸 사람: 힐케 슈나이더
결과는 행운일 거야, 바보님! :)

보낸 사람: 스벤 레만
당신이야말로 바보거든. 당신은 완전히 정신이 나갔다고.

보낸 사람: 힐케 슈나이더

스벤 씨도 마찬가지야! 마젤란 테라스 광장 뒤에 있는 태국 음식점에 갈래? 배고픈데.

보낸 사람: 스벤 레만

OK!

보낸 사람: 힐케 슈나이더

:)

힐케는 30분 만에 점심을 먹어 치우고 '거래' 이야기를 다시 끄집어냈다. 애초에 다른 이야기를 할 생각은 없었다는 듯이. 하지만 그나마 부드럽고 차분한 태도로 스벤이 '마침내 행운을 손에 쥐었으면 좋겠다'고 강조할 뿐이었다.

스벤은 힐케가 현재 아무런 변화조차 없는 자신의 연애사를 더이상 들쑤시지 않겠다고 말한 데 스스로 동의한 이유가 자신이 너무 겁을 먹어서인지 아니면 힐케가 다비드와 비슷한 부류의 사람이어서인지 알 수 없었다.

만약 다비드가 지금처럼 사랑에 빠져 정신이 완전히 딴 데 가 있는 상황이 아니었다면, 스벤은 당연히 사샤에게 불편한 문자 메시지로 귀찮게 하지 말아달라고 정중하게 부탁했을 것이다. 하지만 다비드는 문자 메시지 사건에 흥미를 보이며 "그렇게 긴장하지 마"라거나 "연락 절대 끊지마!"라거나 "네가 잃을 게 뭐 있어?"라고 부추겼다.

늘 그렇듯이 직접 행동해야 하는 때가 왔다. 그 점은 이미 스벤도 잘 알고 있었다. 다만 스벤은 아직 이성을 잃지 않았으며, 영혼의 구제를 문자 한 통에 의존하는 데에는 위험이 따른다는 점도 잘 알고 있었다.

일이 아직 끝나지 않았고 원고 마감일이 가까이 다가와 그를 압박하고 있었지만, 스벤은 사샤가 보낸 모든 문자에 대한 답장을 미리 써보았다. 컴퓨터에서 새 문서를 만들고 '사샤'라는 이름으로 폴더에 저장했다. 내용은 이렇게 작성했다.

친애하는 사샤 씨. 당신에게 일어난 일은 정말 유감입니다. 당신에게 공감의 뜻을 전하는 바입니다.

세상에, 완전히 삼류 영화 같잖아. 스벤은 여태까지 작성한 문장을 지우지 않고 엔터를 눌러 다음 줄로 내린 다음 새로운 문장을 써내려갔다.

친애하는 사샤 씨. 저는 당신이 보낸 슬픈 문자 메시지의 수신인입니다. 당신의 운명에 저 또한 끝없는 슬픔을 느끼는 바입니다만, 제 번호로 문자를 보내는 것을 중단해주시기를 부탁드립니다. 안녕히 계세요.

이게 무슨 헛짓거리지? 스벤은 창밖으로 고개를 돌렸다. 힐케가 이미 퇴근했기 때문에 흥미진진한 표정으로 훔쳐보는 시선이 없어 다행이었다.

스벤은 다시 문장을 써보았다.

이 번호로 문자를 보내지 말아주실 것을 부탁드립니다. 경의를 표하며….

'개소리'라고 스벤은 생각했다.

"이렇게 어려울 리 없어."

스벤은 큰 소리로 스스로를 다그치고는 열린 사무실 문을 돌아보며 주변에 동료 직원이 없는지 확인했다.

친애하는 사샤 씨, 당신에게 일어난 일은 유감입니다. 만약 당신의 슬픔을 휴대전화로만이 아니라 직접 누군가와 나누고 싶다면, 함께 커피를 마시러 가면 어떨까요? 당신의 숭배자가 진심 어린 인사를 전합니다.

70대 중반의 성도착증 환자처럼 보이는 문장이었다.

이름 모를 발신자님! 당신의 감동적인 문자를 누가 받았
는지 궁금하다면, 언제든 전화 주세요! 안녕! 수신자로
부터.

스벤은 창밖을 쳐다보았다. 혹시나 이 문자가 죽은 연인
이 저세상에서 보낸 것이라고 생각한 사샤가 소스라치게
놀라지 않도록 하려면 어떻게 해야 할까?

다른 휴대전화 번호로 메시지를 보내는 편이 나은지도
모른다. 사샤는 문자 메시지가 낯선 사람에게 전달된다는
사실을 알고 있을까? 이제야 스벤이 그 사실을 밝힌다면
사샤는 화를 낼지도 모른다. 아마도 사샤는 이 번호가 새
로 개통되었다는 사실을 모른 채 자신이 보낸 메시지가 전
부 하늘로 전해지고 있다고 생각할 것이다.

아무 소득이 없는 시간이 흘렀다. 이제 다시 일에 온 힘
을 집중해야 한다. 스벤은 아이폰을 집어 들어 문자를 입
력했다.

친애하는 사샤씨, 저는 당신이 보낸 모든 감동적 메시지의

수신자입니다. 당신이 슬픔을 잊는 데 제가 어떻게든 도움이 될 방법이 있다면 알려주세요. 당신의 이름 없는 친구가.

그 문자를 곧장 보내지 않고 저장함에 넣는 것만으로도 마음이 안정되었다. 행동에 나서야만 한다는 압박이 느껴지는 순간이 다시 온다면 저장해둔 이 문자를 그저 보내면 된다. 그러면 마음이 편해질 것이다. 신호가 오길 기다리면 된다.

스벤은 자신의 머릿속에서 벌어진 이 어리석은 싸움에 고개를 저었다. 이제 다시 일에 집중해야 할 때다. 그는 깊이 숨을 쉰 다음 기사를 쓰기 시작했다. 퇴근하고 나면 주말이 시작되고, 스벤은 시간에 맞춰 태극권 도장에 가고 싶었다.

스벤은 새로 도착한 사샤의 문자를 그날 밤에만 세 번째로 읽으려고 했다. 시각은 새벽 2시였고, 휴대전화가 울리자 잠에 취한 상태로 그것을 집어 들었다. 태극권 도장에 가서 운동을 하고 난 뒤 집에 돌아와 테라스에서 즐겼던 질 좋은 레드와인 때문인지 휴대전화 화면이 눈에 잘 들어오지 않았다. 하지만 스벤은 사샤가 사는 세상에서 온 새로운 정보를 정리한 다음 상황을 이해하고 싶었다.

베포 씨네 성냥으로 알려준 신호 고마워! 베포 씨한테 가게
앞에 세워두어도 되냐고 물어볼게. 그리고 당신이 좋아하던
디아볼로를 주문할 거야. 약속해! 키스와 함께, 사샤가.

스벤은 일어나 앉은 다음 불을 켰다. 문자를 한 번 더 읽
고, 여기서 말하는 디아볼라가 피자를 뜻하는 것인지 생각
했다. 만약 그렇다면, 독일 내에 베포라는 사람이 운영하
며 메뉴판에 디아볼로 피자가 있는 레스토랑이 얼마나 많
을지 가늠해봤다.

한 군데? 열 군데? 아니면 백 군데?

단언하기 어렵다. 성냥은 또 무슨 뜻이지? 사샤는 도대
체 무슨 신호를 말하는 걸까? 사샤는 정말로 이런 비밀스
러운 종교에서나 일어날 법한 사건을 믿는 걸까? 그리고
그 앞에 무엇을 세워둔다는 걸까? 그녀가 그린 그림을 말
하는 걸까?

사샤의 그림을 보고 싶다고 생각하며 스벤은 잠시 맑은
공기를 쐬기 위해 자리에서 일어났다. 테라스로 나가자 맑

고 상쾌한 공기를 마실 수 있었다. 드문드문 불이 켜진 집들이 한눈에 보였다. 맞은편 집에서 수건을 걸친 젊은 여자가 텔레비전 앞에 앉아 페디큐어를 칠하는 모습이 보였다.

사샤도 새벽 2시에 페디큐어를 칠할까? 애초에 꾸미는 걸 좋아할까? 그림을 그리는 사람들은 보통 뷰티나 패션에도 상당히 공을 들이지 않나?

사샤는 어떤 그림을 주로 그릴까? 그림을 그릴 때 사샤는 안정되고 보호받는 기분을 느낄까? 어쩌면 사샤를 그냥 내버려두고, 그녀의 삶에서 나가버리고, 그저 사샤가 슬픔을 극복할 공간만 마련해준 다음 앞으로 올 모든 문자를 읽지 않고 삭제하는 편이 좋을지도 모른다. 하지만 스벤은 그 생각이 마음에 들지 않았다. 스스로가 변태 같은 염탐꾼이라고 느껴지는 기분이 싫었다. 그보다 더 싫은 건, 사샤의 세상에서 멀어지는 일이었다.

과음한 탓에 갈증이 인 스벤은 부엌에서 물을 한 병 들고 다시 테라스로 돌아왔다. 이번에는 젊은 이웃을 무심코 훔쳐보지 않으려고 휴식용 등받이 의자에 앉았다.

하지만 사샤의 경우 근본적으로는 상황이 반대이지 않나. 그 생각이 퍼뜩 떠오르자 스벤은 몸을 똑바로 일으켰다. 말하자면 그 사람이 내 인생에 마음대로 들어온 거지!

스벤은 별이 빛나는 하늘을 올려다보았다. 온 도시가 불빛으로 가득하고 주변에 수많은 별들이 숨어 있음에도 여름 하늘의 대삼각형(흔히 우리가 견우라고 부르는 별인 알타이르, 직녀라고 부르는 베가 그리고 네데브가 만드는 삼각형 – 옮긴이)이 아주 잘 보였다.

생각이 또렷해지는 평온한 밤이라고 생각하며 스벤은 다시 거실로 들어갔다. 이 특별한 여름밤의 공기 중을 떠도는 모든 비밀을 파헤치기 위해서 그는 노트북과 후드 티셔츠를 들고 다시 휴식용 의자로 돌아갔다. 스벤은 노트북의 전원을 켜고 부팅되는 동안 다시 하늘을 올려다보며 큰곰자리의 꼬리 부분에 해당하는 북두칠성에 속한 별인 알코르가 보이는지 찾아보았다. 알코르를 찾아내자 스벤은 그것이 일종의 계시라고 생각했다. 사샤가 받았다는 그런 신호 말이다. 사샤를 찾아내려는 노력이 보답을 받을 것 같다는 신호. 인터넷에 연결되었다는 작은 아이콘이 표시되자 스벤은 구글을 열어 정보의 바다에서 디아볼라를 검색했다.

클라라

"할머니, 할머니가 만든 감자 퓌레는 세상에서 제일 맛
있어요"

클라라가 입 안 가득 감자 퓌레를 우물거리며 말했다.
할머니, 할아버지와 함께 둘러앉아 응석받이 어린아이가
된 기분을 느끼는 게 무척이나 행복했다.

"네 엄마한테는 그렇게 말하지 마라!"

리스베트가 경고했다. 클라라는 "끙" 하고 신음했다. 클
라라는 엄마를 좋아한다. 하지만 엄마와 진정으로 연결되
었다고 생각한 적은 없었다. 그래서 클라라는 할머니의 말
에 어떻게 대답해야 할지 몰랐다. 리스베트는 대답을 기다
리지 않고 말을 이었다.

"천천히 즐기면서 먹어라. 네가 다시 살이 좀 오른 모습
을 보니까 좋구나, 얘야."

"나 살쪘어요?"

깜짝 놀란 클라라는 감자 퓌레를 가득 떴던 포크를 접
시에 내려놓았다. 그리고 자신의 몸을 내려다보았다.

"네 얼굴이 초췌해 보이지 않는다는 뜻이야. 예전처럼
귀여운 너로 돌아왔단다."

할머니가 클라라를 요리조리 살펴보더니 갑자기 밝은

미소를 지었다.

"사랑에라도 빠진 거니?"

"할머니!"

클라라가 짜증내듯 외쳤다. 완전히 허를 찔린 기분이었다. 조금 전까지 자신의 그림에 대해 열렬히 설명하며 이제야 다시 커다란 즐거움을 찾았다고 한 것 같았는데, 할머니는 클라라가 기분이 좋은 이유가 전혀 현실적이지 않은 연애 덕분일 거라고 믿고 싶은 모양이었다. 벤은 어쩌고? 다들 벤을 까맣게 잊은 건가? 클라라는 속으로 생각했다.

리스베트는 자신이 너무 앞서 나갔다는 사실을 깨달았다.

"너도 알잖니. 때로는 새로운 사랑으로 지나간 사랑을 극복하는 편이 나아."

"하지만 그런 식으로 지금 상황을 극복하고 싶지 않다고요."

클라라가 화난 목소리로 대꾸했다.

"희망을 포기해서는 안 돼."

"대체 뭘 희망해야 하는 건데요? 모든 게 다 나아질 일은 절대 없어요."

"애야, 그건 그 누구도 장담하지 못해. 지금 상황에서 할 수 있는 가장 나은 일을 시도해 보면 된단다."

침묵이 내려앉았다. 클라라는 방어하듯이 양팔을 교차해 팔짱을 꼈다.

"아가, 너는 젊고 눈부시게 아름답고 재능 있는 여자야. 그리고…."

"그리고 똑똑하지!"

윌리가 끼어들며 자랑스럽게 웃고는 개인 접시를 밀어 리스베트가 음식을 더 덜어주도록 했다.

"벤이 네가 혼자 남아 있길 바랄 거라고 생각하니?"

그렇게 묻는 리스베트의 목소리는 부드러웠지만 그 내용은 날카로웠다.

"애가 조용히 먹게 내버려 둬."

윌리가 툭 던졌다.

"괜찮아요."

클라라가 대답했다.

"좋은 뜻으로 하시는 말인 건 알아요. 하지만 지금은 더 중요한 일에 대해 말해주세요."

클라라가 채 집 안으로 들어오기도 전에, 리스베트는 흥분해서 '빅뉴스'가 있다고 말했었다. 듣자 하니 몇 년 전부터 드문드문 연락만 하던 이모로부터 어마어마한 돈을 상속받게 되었다는 것이다.

"그분은 올해 아흔일곱 살이야. 자랑할 만한 연세지."

윌리가 설명했다.

"그리고 네 할머니가 아직 살아 있는 유일한 친척이라는구나."

"그게 정확히 얼마인지, 이모의 장례식에 얼마가 들어갈지는 아직 몰라."

할머니가 덧붙였다.

"네 작은 아버지한테 일처리를 맡겼단다."

윌리는 식사를 마친 뒤 평소처럼 의자에 앉아 꾸벅꾸벅 졸기 위해 거실로 향했고 클라라는 불안한 듯 의자 위에서 달싹이던 몸을 식탁 위로 쑥 내밀었다.

"리스베트 할머니."

클라라가 조심스럽게 할머니의 이름을 불렀다. 손녀가 자신을 이름까지 붙여 부를 때면 아주 의미심장하고 중요한 대화가 이어지리라는 사실을 리스베트도 알고 있었다.

"할머니도 신호를 믿으세요?"

리스베트는 등을 기대고 헛기침했다.

"무슨 신호를 말하는 거니?"

"위에서 오는, 그러니까 하늘에서 오는 계시요."

클라라가 하늘 쪽으로 고갯짓을 했다.

"예를 들면 내일 햇빛이 비치면 우리가 곧 돈을 상속받는다거나 그런 신호 말이니?"

"네, 그런 비슷한 거요. 제 생각에는…."

클라라는 망설였다.

"제 생각에는 벤이 저한테 그런 신호를 보내는 것 같아요."

클라라는 기대에 찬 시선으로 리스베트를 바라보다가 양팔의 팔꿈치를 식탁에 대고 양손으로 턱을 받쳤다.

"바보 같죠?"

"전혀 바보 같지 않단다."

"그래요?"

"오히려 그 반대야. 현명한 태도지. 아가, 네 아빠가 우리 곁을 떠났을 때, 나는 삶이란 대체 무엇인지 그리고 어떤 일들이 설명할 수 없는 방향으로 흘러가는 이유가 무엇인지 깊이 생각했단다. 그런 다음 내가 도달한 결론은 무언가를 믿는 게 도움이 된다는 거야."

"음. 저한텐 너무 추상적이에요."

"생각지도 못한 순간에 운명이 주는 시련을 겪으면, 사람들은 저마다 믿음을 잃거나 혹은 신이나 종교를 찾아가곤 하지."

"할머니, 나는 신이 아니라 벤에 대해 이야기하는 거예요. 벤이 신호를 보내는 거라고요."

"그 신호가 어떤 내용이었는지 말해주겠니?"

"뭐, 예를 들어 어젯밤에요. 커다란 캔버스에 그리던 그림을 마무리하고 자리에 앉아서 와인을 마시면서 이 많은 그림들을 다 어째야 할지, 이 그림들을 전시하거나 판매할 방법이 있을지 고민하고 있었거든요. 초나 몇 개 피우려고 부엌 찬장에 라이터를 찾으러 갔어요. 그런데 라이터가 없어서 거실로 나가 서랍을 몇 개 뒤졌죠. 거의 포기하다시피 마지막 서랍을 닫으려는데, 뭔가가 끼어서 들어가지 않더라고요. 그래서 서랍에 든 걸 전부 꺼낸 다음에 이리저리 흩어진 서류더미 아래에 뭐가 있는지 살펴봤죠. 그랬더니 성냥갑이 나오더라고요."

클라라가 바지 뒷주머니에서 작은 상자를 꺼내 식탁 위에 내려놓았다. 리스베트는 성냥갑을 손에 쥐고 거기에 쓰인 글자를 읽었다. 그러고는 조금 놀란 기색으로 클라라를 바라보았다.

"카스텔로?"

"벤과 제가 자주 가던 이탈리안 레스토랑이에요. 그걸 본 순간 갑자기 떠오른 생각이 있었어요. 그 가게 주인인 베포 씨가 가끔 그림이나 사진을 가게 앞에 세워두거든요. 꽤 높은 가격대가 쓰인 작은 가격표를 붙여서요. 그래서 저는…, 그러니까 어쩌면 저도 언젠가 베포 씨에게 그림을 보여주면 어떨까 싶어요. 아직은 생각만 하는 중이지만. 미친 소리처럼 들리겠지만, 벤이 저한테 신호를 보낸 거라고 생각해요. 무슨 말인지 아시겠어요?"

클라라는 의문이 담긴 눈길로 할머니를 쳐다보았다. 리스베트는 만족한 듯 미소 지었지만 입을 열지는 않았다.

"어떻게 생각하세요? 왜 아무 말도 안 하세요?"

클라라가 불안한 듯 말했다.

"내가 말을 많이 해서는 안 될 것 같구나. 인생에서 벌어지는 많은 일들이 그냥 그대로도 충분히 중요한 법이거든. 그 근본을 캐내려고 하거나 말로 표현하지 않아도 된단다."

"할머니, 전 가끔 제가 미친 사람이 될 것만 같아서 두려워요. 제가 멍청한 소리를 하고 있다고 생각하지 않으세요?"

"절대 그런 적 없단다."

리스베트는 그렇게 말하며 절망한 표정으로 눈을 깜박이고 있는 손녀의 어깨에 손을 얹었다.

"중요한 건 그런 신호가 존재하느냐, 아니냐가 아니라 네가 그것이 신호라는 걸 알아보느냐 그리고 그 신호를 어떻게 해석하느냐가 아니겠니?"

클라라는 미심쩍은 표정으로 할머니를 쳐다보았다.

"지금 네가 겪고 있는 인생의 어렵고 힘든 시기를 극복하는 데 모든 긍정적인 생각들이 도움이 될 거다. 긍정적인 생각을 강화하는 것이라면 어떤 것이든지 지금 너에게 중요하단다. 긍정과 사랑에 대한 믿음 말이야."

리스베트는 의자에서 몸을 일으켜 클라라 쪽으로 기울였다. 클라라는 놀란 얼굴로 자리에 앉아 무슨 일이 일어날지 흥미진진하게 기다리고 있었다.

"아가, 너한텐 두 가지 선택지가 있어. 긍정적인 생각과 설명 불가능한 것을 믿든지, 아니면 믿지 않든지. 어느 쪽이 너한테 더 나을지는 잘 생각해보렴."

리스베트는 눈썹을 위로 쭉 올리며 고개를 끄덕여 클라라에게 대답을 부추겼다. 클라라는 망설였다. 잠시 침묵한 후 입을 열었다.

"할머니 말이 맞아요. 모든 슬픔에는 더 깊은 의미가 있을 거예요. 저는 긍정적인 생각을 믿고 싶어요. 안 그러면 금방 포기할 것 같거든요."

스벤

"저기, 힐케 씨 도움이 필요해."

"우선 좋은 아침이야. 그리고 고마워, 난 주말에 잘 지냈어. 그렇게 물어봐주니 기분이 좋네."

힐케가 서둘러 사무실 안으로 들어오다가 스벤의 첫마디를 듣고 고개를 저으며 비꼬았다.

"도대체 무슨 일이야? 또 브라이딩 때문에 열이라도 받았어?"

"아니, 사샤가 보낸 정보 때문이야."

스벤은 힐케의 반응에 기뻐해야 할지 아니면 두려워하는 편이 나을지 판단이 서지 않았다.

"뭐? 정말?"

힐케가 소리쳤다. 갑자기 잠에서 완전히 깨어난 듯 활기차 보였다.

"빨리 말해봐. 무슨 일이 일어난 건데?"

"아무 일도 없었어."

"아, 정말 스벤 씨 때문에 미치겠다! 꼭 이렇게 내가 유도신문을 해야 해?"

"내가 심심해서 조사를 좀 해봤거든."

"그래서?"

"들어봐. 그런데 얻어낼 수 있는 정보가 많지는 않았어. 내가 아는 거라곤, 그녀가 베포라는 사람이 운영하는 이탈리안 레스토랑이 있는 도시에 산다는 점 그리고 그 레스토랑 메뉴판에 디아볼라 피자가 있다는 점이야."

"맛있겠다."

"디아볼라 피자가 뭔지 알아?"

"그럼, 매콤하고 향이 강하고 아주 맛있어. 마르틴이 제일 좋아하는 피자야."

"그리고 사샤의 전 남자 친구도."

"아무튼, 그리고?"

힐케가 흥분을 감추지 못하며 책상 위를 내려다보고 물었다.

"그 이상은 없어. 인터넷에 찾아보니까, 주세페라는 이름의 주인장이 운영하는 이탈리안 레스토랑이 45건이고, 독일 내 각기 다른 40개 도시에 퍼져 있었어. 그중 세 군데는 메뉴판에 디아볼라 피자가 있어."

"베포라는 애칭에서 주세페라는 이름을 찾아냈구나. 그리고?"

"그 외엔 없어."

"함부르크는 어때? 함부르크에도 그런 레스토랑이 있어? 우리 회사 근처 골목길에 있는 피자집에서 일하는 사람도 주세페라고 하던데."

"내 말이 그 말이야. 이건 그냥, 수백 명이나 되는 주세페들 중에서 특정한 주세페를 찾아내는 게 얼마나 비현실

166

적인 일인지 증명하는 거라고. 하물며 사샤는 어떻게 찾아
내겠어?"

힐케가 힘을 빼고 의자에 몸을 기댔다.

"이제 솔직히 말해봐. 대체 왜 그 사람한테 전화하지 않
는 거야?"

힐케는 늘 그렇듯 의미심장한 미소를 띠고 물었다. 스벤
은 황당하다는 듯이 입을 꾹 다물고 눈길을 돌렸다.

"알겠어, 그건 좋은 생각이 아니네. 그럼 내가 다시 전화
해보는 건 어때? 다른 구실을 대면서 말이야."

힐케가 나쁜 짓을 꾸미는 어린아이처럼 순진한 표정을
지으며 물었다.

"안 돼. 바보 같은 생각이야. 이번엔 뭐라고 설명하게?
이번에도 전화를 잘못 걸었는데, 갑자기 당신의 이름이 궁
금하다고 물어보기라도 하게?"

"전화를 건 다음에 그 사람이 이름을 대면서 전화를 받
으면 곧장 끊으면 되지."

"그 사람은 그냥 여보세요라고 전화를 받아. 그리고…"

"내 그럴 줄 알았어! 이제야 시인하는군! 스벤 씨도 이
미 전화를 걸었던 적이 있네! 그러면서 내 앞에서는 그 사
람한테 눈곱만큼도 관심이 없는 척하고! 이 사기꾼!"

"전화 안 했다니까!"

스벤은 어떻게 해야 이 위기에서 빨리 탈출할 수 있을지 생각했다.

"하지만 분명히 '여보세요'나 '네'라고 전화를 받는 사람일 거야."

"그러니까, 다시 해봐야 확실히 알지. 번호가 뭐였지?"

스벤은 사샤의 번호를 힐케에게 불러주었다. 10대 청소년들이나 할 법한 기습적인 행동에서 어떤 유용한 정보를 얻어낼 수 있을지 탐탁지 않은 마음 반, 기대되는 마음 반이었다. 힐케는 벌써 수화기를 귀에 대고 번호를 눌렀다.

"세상에, 심장이 두근거려! 신호음이 울리고 있어!"

힐케가 역모라도 꾸미는 사람처럼 낮은 목소리로 속삭였다.

"나도 알아."

힐케가 스피커폰 버튼을 눌렀기에 스벤 또한 들뜬 목소리로 말했다.

"네?"

상대방의 목소리가 방 안을 채웠다.

"네, 쥐트도이체 클라센 로또입니다. 안녕하세요, 어, 음, 그러니까…."

힐케가 도움을 요청하는 표정으로 스벤을 올려다보았다. 그 눈빛의 압력이 지나치게 강해 스벤은 갑자기 새삼 부끄러워졌다. 사무실에서 도망치고 싶었다. 하지만 후퇴할 길이 없다. 스벤은 어깨를 으쓱하며 닫힌 문에 붙어 있는 플래카드를 가리켰다. 앙겔라 메르켈과 콘돌리자 라이스가 팔씨름을 하는 캐리커처가 그려져 있었다. 힐케가 말을 이었다.

"전화 받으신 분이 라이스 씨인가요? 코넬리아 라이스 씨?"

"아뇨."

반대편에서 부드러운 목소리가 전달되었다.

"좋은 소식이 있어서 연락드렸습니다. 500분이 참여하신 가운데, 무료로 상품을 받으실 기회에 당첨되셨어요."

"관심 없습니다."

조금 짜증이 섞인 목소리가 가로막았다.

"저는 라이스도 아니고 이런 말도 안 되는 헛소리에 농락당할 만큼 바보도 아니에요. 전화 잘못 거셨습니다."

"죄송합니다. 어, 혹시 제가 여쭈어도 괜찮으시다면, 성함이 어떻게 되시나요?"

"괜찮지 않습니다. 묻지 마세요."

"알겠습니다. 어쨌든 나쁜 기회는 아니니까요, 선생님의 데이터를 입력하면 무료로, 아무런 의무를 지실 필요 없이 선물을…."

점점 더 커지는 목소리가 힐케의 말을 중단했다.

"양심이 있다면 어떻게 이렇게 남의 신경을 긁는 일을 할 수 있죠? 저라면 그 일을 당장 그만두겠어요. 전화 끊겠습니다."

힐케의 얼굴이 새빨갛게 달아올랐다. 힐케는 붉어진 얼굴로 뜻밖의 무언가를 찾아내려는 듯이 수화기를 바라보았다. 스벤은 얼굴에 미소를 띠고 의자에 등을 기댄 다음 머리 위로 양손을 깍지 끼며 말했다.

"성공적인 설문 조사였어. 수습기자들에게 다들 와서 들으라고 할 걸!"

힐케는 형언할 수 없는 웃음을 지으며 화가 난 듯 스벤을 째려보았다.

"도대체 스벤 씨가 무슨 생각인지 모르겠어. 어쨌든 이제 우리는 사샤의 이름이 코넬리아가 아니라는 것 그리고 사샤가 콜센터에서 일하지 않는다는 것, 마지막으로 그녀가 순진하지도 멍청하지도 않다는 걸 알게 됐어."

힐케가 자랑스럽게 미소 지었다.

"그래, 정말 대박이다."

스벤이 대답했다.

"이제 난 회의에 들어가야 해. 회의에서 힐케 씨의 혁신적인 설문 조사 기법에 대해서 발표할게."

힐케가 마우스패드를 집어 스벤 쪽으로 던졌다. 마우스패드는 빗나갔고, 스벤은 활짝 웃어 보였다. 스벤은 고개를 저으며 사무실을 나섰다. 지금 당장 신선한 공기를 마시고 싶었다. 나중에 엘베 강 근처로 산책을 가야겠다고 마음먹었다.

수평선에서 거대한 배 한 척이 보였다. 신문에서 오늘 함부르크 항에 이렇게 큰 배가 정박한다는 소식은 읽지 못했기 때문에 스벤은 깜짝 놀랐다. 요즘 스벤은 의무적으로 읽는 여러 일일매체에 그다지 주의를 기울이지 않게 되었다. 믿을 만한 주요 미디어의 기사를 훑어보거나 주제별로 나뉜 국제 경제지를 전부 찬찬히 들여다보는 대신 문화란이나 달 그림 판매 광고, 이탈리안 레스토랑 광고가 실리지는 않았는지에만 집중했다. 지금 엘베 강변을 걸으면서도 스벤은 문득 자신의 시선이 이탈리안 레스토랑임을 나타내는 모든 간판을 좇고 있다는 사실을 깨달았다.

다른 날에는 이탈리안 레스토랑의 간판을 보려고 먼 길을 돌아가거나 조깅을 하다가 달리던 속도를 늦추기도 했는데, 그러고 나면 조깅할 때 10킬로미터 구간의 기록이 더 나아졌는지 여부를 정확히 계산할 수 없기 때문에 화가 났다. 자신이 운동을 뒷전으로 밀어버렸다는 것이 점점 명확해졌다. 특히 수영은 순위가 완전히 뒤로 밀려버렸다.

내년 봄에 첫 철인 3종경기에 도전하려면 수영장을 골백 번은 더 찾아야 하는데 말이다.

미지의 인물인 사샤와 그녀에 얽힌 모든 일이 어느새 스벤의 진짜 취미가 되어버렸다. 탐정놀이든 논리훈련이든 능수능란한 추론의 끝에는 올바른 해답이 될 단 하나의 선택지만이 존재할 것이다.

이번 주에는 딱히 알아낸 것이 없었다. 스벤이 최근 받은 두 통의 문자 메시지에서는 이전에도 언급된 적 있는 니클라스라는 사람이 사샤의 그림에 매료되었고 사샤가 어려움에 처한 직장을 그만두고 프리랜서가 되어야겠다고 생각했다는 점 이외에는 알아낼 수 있는 내용이 없었다.

선박이 점점 가까워지는 모습을 보면서 스벤은 사샤가 대체 어떤 일을 할지 상상의 나래를 펼쳤다. 사샤가 혼자서 어떤 형태로든 그림을 완성시켰다는 건 그녀가 미술을 전공했다는 뜻이다. 아니면 선생님이어서 학생들에게 보일 견본을 만들었거나. 하지만 어떤 선생님이 안정적인 공무원 자리를 제 발로 박차고 나가 새로운 비즈니스를 시작한단 말인가? 인기가 없고 땀 냄새를 무진장 풍기며 늘 모직치마만 입고 다녀서 동료는 물론 학생들에게까지 따돌림을 당하는 사람이 아니고서야.

스벤은 입을 꾹 다물었다. 그런 이미지는 사샤와 어울리지 않는다. 스스로도 설명할 방법을 찾지 못했지만, 스벤이 생각하기에 사샤는 촌스럽거나 매력적이지 않은 인물상과는 정반대로 느껴졌다. 사샤가 보내는 문자에서는 예민하고 섬세한 감정과 생기발랄함이 넘쳐흘렀다. 사샤는 대단히 성숙한 사람일 것이다. 사샤는 사랑스러운 사람임이 분명하며, 어느 정도 커리어를 달성했으면서도 한편으로는 스스로를 더 발전시키고 자신만의 무언가를 만들어내고자 하는 열정을 품은 사람일 것이다.

회사에 다니면서 다른 일에 집중할 여력이 있다니, 사샤는 사기업에서 일하는 것이 분명했다. 그것도 굉장히 세련된 일일 것이다. 출판사의 편집자거나 패션 회사에서 디자인을 담당하는지도 모른다.

스벤은 갑자기 피오나의 친한 친구를 떠올렸다. 그 친구는 개인 아틀리에를 열고 싶다며 예전에 스벤에게 세금 관련 질문을 한 적이 있었다. 그녀가 일하던 회사가 파산했기 때문이다. 한순간에 일자리를 잃은 그녀는 노동청에서 1인 창조기업 보조금을 지급 받아 1인 회사를 차리고자했다.

당시에 스벤은 그 친구에게 유용한 연락처를 몇 개 알려주는 것 외에는 할 수 있는 일이 없었다. 하지만 그녀의 이야기를 들으면서 얼마나 많은 젊은이들과 고급 기술을

갖춘 사람들이 안 좋은 상황을 전화위복으로 만들거나 프
리랜서 혹은 1인 기업으로 뛰어드는지 깨달았다. 그때 스
벤은 자료를 조사해 그와 관련된 주제에 대한 정보를 다수
수집했고, 편집회의에서 좋은 반응을 얻었다. 브라이딩은
기사 규모를 키워보자고 제안했다. 그러나 다른 주제를 먼
저 다뤄야 했던 바람에 그 주제는 흐지부지되었다. 스벤은
국제적으로 금융 위기가 닥친 지금, 그 주제를 다시 꺼내
도 좋을 것 같다고 생각했다. 어쩌면 기사를 핑계로 사샤
와 인터뷰를 하거나 그녀를 같은 분야에 종사하는 수많은
사람들의 대표로 설정할 수 있을 것이다.

스벤은 걸음을 빨리했다. 선박은 이제 500미터 정도 떨
어져 있었다. '바로 그거야'라고 스벤은 생각했다. 그런 식
으로 사샤에 대해 알 수 있을 것이다. 드디어 스벤은 아무
런 다른 뜻 없이 사샤에게 연락을 시도할 진짜 이유를 찾
아냈다.

그 순간 선박에서 크고 낮은 굉음이 터져 나왔고 스벤
은 깊이 빠져 있던 상념에서 벗어났다. 기상 알람이라도
들은 듯 스벤은 엘베 강을 따라 더 큰 보폭으로 걸으며 사
무실로 돌아갔다.

클라라

이런 재수 없는 월요일이 또 있을까! 클라라는 화가 머리끝까지 나서 사무실 창밖을 멍하니 바라보고 있었다. '니클라스가 그런 개자식일 줄은 몰랐어' 클라라는 욕을 하면서도 안트예가 자리에 없어서 다행이라고 생각했다. 안트예가 눈치 채지 않았으면 했기 때문이다. 어차피 다른 사람들도 곧 이 흉보를 접할 것이기는 하지만. 회사 상황이 이만큼이나 나쁘리라고는 상상조차 하지 못했다.

이제 어떻게 해야 하지? 머릿속에서는 수만 가지 생각이 동시에 폭발했다. 뻔뻔스러운 로또 홍보 담당자한테서 걸려온 말도 안 되는 전화를 신호로 여기고 그 기회를 당장 붙잡았어야 했는지도 모른다. 어차피 곧 돈 쓸 일이 많아질 테니까 말이다.

"상황을 긍정적으로 보자고요, 클라라 씨. 클라라 씨한테는 어마어마한 잠재력이 있어요. 그걸 사용하세요!"

사장의 말이 아직도 귓가에 선명하게 울렸다. 클라라가 화난 이유는 니클라스가 클라라에게 무언가를 가르치려고 해서가 아니라 그 방식 때문이었다. 니클라스는 아주 부드럽고 다정한 말투로 클라라에게 해고를 통보하며 그것이 마치 대단히 좋은 소식인 것처럼 굴었다.

사장한테 그림 사진을 보여주지 말았어야 했다. 클라라는 벌써 몇 시간째 책상 의자에 가라앉듯이 푹 기댄 채 모니터만 바라보고 있었다. 화면보호기가 우주 현상, 별, 화성, 달 등의 이미지를 번갈아 보여주었다. 누군가와 이야기를 나누고 싶었다.

카트야!

클라라는 휴대전화의 단축번호를 누르고 안트예가 두 사람이 함께 쓰는 사무실로 금방 돌아오지 않기를 바랐다.

"안녕, 클라라! 무슨 일이야?"

"나 때문에 깼어? 왜 그렇게 조용히 말해?"

"아니, 나 지금 강연장이야."

카트야가 속삭였다.

"이런. 그럼 나중에 다시 전화해줘."

"괜찮아. 어차피 강연이 지루해 죽을 참이었거든. 근데 여기서 나갈 수는 없어. 너무 눈에 띄거든. 하지만 네가 하는 말을 듣고만 있는 거라면 얼마든지 가능해. 자, 빨리 말해봐."

"알았어. 짧게 설명할게. 나 곧 백수 돼!"

"뭐라고?"

카트야는 스스로도 놀랐을 정도로 크게 소리쳤다.

"죄송합니다."

클라라는 친구가 주변인들에게 사과하는 목소리를 들었다.

"강연 중인 것은 알지만, 긴급한 일이 생겨서요!"

"세상에."

클라라가 말했다.

"그래, 세상에 마상에다!"

카트야가 다시 낮은 목소리로 속삭였다.

"대체 무슨 말이야?"

"니클라스가 나한테 회사를 떠나달라고 했어. 경쟁사가 우리한테 가장 중요하고 돈이 되는 고객을 가로채 갔거든."

"미친놈들."

카트야가 한숨과 함께 욕을 내뱉었다.

"그래서 이제 어쩌게?"

"아무 생각 없어. 청소부나 할까…."

"클라라, 헛소리는 그만둬. 네 실력이 얼마나 뛰어난지는 누구나 알아. 너희 사장이 널 해고하기로 한 건, 네가 직원들 중 몸값이 제일 비싸서 그런 거야. 너한테 겨우 그정도 월급만 주면서, 그것도 야근수당은 제대로 챙겨주지도 않으면서 제일 높은 몸값이라니 웃기지도 않은 일이지."

카트야는 다시 점점 목소리를 높였다.

"맞아. 하지만 니클라스가 달리 할 수 있는 일이 없다는 건 사실이니까. 니클라스도 처음에는 어렵게 말을 꺼내더라고. 직원들 중에 내가 제일 오래됐잖아. 그래서인지 내가 먼저 이번 일을 기회로 삼지 않았다면 자기도 경영상의 문제로 날 해고하겠다는 이야기를 꺼내지 않았을 거라더라."

"그 사람이 그렇게 능숙하게 말을 꾸며냈다고?"

"그래. 최근에 니클라스한테 내가 그린 그림들을 보여줬거든. 그랬더니 내가 종일 컴퓨터 앞에 앉아서 재능을 썩히기보다 잘하는 일을 하는 편이 어떻겠냐고 하더라고."

"뭐, 나도 이미 오래전부터 네가 그렇게 지루한 회사는 때려치우길 바라기는 했지만. 오늘 저녁에 집에 있어? 내가 너희 집에 들를게. 앞으로 어떻게 할지 아이디어를 짜보자. 이제 그만 끊어야 할 것 같아. 사람들이 째려보고 있어…."

"알았어. 고마워. 나중에 봐!"

클라라는 다소 가벼워진 마음으로 말하며 자신 또한 시종일관 작은 목소리로 속삭이고 있었다는 사실에 깜짝 놀랐다.

그날 저녁, 베포가 운영하는 레스토랑 문을 통과하는 클라라의 손이 떨렸다. 카트야의 제안을 그럴듯한 평계로 거절할 생각이었지만, 카트야는 지금이야말로 클라라가 과거에 즐겨 가던 장소를 마주할 때라고 말했다.

어쩌면 영원처럼 느껴지는 오랜 시간 동안 이곳을 찾지 않았기 때문에 마음이 더욱 불편한 것인지도 몰랐다. 클라라는 이곳에서 자신을 다시 나락까지 떨어뜨릴 무언가를 발견하고, 여태까지 무던히 애써서 얻은 긍정적인 활력을 전부 망쳐버리지는 않을까 두려웠다.

오늘 갑작스럽게 겪은 안정적인 생활비의 원천을 잃었다는 충격만으로도 지난 몇 주 동안 겨우 느꼈던 작고 새로운 삶의 의욕이 또 다른 우울로 희석되는 것은 아닌지 불안해지기에 충분했다. 하지만 카트야로부터 에너지와 낙관주의를 나눠 받을 수 있을 것이다.

늘 그렇듯이 카트야의 도착이 늦어졌기 때문에 클라라는 배가 고프지 않았음에도 먼저 메뉴판을 훑어보았다. 벤과 이곳을 찾을 때는 주로 모듬 전채 요리를 시켜 나눠 먹었다. 두 사람은 늘 가운데에 놓인 페퍼로니를 서로 먹겠다고 싸웠고, 결국 반으로 잘라 나눠 먹었다. 클라라는 전채 요리만으로도 배가 불러서 대개 벤이 나중에 두 사람분의 메인 요리를 전부 먹어치워야 했다.

'할머니와 카트야의 말이 맞는지도 몰라'라고 생각하며

클라라는 초조한 마음으로 연신 출입구를 바라보았다. 클라라는 현재 상황에서 최선을 이끌어내야 했다. 어차피 이제 더이상 벤과 함께 이 테이블에 앉아 있을 수 없다면, 여태까지 그와 함께 머물렀던 공간, 그와 함께 겪은 모든 사건, 베포의 레스토랑과 같은 모든 장소들을 계속해서 사랑하도록 노력해야 했다. 그 모든 것들과 더이상 고통스럽지 않고 오히려 편안하며 새로운 관계를 만들어야 한다. 긍정적이고 새로운 경험을 함으로써 머릿속에서 자신의 삶을 '그 전'과 '그 후'로만 나누는 일을 그만둬야 한다.

베포가 클라라에게 무엇을 가져다줄지, 기다리는 시간 동안 해줄 수 있는 일은 없을지 다시 한 번 물었을 때 카트야가 문을 열고 가게 안으로 돌진해 들어왔다.

"미안, 클라라. 차에 앉아서 전화 좀 하느라고 늦었어."

"젊고 괜찮은 남자랑 말이죠?"

베포가 흥미진진한 표정으로 물었다. 하지만 대답을 기대하지는 않은 듯, 부엌 쪽으로 서둘러 들어갔다.

카트야는 베포의 뒷모습을 흘겨보고는 클라라의 앞에 앉았다. 프로세코 와인을 두 병 마시고 나자 카트야의 연애 사정과 클라라의 직업적인 새 출발 가능성은 밝은 장밋빛으로 물들었다.

이야기를 들은 베포 또한 클라라에게 도울 일이 있으면

얼마든지 돕겠다고 말했다. 기분파인 베포는 그 자리에서 클라라에게 가게 벽을 클라라의 그림을 위해 비워두겠다고 호언장담했다.

"아주 좋아요!"

베포가 그릇을 치우며 감격한 목소리로 말했다.

"클라라 씨가 앞으로도 계속 그림을 그린다면, 도와줄 수 있는 건 뭐든지 할게요. 그나저나 그림이 정말 멋져요! 손님들이 좋아할 거야."

클라라는 휴대전화에 저장해 둔 달 그림 사진 몇 장을 베포에게 보여주었다. 베포는 어리둥절한 표정을 짓고 있는 클라라의 갸름한 얼굴을 양손으로 붙잡고 양 볼에 입을 맞추고는 말했다.

"정말 기대되네요. 클라라 씨, 당신 정말 대단한 여자야. 난 당신을 믿어요."

베포는 클라라와 카트야에게 갓 구운 크렘브륄레를 시식해달라며 조금 기다리라고 말했다.

집에 돌아온 클라라는 온몸이 터져버릴 것 같은 기분이었다. 한편으로는 카트야와 베포의 격려로 얻은 기쁨과 자극 때문에 당장이라도 붓을 들고 작업을 이어가고 싶었다.

클라라는 속으로 카트야와 베포에 이어 벤을 자신의 지

지자 대열에 추가한 다음 긴 목록을 작성하기 시작했다. '인생에서 내가 이루고 싶어 하는 목표는 무엇일까'라고 클라라는 자문했다. 늘 해보고 싶다고 생각했던 일은 무엇일까? 삶의 마지막 순간에 적어도 시도라도 해볼걸, 하고 후회하게 될 일이 뭐가 있을까?

클라라는 차를 끓여 마시며 계속해서 생각에 잠겼다. 오랜 시간 동안 오로지 자신만의 화풍을 만들어내고 싶다는 꿈이 있었다. 자신이 창조한 예술 작품으로 다른 사람들을 감동시키고, 자신의 작품이 마음에 든 사람들이 그것을 거실에 장식하도록 만들고 싶었다. 완성한 캔버스들을 기다란 복도에 세워두고 조용히 바라볼 때면 클라라는 밀려오는 행복으로 가득 찼다. 그런 순간에는 주변을 둘러싼 모든 것들이 멀리 떨어져 전혀 중요하지 않은 존재가 되었다. 클라라가 자기 자신과 세계를 분명히 이해하는 순간이었다.

어쩌면 클라라는 화가로서의 커리어를 진지하게 생각해봐도 좋을 것이다. 그 순간 클라라의 내면에서 긍정적인 힘이 솟아올랐다. '달 그림은 시작일 뿐이야'라고 클라라는 생각했다.

'왠지 그런 기분이 들어!'

경제적인 안정에 대한 걱정은 단숨에 아주 작은 문제

로 변했다. 새로운 아이디어를 펼치고 싶다는 충동이 들어 더이상 기다릴 수 없었다. 하지만 정말로 그림을 팔아서 먹고 살 수 있을까? 그림을 전시하거나 주문받아 그리는 일로?

니클라스는 클라라가 우선 프리랜서로서 자신의 회사와 계속 일하면서 위장 자영업자가 될지도 모를 문제를 피해갈 수 있을 거라고 약속했다. 또 클라라가 회사를 나간 다음에도 당분간은 사무실을 그대로 이용해도 된다고 말했다. 니클라스는 클라라가 해고당한 이후 새로운 발걸음을 딛는 일이 어렵지 않도록 도와줄 수 있는 최선의 방법을 찾기 위해 나름 고심한 모양이었다. 그가 진심으로 한 말이라면 클라라는 당분간 웹사이트나 다른 광고 캠페인을 위한 광고 전단을 만들어 돈을 모을 수 있을 것이다.

벌써 첫 번째 공식 계약도 따냈다. 베포가 뤼네부르크 풍경을 주제로 한 작은 수채화 100점을 주문해 고객들에게 선물하겠다고 말했다.

카트야 또한 개인 고객들을 찾아 주문 작업을 타진해보는 것이 어떻겠느냐는 아이디어를 내놓았다. 카트야에 따르면, 요즘 임신부들이나 사귄 지 얼마 안 된 연인들 사이에서 누드 사진 찍기가 유행이라고 했다. 누드 초상화를 그려준다는 광고에 솔깃하는 사람들도 많을 것이다.

클라라는 고민했다. 전직에 성공한 다음 뤼네부르크와 함부르크 등지에서 이름을 날리게 된다면 클라라는 틈새 시장을 잘 파고든 사람이 될 것이다. 게다가 인터넷을 통해 고객을 모을 수도 있다. 이메일로 고객의 사진을 받아 그것을 토대로 초상화나 누드화, 기타 개인적인 선물이 될 만한 그림을 그릴 수 있을 것이다.

카트야는 싱(Xing, 구인구직 등을 기반으로 한 미니블로그 사이트 – 옮긴이) 같은 인터넷 포털 사이트에서 연락망을 만들고 뜻이 같은 사람들과 의견을 교환해보는 것이 어떻겠냐고 조언했다. 카트야 또한 그렇게 알게 된 사람들로부터 계약을 몇 건 따냈다고 한다. 카트야는 두 번째 프로세코 와인 병을 땄을 때 퍼뜩 자신의 고객들에게도 클라라의 그림이 추가된 포트폴리오를 제안해봐야겠다는 생각이 떠오르자 자신의 아이디어에 감탄하며 거의 공중제비라도 돌 것처럼 흥분했다. 인테리어 디자이너인 카트야는 앞으로 자신의 고객들에게 클라라가 고객 주문에 맞춰 색상 포인트를 준 그림을 제시하고 고객들의 공간을 더 개인적이고 특별하게 꾸미도록 일을 발전시킬 수 있을 거라고 말했다. 카트야는 당장 아이디어를 구체적으로 확장하기 시작했고 부수입을 얻을 수 있는 일들을 하지 않을 이유가 무엇이냐고 주장했다.

하지만 클라라의 낙관적인 상상에는 약간의 제동이 걸렸다. 모든 일을 한꺼번에 도맡아 할 수는 없는 데다, 프리랜서 예술가이자 그래픽 디자이너로서 새출발을 하기 위해서는 신중한 계획이 필요했다.

우선, 프로젝트 진행에 필요한 모든 것들에 대해 알아봐야 했다. 클라라는 일단 집을 뒤집어엎어야 할 것 같다고 생각했다. 벤과 함께 이 집으로 처음 이사 왔을 때, 클라라는 그때까지 그렸던 그림과 회화도구들을 상자에 넣어 줍고 긴 창고의 가장 안쪽 구석에 쌓아두었다. 공구나 화분, 자전거 용구 등은 생활에 필요할 테니 창고 입구와 가까운 곳에 두었지만, 회화도구를 빠른 시일 내에 필요로 할 일은 전혀 없으리라고 생각했었다.

충동과 같은 호기심이 일었다. 늦은 시간이지만, 당장 창고에 가보지 않을 이유가 없었다. 클라라는 후드 점퍼와 창고 열쇠를 손에 쥐고 계단을 내려갔다. 곰팡내 나는 창고 안에 들어서자마자 클라라는 가슴이 찔리는 기분을 느꼈다. 벤의 자전거가 서 있었다.

클라라는 마음을 안정시키려고 노력했다. 벤의 자전거가 갑자기 연기처럼 사라질 리가 없잖아? 벤은 자전거를 타고 뤼네부르크 시내와 주변 지역을 수도 없이 누볐다. 죽기 얼마 전에는 자전거를 타고 외출하는 일이 더욱 잦았다. 그리고 이제야 클라라는 벤이 죽기 전 몇 달 동안 자동차 대신 자전거만 주로 사용한 이유가 마약을 하는 빈도가 이전보다 더 늘었기 때문이었다는 걸 깨달았다.

발아래 덩그러니 놓인 농구공도 까맣게 잊고 지내던 물건이다. 벤은 농구팀에서 키가 작은 축에 속했지만, 다른 누구보다 높이 점프할 수 있었다. 농구는 벤이 음악 다음으로 즐기던 취미다. 하지만 클라라와 알게 된 이후 벤은 단 한 번도 농구 연습에 가고 싶어 한 적이 없었다. 그 결심도 클라라가 지금 와서 보니 다른 의미로 해석되었다. 당시 벤은 새로 온 트레이너와 잘 맞지 않는다고 말했었다.

클라라는 단 한 순간에 그녀를 과거로 보내버리는 그 모든 물건들을 내려다보며 과연 자신이 객관적인 생각을 유지할 수 있을지 걱정이 됐다. 페르디난트 또한 클라라에게 벤과의 사이에서 실제로 일어났던 일을 클라라의 입장으로만 왜곡된 사실로 꾸며낼 가능성이 있다고 말한 바 있다. 하지만 지금 클라라가 어떤 사실을 만들어낸다고 한들 무슨 일이 일어날까?

자살이 사고보다 더 나쁜가? 아니면 그 반대인가? 참을 수 없는 인생에서 도망치고자 자살한 사건이 예기치 못한 사고로 원치 않던 죽음에 이르게 된 것보다 더 비극적인가?

클라라는 무너지듯 쭈그리고 앉아 양손에 얼굴을 묻었다. 울고 싶지 않았다. 그저 어둠 속에서 빠져나가 빛이 있는 곳으로 가고 싶었다. 다채롭던 과거로 가고 싶었고, 그렇게 하기 위해서 지금 당장 캔버스가 들어 있는 상자에 곧바로 닿을 수 있는 길을 찾아야 했다.

겉면에 내용물이 표기된 상자가 단 하나도 없었기 때문에 클라라에게 남은 선택지는 모든 상자를 들여다보는 일뿐이었다. 상자 대부분에는 오래된 접시와 누구도 필요로하지 않을 잡동사니가 들어 있었다. 도대체 벤이 어디에쓰려고 남겨놨는지 모를 수많은 전선이 든 상자 또한 쓸모없어 보였다. 클라라는 전선이 든 상자를 위층으로 가져가기회가 되면 크누트에게 전해줘야겠다고 생각했다. 어쩌면 칠리스의 멤버들이 곧 다시 밴드 활동을 시작할 용기를낼지도 모르기 때문이다.

15분쯤 지나서야 클라라는 낡은 침대시트로 둘둘 감긴캔버스를 찾아내는 데 성공했다. 클라라는 그것을 끄집어냈다. 희미한 창고 불빛 아래서도 그림은 화려한 붉은 빛으로 빛났다. 클라라는 그림을 들어 올렸다. 조부모님과몇 번이나 휴가차 놀러 갔던 발트해에서 보고 감탄했던거대한 양귀비꽃이 그려져 있었다. 넓적한 붓을 몇 번 놀리지 않고도 완성한 꽃이었다. 클라라는 순식간에 주변의 모든 것이 총천연색으로 화려하게 물들었던 과거로 돌아갔다.

스벤

사샤가 아무런 소식도 보내지 않은 지 벌써 열흘이나 지났다. 스벤은 참다못해 결국 자제심을 잃고 맹목적인 행동에 나서게 되었다. 그의 태도는 힐케에게 스벤을 마음껏 비웃고 놀릴 일종의 자격증을 쥐어 주었다.

스벤은 혹시나 우연히 사샤의 흔적을 찾을지도 모른다는 막연한 기대를 품고 벌써 함부르크 시내 아홉 개 구역을 자전거로 돌아다녔다. 그러면서 정처 없이 돌아다니거나 먼 길을 에둘러 지나다니면 철인 3종경기 준비에 도움이 될 거라고 합리화했다. 하지만 속으로는 이 비밀스러운 미지의 여인을 찾기 위해 자신이 앞으로 지금보다 더 정신 나간 행동을 잔뜩 저지르게 되리라고 생각했다.

그녀가 하필 우연히 스벤과 같은 함부르크에 거주할 확률이 얼마나 되겠는가? 사샤가 독일 내의 어느 도시에든 살 가능성은 얼마든지 있다고 생각하며 스벤은 한숨을 쉬었다.

지난 며칠 동안 시간이 날 때마다 스벤은 달 그림 전시회와 관련된 작은 정보라도 얻으려고 인터넷을 뒤졌다. 이베이 사이트에서도 달 그림 판매 글이 있는지 검색했다.

여태까지는 모든 노력이 헛수고였다. 스벤이 차례차례 방문했던 지역 내 수많은 이탈리안 레스토랑에서도 아무런 단서를 찾지 못했다.

힐케와 마찬가지로 이 사건에 얽힌 이야기에 지대한 관심을 보이며 모든 과정을 지켜본 다비드 또한 스벤에게 그냥 사샤에게 직접 전화해보라고 조언했다. 기자라는 직업을 밝히고 사샤에게 인터뷰를 요청하라는 것이다. 그녀에게 전화해서 프리랜서로서 자립하고자 한다는 이야기를 들었다고 하면 되니까 말이다. 덧붙여 아무런 금전적인 대가를 받지 않고 인터뷰 내용을 보도함으로써 엄청난 광고 효과를 불러올 수 있다고 그럴듯한 말을 늘어놓으면 일이 틀어질 가능성도 없었다. 스벤은 계속해서 자신의 호기심을 채울 수 있을 것이다.

'일이 그렇게 간단해야 말이지'라고 스벤은 생각하며 거실의 독서용 스탠드 전원을 껐다. 그는 생각에 잠겨 어두운 허공을 바라보았다. 널찍한 창유리와 지붕에 비가 세차게 부딪치며 집 전체를 신비로운 울림으로 채웠다.

189

창문에 모습이 비치자 스벤은 꽤 오랜 시간 동안 자기 얼굴을 관찰했다. 무엇보다, 피곤해 보였다. 지난 며칠 동안 일부러 기른 거뭇한 수염은 마음에 들었다. 성숙한 남자처럼 보이는 효과가 있었기 때문이다.

스벤은 자리에서 벌떡 일어났다. 만약 일요일 저녁까지 사샤로부터 연락이 없다면, 작전을 바꿔 전화를 걸어야겠다고 마음먹었다. 미소를 띠며 창에 비친 자신의 모습을 바라보았다.

클라라

뤼네부르크 남부 도시인 빌셴브루흐에서 기나긴 산책을 마치고 클라라는 강가 벤치에 앉아 지친 눈길로 수면을 바라보았다. 손에는 주황색 봉투가 들려 있었다. 클라라의 눈앞으로 일메나우 강이 조용히 흘렀다. 일메나우 강은 중세 도시 분위기가 물씬 나는 뤼네부르크의 시내 중심지까지 이어진 다음 엘베 강으로 흘러 들어간다.

몇 주 전 클라라가 도로테아와 함께 함부르크 항에서 음울한 엘베 강의 수면을 내려다 보았을 때만 해도 벤의 죽음은 오리무중에 빠져 있었다. 오늘에야 마침내 클라라는 위안이 되면서도 동시에 고통으로 느껴지는 명백한 사실을 마주하게 되었다. 벤이 고의적으로 발코니에서 추락한 것이 분명해 보인다는 사실이었다.

벤의 부고를 접한 날부터 장례식이 치러진 날 사이에 그랬던 것처럼, 클라라는 요 며칠 동안 기계적으로 움직였다. 화가로서의 커리어 계획을 세우기 시작했을 때 느낀 일시적인 즐거움은 클라라가 창고에서 악기와 두꺼운 서류철이 든 상자를 발견하자마자 불이 꺼진 듯 사라졌다. 서류철의 겉표지에는 큰 글씨로 '사적인 서류'라고 쓰여 있었고 그 밑에는 '절대 읽지 말 것!'이라는 문구가 남겨져 있었다.

처음에 클라라는 과연 그 내용이 벤이 어린 소년 같은 장난으로 만들어둔 비밀인지, 아니면 정말로 혼자서만 간직하고 싶었던 내용을 숨겨둔 것인지 확인하고자 파일을 열어보려다가 망설였다. 클라라 자신과 벤의 가족들에게 벤의 내면세계를 들여다볼 정당한 권리가 있는지 생각했다.

하지만 같은 날 저녁 클라라는 마음을 굳게 먹고 떨리는 손으로 파일을 열어 내용물을 침대 위에 쏟았다. 일기장으로 보이는 노트, 사진 몇 장, 벤이 쓴 가사, 편지, 엽서 등이 눈에 들어왔다. 내용물을 잠시 뒤적이다가 이게 어떤 서류들인지 금방 알아챘다. 쓰인 내용에 따르면 이것들은 몇 년이나 된 물건이었다. 순식간에 클라라는 이 '증거'를 무시해서는 안 되겠다고 판단했다. 한편으로는 벤이 읽지 말라고 써 붙여둔 서류를 읽음으로써 벤을 배신할 수는 없다는 생각이 들었다. 벤에게는 다른 어떤 것보다도 그의 부탁이 담긴 이 물건들이 더 중요하지 않았을까?

무엇보다도 클라라는 충격을 받을지도 모를 일이 발생할까봐 불안하고 염려스러웠다. 잠시 카트야나 도로테아에게 연락을 해볼까 생각했다. 하지만 상황에 맞지 않는 행동인 것 같았다.

그날 밤 클라라는 몇 시간 동안이나 침대에 누워 뒤척였다. 다음날 이른 아침, 클라라는 파일을 벤을 모르던 사람에게 맡기는 편이 가장 좋겠다고 결정했다. 이런 서류나 문서에 해박하고 이것이 벤의 남겨진 가족과 지인들에게 큰 도움이 되리라는 사실을 유추할 수 있는 사람이어야만 했다. 그렇게 하면 벤이 원하던 바를 조금 더 정확히 이해하게 될 것 같았다.

그 문제를 풀 해답은 생각보다 가까이에 있었다. 그날 아침 클라라는 곧장 상담심리사에게 전화를 걸어 파일을 살펴본 다음 그것을 근거로 벤에 대해 설명해줄 수 있겠냐고 물었다. 페르디난트는 부드럽지만 단호한 말투로 하루 동안 생각할 말미를 달라고 말했지만 같은 날 오후 다시 전화를 걸어 클라라의 생각이 의미 있고 유용하다고 답했다.

파일을 병원에 가져다주고 나자 클라라는 그 서류들이 더이상 집에서 유령처럼 이리저리 돌아다니지 않으리라는 생각에 마음이 가벼워졌다. 그럼에도 그날 밤에는 잠을 제대로 자지 못했다. 클라라는 자신이 어떤 일을 경험하게 될지 무척이나 두려웠지만 동시에 페르디난트가 무슨 말을 할지 못 견디게 궁금하기도 했다. 도대체 그 서류들이 벤의 상태와 정신세계에 대해 무엇을 알려줄지 추측이 꼬리에 꼬리를 물었다.

다음 날 아침 클라라는 병원에 들러주었으면 좋겠다는 페르디난트의 전화를 받았다. 클라라는 안트예에게 출근이 조금 늦어질 것이라고 말하고 병원으로 향했다.

덜덜 떨리는 무릎을 억누르며 클라라는 늘 따뜻하고 아늑하다고 느꼈던 페르디난트의 면담실로 들어갔다. 페르디난트는 평소 상담을 할 때와 마찬가지로 클라라에게 차를 권하며 앉으라고 말했다. 그녀의 손에는 아무런 글자도 쓰이지 않은 주황색 봉투가 들려 있었는데 클라라는 한눈에 그것이 벤의 파일이라는 사실을 알아차렸다. 페르디난트는 둘 사이에 놓인 작고 낮은 테이블 위에 봉투를 올려

두고 부드럽게 미소 지으며 말했다.

"이 편지는 클라라 씨 앞으로 쓰인 거예요. 남자 친구분이 1년도 더 전에 쓰신 것 같아요. 이 편지에 클라라 씨가 찾고자 하는 답이 몇 가지 들어 있을 겁니다."

클라라는 숨을 멈췄다. 도대체 무슨 감정을 느껴야 할지, 무슨 생각을 해야 할지 혹은 무슨 말을 해야 할지 알 수 없었다.

"이건 이별의 편지예요."

페르디난트가 말을 이었다.

"벤 씨가 클라라 씨에게 직접 이 편지를 전달하지 않았다고 하더라도, 전 클라라 씨가 이 편지를 읽어야 한다고 생각해요."

"벤이 자살하고 싶었다는 내용이 들어 있다는 뜻인가요?"

클라라가 심장을 쥐어짜는 듯한 목소리로 물었다.

"정확히 그런 건 아니에요. 하지만 제 생각에는, 우리가 일단 그가 자신의 삶을 원하지 않았다는 사실부터 알아야 할 것 같아요. 벤 씨가 남긴 일기나 메모에서도 제가 추측하던 내용을 암시하거나 뒷받침하는 내용을 다수 찾을 수 있었어요. 예를 들면 가장 마지막 순간에 일어난 일이 마약 과다복용으로 인한 순전한 사고인지 아니면 그가 의식

적으로 뛰어내린 것인지에 대한 추측이요. 벤 씨는 자신의
어두운 부분과 밝은 부분을 조화시킬 방법을 찾으려고 노
력했지만 잘 되지는 않았던 것 같아요."

클라라는 침을 꿀꺽 삼켰다. 눈에 눈물이 차오르는 것이
느껴졌다.

"클라라 씨, 이 편지는 직접 가져가고, 나머지 서류들은
그의 가족들에게 맡기는 게 어떨까요? 가족분들이 서류를
어떻게 처분할지 결정하시게요. 클라라 씨가 혼자 모든 책
임을 떠맡을 필요는 없어요."

벤치에 앉아 있는 클라라의 머릿속에서는 아직도 페르
디난트의 마지막 말이 울렸다. 클라라는 무언가에 홀린 듯
강물의 수면을 바라보았다. 벤이 살아 있는 모습을 마지막
으로 보았던 밤에 그와 지독하게 싸웠던 장면이 계속해서
떠올랐다. 클라라는 책임감이 부족하며 스스로의 인생에
대한 주도권을 쥐지 한다는 말로 벤을 비난했다. 그날 내
뱉었던 말 한마디 한마디를 마음 깊이 후회하더라도, 언제
가 되었든 무언의 책망과 힐난이 벤을 클라라로부터 멀리
떨어뜨려 놓았을 것이다. 벤의 어두운 내면세계가 너무나
도 압도적이어서 그걸 막을 힘이 클라라에게는 없었다.

양손에는 아직 벤의 이별 편지가 들려 있었다. 그 순간

편지를 열어봐야겠다는 충동이 들었다. 떨리는 손가락으로 클라라는 봉투에서 손 글씨가 쓰인 하얀 종이를 꺼내 읽기 시작했다.

사랑하는 클라라에게

당신이 이 편지를 읽고 있을 때 나는 이미 그곳에 없겠지. 당신에게 직접 사실을 말하지 못한 겁쟁이여서 미안해.

솔직하게 말하자면, 나는 열다섯 살 때부터 오직 나의 다음 여행만을 생각했고, 다른 건 아무것도 생각하지 않았어. 나는 이쪽 밧줄에 매달려 있다가 저쪽 밧줄로 옮겨가듯이 살고 있었고, 그러는 사이에 귓가에서 울리는 날카로운 소리를 더이상 견딜 수 없게 됐어.

이제 더이상 산산조각으로 부서진 내 인생에 당신을 끌어들이고 싶지 않아. 당신이 나보다 더 나에게 신경 쓸 필요는 없어. 나는 내가 싫어. 나는 나의 모든 면이 싫고, 무엇보다도 가장 싫은 건, 당신이 응당 받아야 하는 애정만큼 내가 당신을 사랑할 수 없다는 점이야.

당신은 당신의 길을 가면 돼. 내 길은 여기서 끝이야.

잘 지내, 알겠지?

벤

클라라는 울었다. 흐느끼는 소리조차 내지 않고 아주 오랜 시간 울었다. 마침내 클라라는 숨을 여러 번 깊이 들이마셨다 내쉬었다. 구름이 걸린 하늘을 잠시 올려다 본 다음 벤의 편지로 작은 종이배를 접었다.

벤이 전한 말은 언제까지고 마음속에 담아둘 것이다. 하지만 그 종이는 버리고 싶었다. 그것이 클라라가 결혼까지 생각했던 남자에 대해 아는 것이 거의 없었다는 사실과 그녀의 사랑이 뿌리내린 기반이 얼마나 무너지기 쉬운 것이었는지를 증명하기 때문이었다.

클라라는 강둑을 따라 내려가 강가로 다가간 다음 손가락에서 반지를 빼내 부드럽게 입을 맞추고 작은 종이배의 돛에 걸었다. 그리고 조심스럽게 종이배를 물 위에 띄웠다. 종이배는 한쪽으로 기울더니 가라앉을 뻔하다가 곧 중심을 잡았고, 강물을 따라 서서히 움직이기 시작했다.

클라라는 무감각한 시선으로 하얀 점을 바라보았다. 작은 종이배가 구불구불한 강을 따라 시야에서 사라졌을 때, 구름 사이로 작은 틈이 벌어져 햇볕이 내리쬐었다. 클라라가 종일 우중충하리라고 생각했던 그날 늦은 오후에 마침내 햇살 몇 줄기가 회색 구름 사이로 내려온 것이다. 클라라는 씁쓸한 미소를 짓고 힘이 풀린 다리로 집을 향했다.

스벤

운전해서 엘베 다리를 남쪽 방향으로 건너던 중 스벤은 자신도 모르게 큰 소리로 웃음을 터뜨렸다가 혼자 흠칫 놀랐다. 빨리 퇴근을 할 수 있었던 데다 힐케가 자기 자동차를 빌려주기까지 했다는 사실이 아직도 믿기지 않았다.

"뤼네부르크! 뤼네부르크가 분명해!"

오늘 아침 스벤이 사무실에서 힐케에게 건넨 인사말이었다. 스벤은 어린 소년처럼 신이 나서 가장 최근에 사샤로부터 온 문자를 보고했다.

"사샤 이름은 클라라야. C로 시작하는 클라라. 테오라는 사람이 잘 돌보겠다고 말한 바로 그 클라라."

힐케가 괘씸함이 묻어나는 미소를 지으며 스벤이 모르는 사람에게 푹 빠지다 못해 이제는 질투까지 하는 게 아니냐는 표정을 지었지만 스벤은 철저히 무시했다. 힐케가 놀리든 말든 상관없었다. 스벤이 관심 있는 단 한 가지는 힐케가 하룻밤 동안 자동차를 빌려줄 수 있는지 여부였다.

물론 힐케는 같이 가고 싶어 안달이 났었다. 하지만 스벤은 힐케가 남편과 함께 시어머니 집에 초대받은 덕분에 지금 혼자 조용히 운전하며 그녀의 깐족대는 수다를 견디지 않아도 되어 기뻤다.

지금은 사샤에 대해 알아보기 위해 뤼네부르크를 향하는 중이다. 다만 미지의 여성을 찾으러 타고 가는 자동차가 하필이면 오래된 구식 오펠이라는 점이 10대 소년처럼 들뜬 스벤의 마음을 조금은 어둡게 만들었다. 어제 문자가 도착한 직후부터 스벤은 마음이 시키는 대로 어디 한번 제대로 미친 짓을 저지르고 싶다는 생각에 사로잡혔다. 예전 같았으면 할 수 있으리라고 생각지도 못했을 미친 짓을 말이다.

스벤은 잠시 반짝이는 강물 위를 바라보다가 클라라가 보낸 메시지 내용을 떠올렸다. 이전에 받았던 문자 메시지 대부분과 마찬가지로 스벤의 마음 한구석을 건드리는 내용이었는데, 이번 문자는 무언가가 달랐다. 오로지 꾸밈없는 그리움과 감상적인 말이 뒤섞인 사샤의 메시지였다. 동시에 한편으로는 어른스럽고 삶의 경험이 풍부한 클라라라는 사람이 보낸 메시지이기도 했다. 스벤이 늘 사샤의 정체로 추측하던 바로 그 사람이다.

문자 메시지가 도착한 시간 또한 예상 밖이었다. 스벤이 사샤에게 전화를 한다면 과연 무슨 말을 꾸며내야 할까 생각에 잠겨 있는 와중에 그가 지난 며칠 동안 눈을 떼지 못한 휴대전화가 울렸다.

앞으로 어떻게 해야 할지 아직 계획은 없었지만 스벤은

클라라의 세상에 더 가까워진 것 같아 기분이 좋았다.

사샤는 스벤이 바라던 것보다 훨씬 더 가까이에 있었다. 뤼네부르크는 함부르크에서 50킬로미터도 채 떨어지지 않았다. 스벤은 아주 오래전 학교 소풍으로 이 작은 도시를 방문했을 때 이후 왜 그곳으로 발길을 옮기지 않았는지 후회했다. 뤼네부르크가 전 유럽에서 면적 대비 술집 밀도가 가장 높은 곳으로 일컬어지는 데도 말이다. 사실, 이런 정보는 오늘 사전 조사를 하면서 알게 된 것이었다. 스벤은 인터넷으로 뤼네부르크에 있고 가게에 그림을 전시하는 모든 이탈리안 레스토랑을 검색했다.

250번 고속도로를 따라 달리는 동안 스벤은 자신이 길에서 젊은 여성에게 말을 건 다음 분위기 좋은 이탈리안 레스토랑에 가자고 유혹하는 모습을 상상했다. 상상 속에서 그 여자는 곧바로 스벤을 따라나섰고 곧 자신이 클라라라며 정체를 드러냈다.

말도 안 되는 상상에 스벤은 웃을 수밖에 없었다. 스벤은 전혀 좋아하지 않는 노래가 라디오에서 흘러나오고 있었지만 볼륨을 최대한 높였다. 어차피 힐케가 모아둔 CD도 그의 취향과는 거리가 먼 뮤지컬 음반이나 사랑 어쩌고 하는 팝 음악이었다. 하지만 오늘 밤만은 아무런 짜증이 일지 않았다. 오늘은 모든 것이 여느 때와 달랐다. 스벤은 지금 세 시간 이내로 마라톤을 완주할 수 있을 것만 같은 에너지로 가득했다.

함부르크와 뤼네부르크 사이에 있는 도시인 빈젠을 통과해 지나갈 때 오히려 아무 행동도 하지 않은 채 다시 집으로 돌아가는 편이 더 현명하지 않을까 하는 의구심이 잠깐 들었다. 만약 오늘 사샤를 찾는 데 성공해서, 정말로 클라라를 마주하면 대체 어떤 일이 벌어질까? 무슨 말을 해야 할까? 그녀가 스벤에게 호의적일까? 그녀가 외모뿐만 아니라 내면까지 못난 사람이면 어떡해야 할까? 상황이 더 나쁘다면? 예를 들어 클라라가 눈이 부시도록 아름다워서 스벤이 이성적인 말을 단 한마디도 떠올리지 못하고, 서툴기 짝이 없는 말들만 늘어놓게 되면 어째야 할까?

머릿속으로 수십 가지 가능성에 대해 궁리하는 동안 시간이 빠르게 지나갔다. 스벤은 눈앞에 갑자기 '뤼네부르크 북부'라는 표지판이 나타났을 때 흠칫 놀랐다. 그는 계속해서 도심 방향으로 이동하다가 신호가 빨간 불로 바뀌어 차를 세웠다. 망설여졌다. 이 빨간 신호등이 어쩌면 다시 돌아가라는 신호가 아닐까?

하지만 녹색 불이 켜지자마자 그의 발은 무언가에 홀린 듯 액셀러레이터를 밟았다. 5분이 채 지나지 않아 스벤은 보행자 도로 바로 옆에 있는 작은 공터에 주차했다. 차에

서 내리기 전 스벤은 클라라의 메시지를 다시 한 번 읽기
위해 휴대전화를 내려다보았다.

벤, 당신을 도와주지 못해서 정말 끝이 없을 정도로 미안해.
내가 당신을 용서해야 하는 일이 만에 하나라도 있다면, 난
당신을 용서한다고 말하고 싶어. 아무 일도 없었던 듯이, 그렇게
용서할 거라고 약속할게. 당신이 나에게 준 말은 일메나우 강에
녹아버렸지만, 난 당신을 늘 마음속에 품고 있을 거야. 클라라가.

그 말들이 스벤의 마음을 움직였다. 클라라가 나도 용
서해줄까? 결국 그녀의 생활을 염탐한 것이나 마찬가지니
까. 스벤은 깊은 숨을 쉰 다음 차에서 내려 도심으로 걸어
갔다.

클라라

"이거! 이건 꼭 있어야 해!"
카린이 외쳤다. 호바흐트(독일 북부 슐레스비히 홀슈타인

에 있는 도시-옮긴이)의 해변 한 부분을 현란하고 이국적인 색채로 옮겨 담은 정사각형 캔버스를 바라보는 그녀의 두 눈이 빛났다.

클라라가 각별히 좋아하는 그림은 아니었다. 또 다시 엄마에게 버려져 홀로 남겨진 기분을 느꼈을 때 오스트제로 떠났던 휴가를 기억하며 그린 그림이었다. 사실대로 말하면 그때 할머니, 할아버지와 이리저리 거닐었던 기억은 즐거웠다. 다만 그렇게 휴가를 보내던 와중에도 입 밖으로 나오지 않은 비난과 질책의 말이 늘 공기 중을 맴돌았다.

할머니는 말은 안 했지만 시선이나 행동으로 며느리를 얼마나 이해 못하겠는지 표현했다. 할아버지는 숙소의 닫힌 침실 문 너머에서 낮게 속삭이는 목소리로 할머니에게 며느리가 왜 자꾸 이렇게 어리며 엄마를 필요로 하는 자기 딸을 내버려두고 떠나는지 모르겠다고 불평했다.

어쩌면 지금이야말로 엄마에게 허심탄회하게 털어놓을 좋은 기회인지도 모른다고 클라라는 그림을 바라보며 생각했다. 그러나 벤의 편지가 나타난 이후부터는 그저 아무런 의욕과 기운이 나지 않았다. 싸움을 할 기력은 더욱 없었다.

지난 몇 주 동안 쾌적한 초여름 날씨가 계속되고 있었지만, 클라라는 절대 사라지지 않을 슬픔을 자아내는 겨울

이 바짝 다가오고 있다는 기분이 들었다.

"대체 무슨 일이니?"

별안간 엄마가 물었고 클라라의 귀에는 그 말이 도발처럼 들렸다. 모든 걸 쏟아내고 싶었다. 내 남자 친구가 죽었고, 엄마는 무정한 사람이고, 나는 곧 직장을 잃을 거고, 함께 아이를 가질 수 있는 남자는 앞으로 절대 만나지 못할 거라고. 외로워 미칠 것 같다고. 하지만 클라라는 그저 이렇게 말했다.

"아무것도 아니에요. 그냥 좀 피곤해서요."

"네가 잠을 그렇게 조금 자니 놀라운 일도 아니구나. 제대로 먹기는 하는 거니?"

"우리가 여기서 뭘 하고 있는 건지 도무지 모르겠네요."

클라라가 작은 목소리로 불평했다. 엄마는 클라라가 다시 웃음을 짓도록 만들려고 애썼다.

"얘야, 네가 주저하는 것도 당연해. 하지만 넌 지금 네 취미를 직업으로 만들 가장 좋은 길을 가는 거야. 취미가 직업이 된다니, 정말 멋진 일이야. 다른 사람들은 네가 그런 기회를 가진 걸 부러워할 거다."

"알아요. 배은망덕한 사람이 되고 싶지도 않고요. 하지만 할머니랑 할아버지 돈을 내가 그냥 시궁창에 버리는 거라면 어떡해요?"

클라라는 더이상 버티고 서 있을 수 없었다. 다리가 풀렸다. 벽에 등을 기댄 채 천천히 미끄러져 거실 옆 좁고 긴 복도 바닥에 주저앉았다. 이 자세를 하면 원래도 작게 느껴지던 자신이 훨씬 더 작게 느껴졌다. 할머니와 할아버지가 상속받은 재산을 기꺼이 사용해 손녀가 화가가 되는 것을 지원하겠다는 말과 함께 두 사람의 희망에 찬 시선이 떠올랐다.

"두 분이 흔쾌히 돈을 주시겠다고 한 거잖니. 어차피 두 분은 그 돈을 상속받으리라고는 생각도 못하셨고 말이야. 그렇게 큰돈인지도 모르셨고. 어쨌든 넌 그 돈으로 정말 의미 있는 일을 시작할 수 있어!"

"만약 두 분이 세계 일주라도 하고 싶다면요? 그건 의미가 덜한 일이에요?"

엄마는 클라라의 앞에 무릎을 꿇고 앉아 딸을 사랑스럽다는 듯이 바라보았다.

"클라라야, 네가 두 분 입장이라면 넌 어떻게 하겠니? 네가 홀가분해지는 모습을 보려고 두 분이 모든 걸 내주시리라는 생각은 안 들어?"

그 순간 클라라는 자신이 더 작아졌다고 느꼈다. 지금 당장 팔을 둘러 스스로를 꼭 껴안고 그저 잠들고 싶었다. 머릿속이 복잡했다. 그녀를 둘러싸고 있는 모든 그림들이 온갖 감정으로 가득 차 있었다. 하지만 모두 다 같은 감정이었다.

"엄마는 왜 맨날 나를 할머니, 할아버지한테 떠넘겼어요?"

그 말은 클라라의 입에서 갑자기 튀어나왔다. 카린의 눈을 볼 자신이 없어서 얼굴을 양손에 묻었다.

"내가 뭘 했다고? 내가 널…, 떠넘겼다고?"

카린은 클라라가 거의 알아들을 수 없을 정도로 작은 목소리로 되물었다.

"난 네가 할머니, 할아버지 댁에 가는 걸 좋아한다고 생각했어!"

클라라는 고개를 들어 엄마의 눈을 똑바로 쳐다보았다. 카린의 표정은 어두웠다.

"당연히 좋아했죠. 두 분은 늘 내가 필요로 할 때 내 곁에 계셨으니까."

잠시 정적이 내려앉았다.

"나는 네 곁에 없었다는 뜻이니?"

카린이 클라라의 옆 바닥에 앉으며 당황한 목소리로 물었다. 클라라는 욱하는 기분을 내리눌렀다. 눈물이 차올랐지만 다행히 참아낼 수 있었다. 카린이 물었다.

"대체 네가 무슨 생각을 하는지 모르겠구나. 말을 해봐!"

"어차피 엄마한테는 아무 상관도 없잖아요."

"뭐라고? 내가 대체 너한테 뭘 했단 말이니? 말실수라도 했어?"

"엄마는 아무 말도 안 했어요. 그냥 그뿐이에요."

클라라는 화난 표정으로 엄마를 바라보았다.

"세상에, 그러니까 내가 도대체 뭐에 대해서 아무 말도 안 했다는 거야?"

"예를 들면, 아빠가 돌아가셨을 때도 엄마는 아무 말도 없이 그냥 사라져버렸잖아요!"

카린은 어떤 반응이나마 보이기 전에 딸의 직접적인 비난을 우선 충분히 이해해야 했다. 카린은 다시 자리에서 일어서 클라라를 내려다보며 침착하게 말했다.

"그러니까 너는 네가 할머니, 할아버지 곁에서 혼자 슬퍼하고 있을 때 나는 신나게 휴가를 즐겼다고 생각하는 거니?"

클라라는 민망한 표정으로 바닥을 바라보았다. 눈물 한 방울이 뺨을 타고 흐르는 바람에 어깨를 움츠렸다.

"내가 그 모든 일에서 회복할 시간이 필요했다는 건 너도 알잖니. 그리고 난 늘 네가 두 분과 함께 있을 때 제일 안전하다고 생각했어."

"어쨌든 나는 혼자였어요."

"그리고 난 그 모든 걸 감당할 수 없었어. 나 스스로가 앞으로 어떻게 해야 할지를 모르는데 어떻게 네 곁을 지키고 있었겠어?"

"이제 와서 그러지 마세요. 어차피 엄마는 아빠가 마침내 떠나서 기뻤잖아요!"

"클라라!"

카린이 소리쳤다. 클라라가 여태까지 들어본 적 없는 음성이었다. 클라라 또한 자리에서 일어나 카린의 앞에 우뚝 선 다음 말했다. "아빠 장례식 때 말고는 엄마가 우는 모습을 단 한 번도 본 적이 없어요!"

그 말을 함과 동시에 자신이 내뱉은 가혹한 말을 후회하며 클라라는 입술을 깨물었다. 엄마의 입가가 미세하게 떨렸다. 혼란스러운 표정으로 클라라를 바라보던 카린은 클라라의 팔에 손을 올렸다.

"클라라. 제발 날 믿어줘. 네 아버지 일만 생각하면 아직도 목이 졸리는 것 같아. 그래, 네 아빠가 끝내 세상을 떠났을 때는 솔직히 마음이 가볍기도 했어. 하지만 지금까지도 나는 네 아빠를 사랑해. 내가 널 사랑하듯이!"

이제는 카린의 목소리도 떨렸다. 잠깐 침묵한 다음 말을 이었다.

"네가 깊은 잠에 들고 난 다음에 내가 얼마나 소리죽여

울었는지 아니?"

클라라는 그때까지 멈추고 있던 숨을 크게 내쉰 다음 물었다.

"그러면 왜 아무 말도 안 한 거예요?"

"네가 그 모든 것들을 행여나 같이 겪을까 봐 늘 걱정했거든. 네 아빠도 너한테는 최대한 마지막까지 자기 병에 대해서 숨기자고 부탁했고, 우린 그때부터 널 걱정했어. 네 아빠가 옳았어. 우린 네가 최대한 슬픔을 겪지 않길 바랐거든."

"그래서 결과가 더 나빠졌을 수도 있잖아요."

"애야, 이리 오렴."

카린이 속삭이더니 클라라를 품에 안았다. 부드럽지만 강한 힘이었다. 클라라는 그 순간 작고 약한 어린아이가 된 기분이었다. 엄마에게 하려던 다른 모든 말들을 한순간에 까맣게 잊어버렸다. 그저 울 수밖에 없었다. 하지만 인생에서 처음으로 구구절절한 넋두리 없이도 엄마에게 이해받은 기분이 들었다. 카린은 클라라의 머리카락을 쓰다듬으며 부드러운 목소리로 말을 이었다.

"내가 그때 한 행동이 모두 옳은 일은 아니었다는 건 나도 안단다. 그렇지만 다른 모든 엄마들과 마찬가지로 나도 내 자식을 위해서는 늘 가장 좋은 것만 해주고 싶었어. 너도 나중에 딸이 생긴다면 그 아이를 지키려고 어떤 일이든 하게 될 거야."

"난 자식을 갖지 못할 거예요."

클라라는 카린의 어깨에 얼굴을 묻은 채 끊길 듯한 목소리로 대답했다.

"네가 원한다면 언젠가 아이를 갖게 될 거야. 새로운 사랑도 찾게 될 거고. 너에게 아이를 선물할 수 있는 다른 누군가를 말이야. 그리고 난 네가 갖게 될 아이가 네가 나에게 그랬듯이 마법과 같은 존재가 되길 바란단다. 너희 할머니, 할아버지가 너에게 돈을 준 것도 그런 이유 때문이야. 네 실력이 뛰어나기 때문이고, 두 분이 세상 그 무엇보다도 너를 사랑하시기 때문이지."

클라라는 더이상 견딜 수 없었다. 아무 말도 나오지 않았다. 숨을 제대로 쉬지도 못할 만큼 흐느꼈다.

채워지지 않은 2세 소망에서 우러나온 불안을 엄마에게 직접 터놓고 말할 용기를 내기 전에는 이 주제에 얼마나 몰입하고 있었는지 클라라 자신조차 전혀 몰랐다. 벤과 자신이 결혼에 동의한 이유는 당연히 자식이었다고 클라라는 늘 생각했다. 벤 또한 아이를 원했다는 건 알고 있었다.

치어스에서 두 번째로 데이트했을 때 이미 클라라는 넌지시 아이와 관련된 의향을 내비쳤고 벤은 자신의 의사를 확실하게 표현했다. 당시 벤이 클라라를 집까지 데려다주었고, 두 사람은 클라라의 집 복도로 들어와 친밀하게 키스를 나누었으며 클라라는 벤에게 집의 모든 방을 보여주었다. 침실도. 그는 침실에 놓인 클라라의 어린 시절 사진 앞에 멈춰 섰다.

"진짜 어른이 되면 나도 이렇게 귀엽고 작은 꼬맹이를 키우고 싶어. 자기는 어때?"

그 말을 떠올리면 절로 미소가 지어졌다. 뒤이어 씁쓸한 여운이 밀려왔다. 두 사람 모두 얼마나 어리석고 순진했던 걸까! 두 사람은 한순간도 어른이 되지 못했고 그 주제에 대해 자세한 대화를 나누지도 않았다.

클라라는 벤과 함께 지낸 모든 시간 동안 아이가 갖고 싶다는 자신의 소망을 전혀 의심해본 적 없었고, 오히려 카트야처럼 아이를 낳지 않겠다고 선언한 사람들에게 측은함을 느끼기도 했다. 물론 클라라는 몇몇 오랜 친구들의 세상이 오로지 아이를 중심으로만 돌아가는 점을 견딜 수 없었고, 자신이 아이를 낳으면 모든 면에서 남들과 다를 거라고 자신했다. 클라라는 기저귀나 아기 용품에만 관심이 있는 여러 엄마들 중 한 명이 아니라 직업이 있는 사람이 되고 싶었다. 그래서 벤을 만났을 때 자신과 비슷한 파트너를 만났다는 생각에 기뻤다.

하지만 그가 남긴 이별 편지를 읽고 난 후 클라라는 명확히 알게 되었다. 아이는 책임을 뜻하고, 벤이 아이와 관련된 이야기가 나오면 무거운 압박을 느꼈으리라는 사실을. 어쩌면 벤이 클라라보다 훨씬 선견지명이 있었는지 모른다. 어쩌면 벤은 두 사람이 모두 각자의 어린 시절에 지나치게 얽매이고 붙잡혀 있었다는 사실을 인식하고 있었는지도 모른다. 두 사람은 어린 아기에게 꼭 필요한 신뢰를 주기에 부족한 이들이었을까?

클라라는 또다시 울음을 삼켰다. 지난 몇 달 동안 일어난 모든 일을 겪고 나자 아이를 갖고 싶다는 소망은 점차 흐릿해졌다. 클라라는 인생에서 처음으로 과연 언젠가 엄마가 되고 싶은 마음이 들기는 할까 혼란에 빠졌다. 이정표라고는 눈을 씻고도 찾아볼 수 없는 수만 갈래의 분기점 앞에 선 기분이었다.

클라라는 가족이 있어 기뻤다. 엄마와 조부모님이 있어 기뻤다. 바로 이 순간 클라라의 마음은 엄마가 아직 곁에서 자신을 단단하게 받쳐주고 있던 것에 대한 깊은 고마움으로 가득 찼다. 이제야 클라라는 엄마 앞에서 작고 약한 모습을 드러낼 수 있었다. 그리고 할머니와 할아버지로부터 엄청난 선물을 받게 되어 고마웠다. 그 돈으로 당분간 적당한 아틀리에의 월세를 지불하고 홀로서기가 마음먹은

대로 되지 않을 때 생활비를 충당할 수 있을 것이다.

클라라는 몸속에서 새로운 힘이 솟아나는 것을 느꼈다. 엄마에게 온화하게 고개를 끄덕여 보였다. 내일 아침 클라라는 자동차에 휘발유와 아름다운 그림들을 가득 채우고 베포의 가게로 가져갈 것이다.

가족과 친구들을 카스텔로로 초대해야겠다고 생각했다. 주말에 프리랜서로서의 첫 발걸음을 축하하고 사랑하는 사람들에게 진심으로 지지해줘서 고맙다고 전할 수 있을 것이다. '다음 주 토요일이 좋겠어'. 그날은 클라라의 생일이기도 했다.

사실 클라라는 그날이 오는 것이 두려웠다. 벤 없이 보내는 첫 생일인 데다, 지난해 생일이 너무도 멋졌기 때문에 올해의 생일을 어떻게 보내야 할지 상상이 잘 되지 않았다. 하지만 이제는 생일이 오기를 즐거운 마음으로 기다릴 이유가 생겼다.

클라라는 오늘 벤에게도 이 좋은 소식을 전해야겠다고 마음먹었다.

스벤

스벤은 생각에 빠져 사무실 창문을 통해 쉬지 않고 작업 중인 수많은 타워크레인을 바라보았다. 그의 생각은 다시 클라라로 그리고 뤼네부르크에서 보낸 지난밤으로 향했다.

스벤은 세 시간 동안 뤼네부르크의 구시가지를 돌아다녔다. 발걸음을 옮기는 시간이 길어질수록 도시는 더 아름다웠지만 작고 낡은 중세시대 풍의 집들이 뿜어내는 분위기 때문에 스산하기도 했다. 스벤이 어떻게 생겼는지도 모르고 심지어는 이 세상에 존재하는지조차 모르는 여성을 그토록 고대하며 찾아 헤매고 있는 현실과 잘 어울렸다. 스벤이 알고 있는 정보라고는 그 여성이 뤼네부르크에 사는 클라라 씨이며, 마음을 다친 상태이고, 그렇기 때문에 오히려 더 매력적이라는 점뿐이었다. 하지만 그는 자신이 만들어낸 상상 속의 클라라상(象)이 실제 인물과 비슷하기라도 한 것인지 전혀 알 수 없었다.

스벤은 클라라가 그녀가 처한 상황을 어떻게 제어할 수 있었는지 꼭 알고 싶었다. 수상쩍은 인물인 벤과 클라라의 관계가 어떤지 전혀 모르는 것이나 마찬가지였지만, 클라라가 문자 메시지나 그림에 감정을 표현하고 있다는 사실만은 어렴풋이 느꼈다.

클라라라는 이름의 화가를 찾기 위해 지나가는 행인들과 짧은 대화를 나누면서 스벤은 희한하게도 점점 압도당하는 기분이었다. 진짜 클라라와 한 발자국씩 더 가까워지는 것이 두렵기라도 한 듯이.

하지만 두 시간이 지나도 스벤은 진짜 클라라와 가까워질 수 없었다. 젊고 재능 있으며 이름이 클라라인 화가의 흔적은 찾아볼 수 없었다. 스벤은 결국 어떤 술집에 들어가 앉았다.

좁은 길을 사이에 두고 엇비슷하게 생긴 수많은 가게들이 늘어서 있었고, 그중에서도 치어스라는 술집이 스벤의 마음을 끌었다. 스테이크와 필스 맥주를 주문한 다음 지역 신문을 눈여겨 살폈다. 우연히 따끈따끈한 단서를 찾을지도 모른다는 기대를 안고.

그 사건은 한 시간 반 정도 지난 다음 스벤이 풀이 죽어 집으로 돌아가려고 뤼네부르크에서 나와 고속도로 방면으로 접어들 때 일어났다. 스벤은 넓은 교차로에서 좌회전을 기다리려고 자동차를 멈췄다. 다른 길로 돌아가야 하나 고민하던 찰나, 휴대전화에서 문자 메시지 수신음이 울렸다.

나를 다시 카스텔로로 데려다줘서 고마워. 거기서 최고의
생일을 보낼 거야. 당신이 작년에 나에게 선물한 것처럼. 약속해.
사샤가.

스벤은 하마터면 비명을 지를 뻔했다. 뤼네부르크까지
발걸음한 게 헛수고가 아니었다! 스벤은 곧장 카스텔로라
는 레스토랑을 찾기 시작했다.

동시에 신호등이 녹색 불로 바뀌었다. 스벤은 회심의 미
소를 지으며 그것이 어떤 징조라도 된 양 자동차를 출발시
켰다. 다음 주유소에서 차를 잠시 멈추고 카스텔로로 가는
길을 물었다.

30분 정도 이리저리 핸들을 꺾은 끝에 드디어 스벤은
오른편 길가에서 간판을 발견했다. '카스텔로-이탈리아 요
리 & 와인'이라는 간판이 나무대문 위쪽에 설치되어 있었
다. 불이 켜져 있지 않아서 스벤은 속도를 서서히 낮췄다
가 곧바로 뒷사람으로부터 신경질적인 경적 소리를 선사
받았다. 평소였다면 스벤은 불같이 성질을 내며 운전자에
게 욕설을 퍼부었을 것이다. 하지만 지금은 카스텔로를 발
견했다는 기쁨이 너무 큰 나머지 아무런 불평 없이 뒷사람
이 자신의 차를 추월하도록 둔 다음 조심스럽게 카스텔로

로 가는 오른쪽 길을 따라갔다.

두근거리는 심장을 안고 곧장 주차장으로 향했지만 가게 문이 닫힌 것이 곧장 눈에 들어왔다. 그럼에도 이곳이 맞는 장소라는 느낌에 감정이 북받쳐 도무지 흥분을 억누를 수 없었다.

자동차 시동을 끄고 가게의 영업시간을 확인하려고 출입구로 다가갔다. 월요일은 휴무였다.

출입문 왼편 벽에 걸린 작은 유리 상자 안에 메뉴판이 펼쳐져 있었다. 길에 가로등이 거의 없는 데다 모퉁이는 더더욱 어두워서 알파벳을 알아보기가 쉽지 않았다. 하지만 메뉴판에서 디아볼로 피자와 가게의 주인 이름은 알 수 있었다. 주세페와 마리나 벤토리노 '베포가 주세페의 줄임말이 맞았어.' 스벤은 소리 없이 환호성을 질렀다.

스벤은 작은 창문을 통해 가게 안을 들여다보려고 했다. 가게 안쪽 벽에 그림이 몇 점 걸려 있는 모습을 확인했지만 그중에 달 그림은 없었다. 하지만 스벤은 클라라에게 다가가려면 어디서부터 시작해야 할지 드디어 감을 잡았다.

침착함을 되찾은 스벤은 만족해하며 다시 함부르크를 향했다. 라디오를 켜고 주파수를 자동으로 탐색하던 중 핑크 플로이드의 〈위시 유 워 히어(Wish you were here)〉가 흘러나왔을 때는 만면에 미소를 띨 수밖에 없었다. 기분이 좋아진 스벤은 큰 목소리로 노래를 따라 불렀다.

"일 다 끝났어?"

신경을 건드리는 힐케의 질문이 벌써 네 번째로 날아들 었다. 마침내 스벤은 함부르크 항의 타워크레인을 바라보 던 시선을 돌려 짜증난다는 듯이 가방을 헤집으며 자동차 열쇠를 찾고 있는 힐케를 바라보았다.

"이제 그만 인정해."

힐케가 투덜거렸다.

"나만 쏙 빼놓고 혼자 뤼네부르크까지 가려고 내 차 열 쇠를 숨긴 거잖아. 맞지?"

스벤은 힐케를 책망하듯 노려보고는 입꼬리를 당겼다. 우선 중요한 이메일 하나를 완성해야 했고, 그것보다도 오 늘 하루 종일 일에 집중하느라 모든 힘을 쏟아부어야 했 다. 불안을 애써 감추려고 해봐야 누구든 10미터 밖에서도 스벤이 동요하고 있다는 사실을 알 수 있을 것 같다는 기 분이 들었다.

곧 스벤은 힐케와 함께 뤼네부르크로 간 다음 카스텔로 에서 저녁을 먹을 것이다. 스벤은 가게 주인으로부터 클라 라에 관한 자세한 정보를 얻을 수 있길 바랐다. 오늘 오후

예약 전화를 할 때부터 주세페 벤토리노는 이탈리아인 특유의 수다스러움을 선보였다. 그는 자신의 레스토랑에 아직 내걸린 적이 없는 그림에 기자가 관심을 보임에도 그 상황에 전혀 놀라지 않았다. 주세페는 그 젊은 예술가의 특히 훌륭한 작품들을 다음 주부터 기꺼이 전시하리라는 정보를 아낌없이 스벤에게 전달했다. 그리고 숨 돌릴 틈도 없이 '벨라 라가짜(bella ragazza, 아름다운 그녀)'와 그녀의 그림들로 화제를 옮겼고 그 순간 스벤은 이 말 많은 식당 주인이 그저 가게의 썰렁한 벽을 예쁘게 꾸미기 위해서만이 아니라 그림들이 좋은 가격에 팔렸을 때 수수료를 두둑이 챙길 요량으로 그림을 전시하겠다고 나선 것이라고 생각했다.

"드디어 열쇠 발견! 이제 갈 수 있다네!"

힐케가 군 사령관 같은 말투로 외쳤다.

"힐케 씨 때문에 정말 미치겠다. 제발 정무차관한테 보낼 이메일 한 통만 완성하게 해주시면 안 되겠습니까?"

스벤이 똑같이 군인 같은 말투로 물었다. 하지만 힐케는 전혀 관심을 보이지 않았다. 그로부터 20분쯤 지났을 때 두 사람은 A1번 고속도로에서 A250번 뤼네부르크 방면으로 접어들고 있었다. 이동하는 내내 힐케가 전화 통화에 매달려 있는 것이 스벤에게는 지극한 행복이었다. 힐케는 휴대전화 너머의 시어머니를 진정시키기 위해 노력 중이었다. 지난번에 같이 식사했을 때 시어머니와 그녀의 아들, 즉 힐케의 남편이 다퉜다고 했다. 다만 힐케가 핸즈프리 없이 휴대전화를 직접 쥐고 통화하면서 시속 120킬로미터 이상으로 밟고 있다는 사실은 스벤이 식은땀을 흘리게 만들었다.

드디어 미지의 클라라에 대해 더 잘 알게 될 기회를 얻었는데 힐케가 계속 맹렬한 기세로 액셀을 밟아댄다면 목표에 도달하기도 전에 비명횡사할 것 같았다. 스벤은 힐케에게 속력을 늦추라고 손짓했다. 하지만 힐케는 스벤만큼이나 마음이 조급한 듯 전혀 속력을 늦추지 않았다.

'엄청나게 궁금한 모양이군.' 당연하게도 그녀는 베포와의 통화도 스피커폰으로 들었다. 하지만 힐케가 오늘 저녁 큰 도움이 되리라는 것은 스벤도 인정해야 했다. 그녀 덕분에 모든 궁금증이 해소되지는 않더라도 적어도 한 발자국 정도는 클라라에게 다가갈 수 있을 것이다.

스벤은 이미 베포로부터 클라라의 성이 좀머펠트라는 사실을 들어서 알고 있었다. 만약 뤼네부르크 행정복지센터 직원이 지나치게 우쭐대지 않고 스벤의 질문을 눈감아주기만 했더라면 클라라의 주소나 생일 정도는 알 수 있었을 것이다. 아쉽지만 인터넷에서도 유용한 정보나 사진은 찾아볼 수 없었다.

클라라는 아직 얼굴 없는 여인이었다. 스벤은 당장이라도 클라라가 금발일지 흑발일지, 말랐을지 통통할지, 매력적일지 그저 그럴지 힐케와 대화를 나누고 싶었다.

하지만 잠자코 있는 편을 택했다. 힐케의 전화 통화는 끝난 뒤였지만 스벤은 앞쪽에서 차선을 바꾸는 차량이 나타날 때마다 마치 자신이 운전하는 것처럼 마음속으로 브레이크를 밟느라 의자에 몸을 딱 붙이고 있었다. 반면 힐케는 오펠로 함부르크의 레이싱 기록을 세울 생각인지 끼어드는 차량에도 아랑곳하지 않고 질주했다.

"배가 그렇게 고파? 이렇게 서두르게?"

스벤이 조심스럽게 물었다.

"하하! 난 지금 너무 떨리고 기대돼서 음식이라곤 한 입도 삼키지 못할 것 같아."

힐케가 대답했다.

"우린 뭐든 주문해서 먹어야 해. 드라마에 나오는 형사들처럼 무턱대고 나타나서 꼬치꼬치 캐묻기만 할 수는 없다고."

스벤이 말했다.

"다음 출구에서 빠져야 해."

그것이 힐케가 남긴 유일한 대답이었다.

스벤은 점차 속이 울렁거리기 시작했다. 그 감정을 억지로 삼켜야 했다. '클라라가 우연히 가게에 있으면 어쩌지.' 그가 첫 사랑고백을 앞둔 10대 청소년처럼 군다고 입이 마르도록 놀려대는 힐케와 함께 있는 한, 현장에서 클라라를 마주치는 상황을 견딜 수 없을 것이다.

두 사람이 탄 차가 레스토랑으로 들어가는 진입로로 회전할 때 불이 켜진 간판을 본 스벤의 심장이 두근거리기 시작했다. 스벤이 여자와 관련된 이야기를 할 때마다 매번 엑스레이 같은 시선을 쏴대는 힐케가 곁에 있다는 부끄러움은 잔뜩 부푼 기대감에 덮여 점차 사라졌다.

두 사람은 가게 앞에 차를 댔다. 스벤의 눈에는 가게 입구 모습이 왠지 모르게 익숙했다. 스벤은 힐케에게 정중하게 문을 열어준 다음 그녀의 뒤를 따라 가게 안으로 들어갔고 곧바로 키가 작고 뚱뚱한 남자에게로 다가갔다. 베포는 전화로 스벤에게 묘사한 모습과 똑같았다.

"안녕하세요. 예약했는데요."

"잠시만 기다려주세요!"

남자가 대답하고는 밝은 금발에 이탈리아인으로 보이는 매력적인 여직원에게 고갯짓을 했다.

"안녕하세요, 어서 오세요."

직원이 친절하게 맞이했다.

"테이블을 예약하셨다고요?"

"네, 레만이라는 이름으로요."

그녀는 작은 수첩을 내려다보고 뭔가를 적고 나서 이어 말했다.

"이쪽으로 오세요. 혹시 야외 테라스가 더 나으신가요?"

"아뇨."

힐케와 스벤이 동시에 답하고는 서로를 째려보았다. 입구부터 이미 세련된 분위기로 꾸며진 가게 내부의 안락한 공간에는 테이블이 열댓 개 정도 놓였고 절반 정도가 차 있었다. 복도를 가운데 두고 다른 편에는 단체 손님들이 모인 것인지 벌써 와자지껄한 대화와 웃음소리가 흘러나 왔다. 지금까지 본 실내와 야외 테이블 외에도 다른 공간 이 있는 것 같았다.

스벤은 어색한 동작으로 재킷을 벗은 다음 힐케의 맞은 편 의자에 앉았다. 친절한 직원이 테이블 위의 초를 켜고 식전주를 가져다줄지 묻는 동안 스벤은 주변을 탐색하듯 둘러보았다. 클라라의 그림은 어디에도 걸려 있지 않았다. 하지만 어제 저녁과 달리 벽면이 모두 비어 있었다. 한쪽 벽면에만 작은 프레임 거울이 귀여운 금속 스탠드 위에 놓 여 있었고 양 옆으로 하얗고 긴 양초가 불타고 있었다. 그 맞은편으로는 늘어선 창문 사이를 가로막듯 자리 잡은 폭

좁은 벽에 걸린 아주 오래된 벽시계와 모네의 그림액자 두 점이 보였다.

힐케는 스벤이 실망한 것을 눈치 챈 듯 막 스벤에게 메뉴판을 건네던 직원에게 노골적으로 물었다.

"여기에서 곧 젊은 화가분의 그림들을 볼 수 있다고 들었는데요?"

직원이 미소 지으며 대답했다.

"맞아요, 클라라 좀머펠트 씨의 그림들이죠. 정말 아름다운 그림들이랍니다. 아직 공식적으로 전시되진 않았지만, 몇몇 그림은 이미 단체 연회장 옆에 걸려 있어요."

"아, 고맙습니다. 그럼 저희가 그림을 좀 볼 수 있을까요?"

힐케가 빛이 날 정도로 환하고 다정한 미소를 지으며 물었다. 스벤은 그녀가 갑자기 벌떡 일어나 그림을 보러 달려갈까 봐 걱정스러웠다.

"네, 괜찮을 거예요. 다만 지금 연회장에서 비공개 모임이 진행 중이어서요. 조금만 기다려주시겠어요?"

"오래 걸리지 않았으면 좋겠다!"

힐케가 의기양양한 표정을 지으며 스벤에게만 들리도록 낮게 속삭이며 그를 놀리듯이 과장되게 고소하다는 미소를 보였다.

스벤은 슬며시 메뉴판을 들여다보았다.

와인에이드와 카르파초, 메인 메뉴로 디아볼라 피자를 주문한 다음 힐케는 다시 의미심장한 미소를 지었다. 스벤은 부담을 느끼며 서둘러 모둠 전채 요리와 스테이크, 고르곤졸라 피자, 필스 맥주 한 잔과 위스키 한 잔을 시켰다.

힐케가 의아하다는 듯이 스벤을 바라보았다. 스벤은 정정당당하게 위스키만 마실 수도 있었지만 그러면 여기까지 온 모든 여정이 더 불편해질 것 같아 그만두었다. 스벤은 어떻게 하면 힐케와의 대화 방향을 아주 노련하고 우아하게 일과 관련된 혹은 마음을 졸이지 않아도 될 다른 주제로 돌릴지 열성적으로 머리를 굴리고 있었다. 그 순간 힐케가 벌떡 일어나 "나 잠깐 화장실 좀!"이라고 말하며 웃음 지었다.

스벤은 고개를 절레절레 저으며 자신이 지금 여기서 뭘 하고 있는 건지 새삼 생각했다. 그는 다시 가게 안을 둘러보며 아늑한 분위기가 마음속으로 천천히 번지는 기분을 맛보았다. 이런 가게가 단골집이라니 클라라의 취향이 고상하다고 생각했다. 그림을 전시하기 위해 클라라가 얼마 전 이곳을 방문했으리라는 상상을 하자 마치 꿈을 꾸기라도 하듯 절로 미소가 지어졌다. 갑자기 크리스마스 선물을 앞에 두고 기대감에 어쩔 줄을 모르는 어린 소년이 된 기분이었다. 영겁처럼 느껴진 시간이 지나고 힐케가 테이블로 돌아왔다.

"정말 멋있어! 진짜 좋은 그림이야. 그럴 줄 알았다니까. 그 사람이 능력 있는 여자일 줄 알았다고."

"설마 연회장에 갔었어?"

스벤이 분개하며 외쳤다. 의자에 파묻혀 가라앉고 싶은 심정이었다.

"순진한 척하지 마. 어차피 아무한테도 안 들켰어."

"그래서? 그림이 정말 괜찮았다고?"

호기심을 감출 수 없었던 스벤이 물었다.

"그래. 특히 색감이! 정말 조화롭고 아름다웠어. 지금 당장이라도 거실에 걸어두고 싶은 그림이었다니까. 아니면 사무실에. 아름다운 그림을 보면서 기분 전환이라도 하게."

힐케가 대답하며 뻔뻔스러운 태도로 스벤을 향해 허공에 키스를 날렸다. 그가 뭐라고 대꾸하기도 전에 음료와 빵, 버터를 든 직원이 다시 테이블로 돌아왔다.

"성공적인 밤을 위하여!"

힐케가 신나게 외치며 와인에이드 잔을 스벤의 잔에 부딪치며 동시에 협박 한 마디를 남겼다.

"아무것도 안 하면 혼날 줄 알아!"

전채 요리를 먹고 나자 스벤도 화장실에 가기 위해 일어섰고 힐케가 연회장 근처를 지나서 다녀오라고 못을 박았기 때문에 그는 복도에 서서 한참을 망설였다. 마침 베포가 옆을 지나갈 때서야 스벤은 용기를 냈다.

"잠시만요, 여기에 그림을 전시한 화가를 개인적으로 아시나요?"

"그럼요, 신사분! 클라라 좀머펠트 씨라고, 젊고 재능이 뛰어나 앞날이 촉망되는 분이죠. 몇몇 기자들이 벌써 연락을 했다나 봐요."

베포가 딸 자랑을 하는 아버지처럼 자랑스럽게 가슴을 쭉 펴고 말했다. 스벤은 헛기침을 하고 신분을 밝혀야 할지 망설였다.

"어, 음. 사실 저도 기자입니다. 그 화가분을 한번 만나 뵙고 싶은데요."

베포는 놀란 얼굴로 스벤을 쳐다보더니 잠시 그를 훑다가 밝은 미소를 지으며 말했다.

"그분 전화번호를 직접 드릴 수는 없습니다. 다만 그분을 여기서 만나실 수는 있어요. 토요일에 제 보잘 것 없는 요리로 그분한테 대접을 할 생각이거든요."

베포는 친절한 미소를 띤 채 기대에 찬 눈으로 스벤을 바라보았다. 스벤의 마음은 이미 다가올 주말에 가 있었지만 어떤 대답을 해야 할지 알 수 없었다. 베포가 부드럽게 말을 이었다.

"가장 좋은 방법은 손님이 저에게 전화번호를 남기시는 거죠. 그러면 제가 그걸 시뇨리나 좀머펠트에게 전달하겠습니다."

"알겠습니다."

스벤은 재빨리 대답하고 바지 뒷주머니에 넣어둔 지갑을 꺼내 명함을 찾아냈다. 그는 명함을 베포에게 건네며 신중을 기하고자 덧붙였다.

"저는 경제 전문 기자입니다. 지금 젊은 예술가들에 대한 기사를 쓰고 있어요. 그분께 일정이 촉박하다는 점을 전해주셨으면 합니다."

테이블로 돌아왔을 때 힐케는 눈을 동그랗게 뜨고 의문스럽다는 표정으로 스벤을 쳐다보았다. 마치 VIP석에서 공연을 관람하듯 베포와 스벤의 대화를 관찰한 것이 분명했다.

"그래서, 감상은?"

"무슨 감상?"

스벤이 씩 웃었다.

"목을 비틀어버리기 전에 대답해!"

힐케가 닦달했다.

"그림들 멋지지? 안 그래?"

"난 거기 가지도 않았어. 대신 이 가게의 친절하고 통통한 이탈리아인 주인한테 명함을 전해달라고 부탁했지."

힐케가 안절부절못하는 모습을 바라보며 스벤은 만족스럽다는 듯 의자에 등을 기대었다.

"그러면 이제 그냥 앉아서 넋 놓고 기다리게?"

"아니. 맥주를 마셔야지."

스벤은 맥주잔을 손에 쥐고 말없이 힐케의 잔에 건배했다. 힐케는 눈동자를 굴리며 잠시 주변을 둘러보다가 더이상 왈가왈부할 의사가 없다는 듯이 딱 잘라 말했다.

"하나만 말할게. 스벤 씨가 그 멋진 그림들을 보고 감탄하기 전까진 난 여기서 한 발자국도 안 움직일 거야."

두 사람이 식사를 마치고 난 다음에야 스벤은 새로운 시도를 감행했다. 연회장은 비워진 지 시간이 꽤 지난 데다 내부 조명까지 모두 꺼진 상태였다. 다만 테이블이 놓인 자리에서부터 비친 환한 조명 빛이 연회장 안까지 도달했기 때문에 스벤은 과감하게 발걸음을 옮겼다. 근처에 다가가기만 한 상태에서도 그림의 크기와 수가 압도적이었다. 스무 점은 족히 넘어 보였다.

스벤은 조심스러운 발걸음으로 벽면 왼쪽에 걸린 첫 번째 그림 앞으로 다가갔다. 어스름한 빛 아래서도 캔버스를 꽉 채운 깊은 붉은 색이 눈에 띄었다. 캔버스 표면을 뒤덮은 붉은 색채가 마치 빛을 내뿜는 것처럼 보였다. 곧이어 은색으로 빛나는 달이 눈에 들어왔다. 달은 신비롭게 반짝이고 있었다. 은밀하면서도 평화로운 빛이 뻗어 나오는 것 같았다. 그림에서 약 10센티미터 정도 아래에 작은 안내판이 붙어 있었다. 〈블러드 문〉.

스벤의 시선이 그림 주변을 헤매다가 캔버스의 오른쪽 아래, 하얀 색 글씨가 쓰인 부분에 다다랐다. 그는 한걸음 더 가까이 다가가 글씨를 읽었다. '클라라 S'라는 글씨가 적혀 있었다. 사샤의 필체를 눈에 담은 스벤의 입가에 마법처럼 미소가 걸렸다.

클라라

생일을 축하하러 온 손님들이 커다란 테이블에 모여 앉았을 때 클라라는 '이럴 줄 알았지'라고 생각했다. 모든 사람들이 시간에 맞춰 도착했다. 카트야만 빼고. 클라라는 과연 친구가 늦는 이유가 예고된 두 가지 놀라운 사건과 관련이 있는지 즐거워하며 상상했다.

클라라가 이토록 만족스럽고 편안한 기분을 느낀 것은

정말 오랜만이었다. 그녀는 조용히 미소 지으며 주변을 둘러보고 사랑하는 사람들이 모두 자리해 준 것에 감사했다. 엄마와 엄마의 남자 친구인 라인하르트 아저씨, 리스베트 할머니와 월리 할아버지, 도로테아와 베아까지. 도로테아는 자신과 벤의 엄마까지 설득해 초대에 응하도록 했다. 클라라는 두 사람이 생일잔치에 함께 앉아 있는 모습을 마침내 다시 볼 수 있게 되어 진심으로 기뻤다. 오늘 아주 벅차고 자랑스러운 마음으로 가장 아름다운 작품들을 선보일 때 벤도 어딘가에서 함께 있어 줄 것 같은 기분이었다.

클라라는 너무 흥분한 나머지 허기도 느끼지 않았다. 베포는 다양하고 훌륭한 요리들을 커다란 도자기 그릇에 담아 손님들에게 제공했다. 그리고 음식이 막 테이블 위에 세팅된 순간, 기다렸다는 듯 카트야가 골목을 휙 돌아 나타났다. 쾌활하게 사람들 틈 사이에 끼어드는 대신 카트야는 클라라에게 다가와 윙크해 보였다.

"친구야, 이리 와, 안아줄게. 이 세상 모든 행복을 네가 가지길 바라. 넌 그럴 자격이 있어!"

카트야가 클라라의 귀에 대고 속삭였지만 동시에 너무 꽉 껴안는 바람에 클라라는 그 말을 전부 이해하지는 못했다. 그럼에도 순간 감정이 벅차올라 클라라는 눈물을 참느라 애써야 했다.

"고마워! 그나저나 빨리 말해봐. 놀라운 사건이 뭔데?"

클라라가 눈썹을 한껏 위로 올리고 팔짱을 낀 채 물었다. 혹시 카트야가 생일파티에 들어가는 모든 비용을 이미 지불했다는 건 아닌가 하는 말도 안 되는 상상이 들자 스스로 생각하기에도 양심이 찔렸다. 클라라가 카트야를 바라보자 카트야는 정말로 재미있는 비밀을 숨기고 있는 사람처럼 눈을 빛냈다.

"내가 너한테 보여줄 깜짝 선물 두 개는 바로 여기 와 있어."

카트야가 몸을 돌리더니 소리쳤다.

"앤디! 들어와도 돼!"

입을 떡 벌리고 눈을 크게 뜬 클라라의 시선이 마침 가게 안으로 들어온 아주 매력적인 남자에게 가 멈췄다. 포장지에 싸인 거대하고 평평한 선물을 왼손에 들고 가까이 다가온 그가 클라라에게 오른손을 내밀며 조금 어색하지만 호감이 가는 미소를 지어 보였다.

"생일 축하드려요. 전 안드레아스입니다. 지난번에 스피드 데이트 모임에서 만났죠? 카트야가 막무가내로 절 여기까지 끌고 왔어요. 전 죄가 없습니다. 클라라 씨도 괜찮길 바라요."

클라라는 할 말이 많다는 눈길을 카트야에게 보낸 다음

말했다.

"당연히 괜찮죠. 이렇게 많은 음식을 어떻게 우리끼리 다 먹나 걱정하던 참인 걸요. 앉으세요!"

"조금 갑작스럽지만, 아직 할 말이 남았어."

카트야가 다소 엄숙하게 선언하더니 뭔가를 요청하는 눈빛으로 주변을 둘러보았다. 눈치 빠른 직원이 쟁반을 들이밀자 카트야는 그 위에 놓인 프로세코 와인을 한 잔 들어올렸다. 그리고 헛기침을 해서 주의를 끌었다.

"내 사랑스러운 친구야! 여기 있는 사람들은 모두 오늘 이 날이 너에게 쉽지만은 않다는 걸 잘 알고 있어. 그보다 더 중요한 점은, 네가 웃는 모습을 다시 보게 되어 우리 모두가 얼마나 기쁜지 너도 안다는 거야. 몇 번이나 널 격려하고 북돋으려던 내 시도는 실패했지만 넌 혼자서 그림들을 완성했어. 자리에 똑바로 앉아서, 붓을 들고, 여러 가지 색과 재료를 섞고 조합해서 이런 결과물들을 만들어냈지."

카트야가 캔버스를 가리켰다. 화면을 꽉 채운 갖가지 색들이 아늑한 분위기를 자아냈다. 방 안을 밝히고 있는 수많은 양초의 불빛들이 분위기를 더했다. 카린이 박수를 치기 시작하자 다른 모든 사람들이 뒤따르듯 함께 박수쳤다. 카트야는 말을 이었다.

"네가 그림을 그리기 시작하면서 마치 마법처럼 네 입

가에 아름다운 미소가 걸렸어. 너는 네 재능을 한없이 자랑스럽게 생각해도 돼. 게다가 이 모든 것들이 그저 시간을 때울 취미로만 남은 게 아니잖아. 넌 네 취미를 직업으로 만들었어. 그래서 난 너희 할머니랑 상의해서 구시가지에 너를 위한 아틀리에를 열기로 결정했어. 당장 내일부터 구경할 수 있을 거야. 네가 계획을 변경하지 않도록 너한테 줄 작은 선물을 마련해 왔어."

카트야가 앤디에게 납작한 선물을 건네줄 것을 신호했다. 클라라는 그 장면이 마치 슬로모션으로 재생되는 영화 같다고 생각했다. 베포와 그의 아내 그리고 카스텔로의 직원까지 넓은 문가에 모여 서서 다른 사람들과 마찬가지로 호기심 가득한 표정을 띠고 클라라가 두꺼운 포장지를 찢는 모습을 바라보았다.

가장 먼저 보인 것은 밝은 회색의 아크릴 표지판이었다. 그 위에는 굵직하고 힘찬 필체로 청회색 글씨가 쓰여 있었다. '아트 앤 워크', 클라라가 수많은 영감이 떠오른 밤에 생각해낸 이름이었다.

전혀 예상치 못한 선물에 클라라는 할 말을 잃었다. 클라라는 카트야와 앤디를 차례로 껴안았다. 다른 사람들이 분위기를 띄우듯 열렬히 박수쳤다.

할 수만 있었다면 이 특별한 순간을 꽉 붙잡기 위해 시간을 멈춰버렸을 것이다. 그런 다음 이 모든 환상적인 체험을 하나하나 마음속에 담았을 것이다. 앞으로 수많은 갤러리와 문화센터로 이어질 기념비적인 첫 작품 전시 그리고 뤼네부르크 구시가지에 생긴 자신만의 아틀리에. 클라라는 카트야의 실력을 믿었다. 이제 필요한 밑천과 멋들어진 간판까지 갖게 되었다. 게다가 베포에게 그림을 구매하겠다고 나선 첫 번째 손님은 클라라의 작은 그림에 믿을 수 없게도 1,000유로나 되는 거금을 지불했다. 그리고 어떤 기자는 클라라에게 인터뷰를 요청했다. 무엇보다도 클라라의 곁에는 무척이나 두렵던 오늘을 아름답게 만들어준 따뜻한 사람들로 가득했다.

클라라는 프로세코 와인이 머리 꼭대기까지 올라오는 기분을 느꼈다. 행복한 미소와 함께 참석한 모든 이들과 건배를 나눈 클라라는 마침내 군침 도는 음식으로 돌진했다.

스벤

스벤은 옥상 테라스에서 지역 축제에 참가하기 위해 모여든 군중과 걷는 것이나 마찬가지인 느릿한 속도로 좁은 길을 이리저리 돌아다니다가 보행자 도로까지 침입한 수 많은 자동차들을 이해할 수 없다는 눈길로 내려다보았다. 이곳에서 주차할 곳을 찾겠다는 헛된 바람을 품은 운전자 를 발견할 때마다 스벤은 속으로 스스로의 어깨를 두드리 며 여태까지 자동차 없이도 잘 살아온 자신을 칭찬했다.

하지만 어제 저녁에는 집 문 앞에 자신의 자동차가 없 다는 사실을 깊이 후회했다. 만약 자동차가 있었다면 당장 뤼네부르크에 다시 갈 용기를 짜낼 수 있었을 테니 말이 다. 사실 이번 주 내내 힐케가 자신의 자동차를 사용하라 고 스무 번이 넘게 제안했다. 하지만 스벤은 오펠로, 아니, 최악의 경우 힐케와 함께 오펠을 타고 카스텔로에 가느니 힐케의 협조와 호기심을 모두 무시하는 쪽을 택했다. 스벤 은 절대로 클라라의 생일날 현장에 갑자기 나타나거나 인 위적인 만남을 만들어내고 싶지 않았다.

어제 저녁에는 도대체 어디서부터 시작을 해야 할지 알 수 없어서 결국 아버지에게 전화를 걸었다. 아버지와 함께 편안하고 잔잔한 저녁을 보낸 것은 나름 기분 좋은 일이 었다.

아버지가 하필이면 이탈리안 레스토랑에 가자고 했을 때 스벤은 의미심장한 미소를 지을 수밖에 없었다. 예상과 달리 화기애애한 저녁이었다. 심지어 두 사람은 아주 오랜

만에 스벤의 어머니 이야기를 꺼내기도 했다. 살아 계셨다면 올해 어머니는 일흔이 되었을 것이다.

이번 주 일요일에는 더 소화할 스케줄이 없는지 찾아보고 재정비하는 시간을 가져야겠다고 생각했다. 오늘 오전에 있었던 꽉 짜인 훈련 스케줄도 그를 지치게 만들기에는 충분하지 않았다.

충동에서 헤어 나오기 힘든 10대 소년처럼 스벤은 클라라가 마침내 전화를 걸면 얼마나 기분이 좋을지 망상에 빠졌다. 운명의 장난이 계속해서 자신을 고난에 빠뜨리는 기분이었다. 그는 이미 오래 전부터 몰래 사샤와 스마트폰을 통해 연결되어 있었는데, 사실상 사샤는 이 번호로 스벤과 연락을 취할 수 없다는 점이 아이러니였다. 그녀가 공식적으로 갖고 있는 정보는 스벤의 직장 전화번호와 이메일 주소뿐이었다.

그래서 스벤은 회사 전화로 착신이 오면 휴대전화로 연결되도록 미리 조치를 취해두었다. 개인용도로 사용하는 이메일 프로그램으로 집에서도 회사 이메일 계정에 들어오는 모든 메일에 접속할 수 있도록 만들었다. 물론 평소였다면 휴일에 회사 이메일을 들여다보는 짓 따위는 하지 않지만.

하지만 여태까지 클라라로부터 연락은 없다. 스벤은 베

포가 자신의 명함을 전하는 것을 잊지 않았길 간절히 바랐다. 아무리 늦어도 어제 클라라가 레스토랑에 방문했을 때 베포가 그녀에게 소식을 전했으리라고 짐작했다. 그리고 클라라가 기자와 대화를 나누는 데 관심이 있다면 한 주가 시작하는 날 연락할 가능성이 높았다.

그런데 그녀가 아무 관심이 없다면 어떡하지?

"이런, 세상에."

스벤은 손바닥으로 테라스 난간을 내려치고 고개를 저었다. 생각의 끝이 또 다시 클라라로 안착했다는 사실을 믿을 수 없었다. 주의를 돌려야 했다. 다비드에게 요 아래 길가에 선 천막에서 맥주나 한 잔 하겠냐고 물어봐야겠다는 결심이 든 찰나 휴대전화가 울렸다.

클라라에게서 온 문자였다! '하필 지금!'이라고 스벤은 생각했다. 그렇게 오랫동안 아무런 연락이 없다가 하필 지금 소식을 전하고 싶은 기분이 든 모양이었다.

화가로서의 길을 걷겠다고 확실하게 마음을 정했어. 그리고 자기가 그걸 가능하게 해줬어. 이렇게 환상적인 생일선물을 줘서 고마워.

사랑해, 사샤가.

문자를 읽자마자 스벤은 기분이 나아졌다. 조금 전까지 혼자 상상했던 것에 비해 클라라는 훨씬 안정되어 보였다. 당장 이 소식을 누군가에게 전하고 싶었다. 아쉽게도 다비드와는 연락이 닿지 않았다. 스벤은 혼자 맥주를 들고 테라스에 편하게 앉아 어떻게 하면 클라라와 더 가까워질 다른 길을 찾을 수 있을지 고민했다.

월요일 아침 회의 시간에는 상사에게 '젊은 프리랜서들'이라는 주제를 제안할 계획이었다. 얼마 전에 프리랜서 시장에 대해 조사한 경험도 있었다. 다만 최근 자료를 근거로 한 각종 통계 데이터와 잠재적인 인터뷰 대상 두세 명 정도가 더 필요했다. 하지만 스벤은 이런 불경기에 딱 들어맞는 따끈따끈한 주제라면 브라이딩을 설득할 수 있으리라고 자신만만했다.

월요일, 세 시간 동안이나 끈질기게 이어진 회의를 마치고 사무실로 돌아온 스벤은 자신이 제안한 주제가 예상대로 관심을 모아 기분이 좋았다. 즐거워하는 스벤의 모습을 눈엣가시처럼 바라보던 힐케가 물었다.

"그래서? 주말에 무슨 특별한 사건이라도 있었어? 뤼네부르크 예술가한테서 전화라도 왔냐고?"

스벤은 짜증이 나 눈을 흘기며 한숨으로 대답을 대신

했다.

"내가 옆에 있는 걸 고마워하라고. 이렇게나 스벤 씨의 안녕과 행복을 염려하고 챙겨주는 내가 있다는 걸 말이야."

힐케가 욱해서 말했다.

"그것 참 고맙습니다."

스벤이 비꼬듯이 대답했다. 자리에 앉아 딴생각을 지우고 정신을 집중하고자 했다. 클라라가 그 이후 아직까지도 연락을 하지 않았다는 작은 실망감은 재빨리 옆으로 치웠다. 스벤은 절대로 자신의 변화를 힐케가 자꾸 로맨틱한 방향으로 해석하도록 부추기고 싶지 않았다.

컴퓨터의 마우스를 움직이자 데스크톱의 화면보호기가 사라지고 스벤의 눈에 17통의 새로운 이메일이 도착했다는 안내가 들어왔다. 마우스를 몇 번 클릭하던 도중 갑자기 스벤의 표정이 얼어붙었다. 아직 읽지 않은 이메일 목록의 중간쯤에 '연락 남기신 건에 대해'라는 제목으로 발송된 이메일이 보였기 때문이다. 편집회의 내용을 두고 힐케가 이러쿵저러쿵 의견을 늘어놓는 사이 스벤은 그녀의 눈에 띄지 않게 조심하며 클라라로부터 온 이메일을 열었다.

"어, 그래, 다음 달 기사 주제도 회의에서 언급됐고. 어떻게든 되겠지."

스벤은 잠들기 일보 직전인 사람처럼 혼잣말을 중얼거렸다. 그러나 마음속은 덜덜 떨렸다. 잔뜩 흥분한 채 클라라의 이메일을 읽었다.

보낸사람: c.sommerfeld@luene-prundwerbung.de
제목: 연락 남기신 건에 대해
레만 씨, 안녕하세요.
뤼네부르크에 있는 레스토랑인 '카스텔로'의 벤토리노 씨가 저에게 레만 씨의 명함을 주며 연락해보라고 하더군요. 레만 씨의 조사에 기꺼이 참여하겠습니다. 언제든 아래에 있는 전화번호로 연락주세요.
안녕히 계세요.
클라라 좀머펠트 드림

스벤은 한 줄, 한 줄을 최소 세 번씩 반복해서 읽은 다음 무슨 일이 일어난 건지 믿을 수 없다는 표정으로 모니터를 멍하니 쳐다보았다. 힐케가 물었다.

"괜찮아? 오늘따라 이상해 보이는데."

"어, 웅, 웅. 그냥 이메일 읽는 중이야. 남자들은 멀티태스킹이 안 된다는 건 힐케 씨도 알잖아."

스벤은 힐케에게 살짝 웃어 보이고는 다시 이메일이 띄

워진 화면에 집중했다. 지금 당장 클라라에게 전화할 수는 없었다. 힐케가 스벤 쪽으로 귀를 딱 붙이고 오가는 대화를 전부 훔쳐들을 것이 분명했기 때문이다. 클라라에게 전화하는 대신 충동적으로 이메일의 답장 버튼을 눌렀다.

스스로도 이해할 수 없었다. 클라라가 보낸 이메일은 스벤이 여태까지 읽었던 모든 문자 메시지에 비하면 돌처럼 딱딱하고 사무적이었음에도 그를 압도했다. 어쩌면 이 여성이 언젠가는 정말로 자신과 직접 마주 보고 서 있을지도 모른다는 사실을 스벤은 예감하고 있기 때문일 수도 있었다. 게다가 그날이 머지않았다는 것도. 18개의 단으로 쪼개서 작성해야 하는 이 기사를 2주 안에 완성해야 한다.

스벤은 답장의 첫 줄을 쓰기 시작했다.

보낸 사람: 스벤 레만

Re: 제목: 연락 남기신 건에 대해

안녕하세요! 좀머펠트 씨,

스벤은 내용을 다시 입력했다.

좀머펠트 씨, 안녕하세요.

빠른 답변 감사합니다.

저희 잡지에 실을 기사를 쓰려고 저는 현재 젊은 프리랜
서 분들께

스벤은 '젊은'이라는 단어를 지우다가 자신도 모르게 미
소를 지었다.

"왜 그렇게 웃는 거야?"

바로 그 순간 스벤을 주시하고 있었다는 듯이 힐케가
놓치지 않고 물었다.

"친구가 변태 같은 유머를 보내줘서. 이거 보면 힐케 씨
도 흥분될 걸."

"남자들이란!"

힐케가 꿍얼대며 자신의 모니터 너머로 사라졌다.

스벤은 이메일을 이어서 작성했다.

좀머펠트 씨가 자립하는 과정에 대해 꼭 여쭙고 싶습니다.
그리고 괜찮으시다면 저희 독자들이 좀머펠트 씨가 일하
시는 분야를 조금이나마 이해하도록 돕기 위해 짧은 소개
글 작성을 부탁드려도 될까요?
그리고 잠시 시간을 내서 저희 사무실을 찾아와 저와 직
접 만나주신다면 감사하겠습니다.

스벤은 마지막 문장을 지웠다. 그 문장을 쓰는 순간 힐케가 옆에서 버티고 있는데 클라라가 사무실에 찾아오는 끔찍한 상황을 상상했기 때문이다.

시간이 나신다면 언제든 제가 뤼네부르크로 찾아뵙겠습니다. 만날 장소를 지정해주세요.
감사합니다. 연락 기다리겠습니다.

스벤은 연락을 기다리겠다는 말을 지우고 '안녕히 계세요'라는 인사를 덧붙인 다음 그 아래에 서명을 남기고 메일을 발송했다. 때마침 힐케가 커피를 가지러 자리에서 일어나기에 스벤은 그녀를 힐끔 쳐다보았다. 곧바로 힐케가 물었다.
"도대체 왜 그래?"
스벤이 어깨를 으쓱하고 쏘아붙였다.
"아무것도 아냐. 내가 뭘?"

클라라

'이번 주가 계속 이렇게 정신없이 황홀하게 이어진다

면 난 다음 생일날까지 살아 있지 못할 거야.' 클라라는 속눈썹에 마스카라를 칠하기 위해 거울을 들여다보며 생각했다. 월요일에는 환상적으로 아름답고 꿈이 가득한, 그저 완벽하기만 한 아틀리에에 다녀왔다. 화요일에는 임대차 계약서에 서명을 했고 베포로부터 좋은 소식이 있다는 전화를 받아 그림 두 점이 더 팔렸다는 이야기를 전해 들었다. 수요일인 어제는 회사 카피라이터인 잔드라의 도움으로 멋진 광고 전단지를 완성했다. 그리고 오늘은 기자를 만난다. 어떤 상황을 맞닥뜨리게 될지 가늠이 되지 않아 클라라는 초조했다.

어쨌든 상대방이 클라라를 찾아오기로 했다. 그가 클라라로부터 뭔가를 원하는 것이지 클라라가 그에게서 뭔가를 원하는 게 아니니까, 클라라는 질문에 대답만 하면 될 것이다.

'긴장 풀고 즐거운 저녁 시간이 되길 기대하자고'라고 클라라는 스스로를 다독였다. 상대방이 함부르크에서 여기까지 오기로 했는데 갑자기 약속을 취소하면 대단히 큰 실례이니 말이다. 무엇보다 돈 한 푼 들이지 않고 홍보를 할 수 있는 이런 기회를 차버린다면 카트야가 클라라의 엉덩이를 걷어차 버릴 것이다. 치어스에서 만나자는 말에 상대방이 흔쾌히 동의하자 클라라는 조금이나마 안심이 되었다. 그곳에서는 벤이 더욱 가까이에 느껴진다. 벤이 나쁜 일로부터 클라라를 지켜줄 것이다.

30분쯤 후 자전거를 타고 치어스로 향하던 클라라를 갑자기 엄청난 불안이 엄습했다. 상대방의 질문에 확실한 대답도, 재미있고 흥미로운 대답도 하지 못하면 어쩌지? 나도 나 자신을 잘 모르는데? 게다가 법적인 내용은 전부 지금부터 차분히 공부해야 한다. 경제적인 것도 마찬가지다. 명함을 보니 이 레만이라는 기자는 경제 전문 기자로, 경제 관련 분야에는 눈이 밝을 테고 그러면 클라라의 대답을 듣고 사람을 잘못 찾아왔다 싶을지도 모른다.

자전거에서 내린 클라라는 자전거를 거치대에 세우다가 그 위치가 창문 바로 앞이라는 사실에 괜히 짜증이 났다. 만약 레만 씨가 벌써 가게에 도착해서 안쪽에서부터 내 모습을 관찰하고 있으면 어쩌지? 하지만 가게로 들어서서 안을 둘러보았지만 손님은 한 명도 없었다. 클라라는 레만이 50대 중반의 약간 통통하고 호감이 가지는 않는 타입이지만 예의 바르고 패션에 일가견이 있을 것이라고 상상했다. 잘 알려진 언론 매체의 경제 기자를 상상할 때 클라라가 늘 생각하는 인물상이다.

클라라는 가게의 오른쪽 구석, 출입구가 한눈에 보이는

빈 테이블에 앉아 라테 마키아토를 주문했다.

'레만 씨가 올 때까지 조금이나마 똑똑해 보이는 문장을 준비해놔야지. 가능한 자연스러우면서도 주체적으로 들리고 동시에 아주 엄격하고 똑부러진 커리어우먼 같은 답변을…' 그러나 속으로는 진급이 걸린 구두시험을 앞둔 학생 시절로 돌아간 것 같은 기분이었다.

클라라는 초조한 동작으로 휴대전화를 꺼내 혹시 레만이 연락을 했는데 소리를 듣지 못한 것은 아닌지 살폈다. 아무 연락도 없었다. 벌써 약속시간보다 15분 이상 지체되었다. 클라라는 그의 명함을 다시 한 번 보기 위해 핸드백을 손에 쥐었다. 명함에는 사무실 번호만 쓰여 있어서 전화해봐야 소용이 없을 것 같았다.

어쩌면 그가 날짜를 헷갈렸거나 치어스로 오는 길을 찾지 못해 헤매고 있을 수도 있었다. 클라라는 조용히 커피를 마시며 8시 15분까지 기다려보기로 결심했다. 그 시간이면 레만이 45분이나 늦는 것이고, 약속장소에 나타나지 않으리라고 생각해도 무방할 테니까.

클라라는 불안한 눈길로 혹여 누군가를 못 보고 지나치지는 않았는지 연신 주변을 두리번거렸다. 언제나 약속시간에 늦게 나타나는 카트야를 기다리며 주위를 살펴보던 바로 그때처럼. 그때 옆 테이블에 앉아 있던 벤이 반쯤은 뻔뻔하고 반쯤은 예의 바르게 혹시 바람맞았느냐고 물어왔다. 벤도 동창을 기다리고 있던 참인데 상대방이 오지 않아 주위를 둘러보다가 클라라에게 관심을 가졌다. 그날 저녁은 친근하게 말을 걸어온 벤 덕분에 아주 즐겁게 지나갔다.

"뤼네부르크에 사시는 건 아니죠? 당신 같이 아름다운 얼굴을 내가 못 보고 지나쳤을 리가 없는데!"

벤과 처음 만났던 날을 떠올리며 눈에 눈물이 차오르기 시작할 때 클라라의 휴대전화가 울렸다.

스벤

"이런, 젠장!"

스벤이 욕을 내뱉었다. 하필이면 오늘 열차가 재수 없게도 시간을 딱 맞출 줄이야!

스벤이 승강장에 도착했을 때 열차가 코앞에서 떠나버렸다. 힐케에게 오늘 클라라를 만나기로 했다고 고해성사하고 그녀의 자동차를 한 번 더 빌려야 할지 잠시 고민했다. 하지만 그랬다가는 하루 내내 입을 다물고 심지어 거짓말까지 한 그에게 힐케가 불같이 화를 낼 것이다. 게다가 힐케의 자동차를 빌리러 지하철을 타고 알토나에서 빈테르후데까지 갔다가 다시 자동차를 타고 퇴근길 교통량이 넘치는 고속도로를 지나가느니 다음 열차를 기다리는 편이 훨씬 빨리 뤼네부르크에 도달하는 방법이다. 하지만 다음 열차를 타도 뤼네부르크까지 제 시간에 도착하지 못하는 상황이었다. 한참 동안이나 열정적으로 찾아 헤매다가 겨우 발견한, 근처에 딱 하나뿐인 공중전화는 고장나 있었다.

늦는다는 양해를 구하자고 자신의 핸드폰으로 클라라에게 전화를 걸 수도 없으니, 진퇴양난이자 운명의 장난이었다. 지금까지 밥 먹듯이 거짓말을 한 벌을 받고 있는 건가 싶기도 했다. 물론, 사실을 말하자면, 여태까지 스벤이 클라라를 속인 적은 한 번도 없었다. 그렇다고 이 상황에서 성급하게 클라라에게 전화해 일을 엉망진창으로 만들 수는 없었다.

"실례합니다!"

스벤이 옆에 있던 나이 든 여자에게 말했다.

"네?"

여자가 친절하게 대답했다.

"혹시 휴대전화 갖고 계시다면, 제가 잠깐만 사용해도 될까요?" 스벤이 물었다.

"아이고, 저런. 전 휴대전화가 없어요. 저기 있는 젊은이라면 갖고 있을 것 같은데."

그녀는 그렇게 말하며 캡 모자와 헤드폰을 눌러 쓰고 바깥세상과 완전히 단절된 것 같은 청소년을 가리켰다.

"고맙습니다."

스벤은 그렇게 말하고 대략 열다섯 살쯤으로 보이는 소년에게 향했다.

"실례합니다!"

스벤이 목소리를 높여 말을 걸었다.

"왜 소리를 지르세요?"

"미안, 안 들리는 줄 알고….."

스벤이 헤드폰을 가리켰다.

소년은 뚱한 표정으로 무슨 일이냐는 듯 스벤을 쳐다보았다.

"혹시 휴대전화 좀 빌려줄 수 있을까? 급하게 전화해야 할 데가 있어서."

"그럼 전 뭘 받는데요?"

"이봐, 위급상황에는 사람을 도와줄 줄도 알아야지."

"뭐요?"

"알았어."

스벤은 지갑을 뒤져 2유로 동전을 꺼낸 다음 소년의 손에 쥐어주었다. 소년은 동전을 내려다보더니 얼굴을 찌푸렸다. 그러고는 다시 무표정으로 돌아와 손을 내밀었다. 스벤의 인내심이 뚝 끊어지기 직전이었지만 다른 선택지는 없었다.

"이건 폭리야!"

스벤은 불만을 터뜨리면서도 5유로 지폐를 꺼낸 다음 소년의 손바닥에 놓인 2유로 동전은 회수했다. 드디어 소년이 제 휴대전화를 꺼냈다.

"너무 길게 쓰진 마요."

스벤은 입꼬리를 당기고 아이폰에서 클라라의 번호를 찾았다.

"아저씨도 핸드폰 있으면서!"

소년이 짜증을 냈다.

"게다가 최신 기종이잖아!"

소년은 눈 깜짝할 사이에 스벤의 손에서 자신의 휴대전화를 다시 가져가더니 도망치려고 했다.

"멈춰!"

스벤이 워낙 큰 목소리로 외치는 바람에 소년은 말 그대로 말뚝이 박힌 듯 멈췄고 잔뜩 겁을 먹은 표정으로 스벤을 바라보았다.

"내 휴대전화를 사용할 수가 없어서 그래. 알겠어?"

"아저씨가 쓰기에는 너무 최신 기술인가 보죠?"

소년은 고개를 저으며 씩 웃더니 손을 다시 내밀었다.

"넌 진짜 비열하고 사악한 놈이야."

스벤은 구시렁대며 2유로 동전을 추가로 지불하고 소년의 휴대전화를 넘겨받았다. 그는 초조한 손길로 화면에 전화번호를 입력했다. 신호음이 들렸다. 클라라가 종소리처럼 맑고 따뜻한 목소리로 "네!"라고 답하며 전화를 받은 순간, 스벤은 자신의 분노와 흥분을 어떻게든 가라앉히려고 애써야 했다.

"좀머펠트 씨이신가요? 저는 레만입니다. 정말 죄송하지만, 제가 열차를 놓쳤습니다."

알토나 역 내부가 무척 소란스러웠지만 스벤은 부드러운 목소리를 유지하려 애썼다.

"네? 잘 안 들립니다. 조금만 더 크게 말씀해 주세요."

"저는 레만입니다. 열차를 놓쳐서, 거기까지 가는 데 45분 정도 더 걸릴 것 같습니다."

"아."

클라라가 그 말만을 겨우 남겼다.

"정말 죄송합니다. 기다려주실 수 있겠습니까? 아니면 약속을 다시 잡을까요?"

클라라는 잠시 망설이는 듯하더니 친절한 목소리를 유

지하며 대답했다.

"아뇨, 괜찮습니다. 그러면 제가 역까지 마중을 나갈게요. 괜찮으시다면 오는 길에 아틀리에도 보여드릴 수 있고요."

"그러면 저야 좋죠. 그런데 제가 좀머펠트 씨를 어떻게 알아보죠?"

"아, 그렇군요. 음, 전 서른한 살이고, 금발이고, 평균 키에, 약간 마른 편이고 오늘은 청바지에 밝은 색의 코듀로이 재킷을 입었어요."

"알겠습니다. 그러면 곧 역에서 뵙겠습니다. 감사합니다."

"괜찮습니다. 이따 봬요!"

"네, 이따 봬요."

스벤은 전화를 끊었다. 오늘 저녁을 혼자 보내야 할지도 모른다는 모든 근심이 날아간 게 기뻐 미소가 저절로 지어졌다. 그는 힘차게 휴대전화를 내밀어 소년에게 돌려주고는 다음 열차를 확인하기 위해 빠른 걸음으로 전광판을 향했다.

클라라

'레만 씨가 늦는 게 나쁜 징조는 아니길…' 하고 클라라는 바랐다. 이번 인터뷰에 전혀 자신이 없었음에도 이것이 프리랜서로의 첫 출발에 큰 도움이 되리라는 점은 알고 있었다. 어쨌든 상대방이 솔직하고 호감 가는 인상을 남긴 건 좋은 조짐이었다. 전화로 듣기에는 생각했던 것보다 젊은 목소리였다.

클라라는 그를 만나기 전에 구글링을 해볼 생각을 왜 못했을까 자책했다. 그렇게 유명한 잡지사에서 일하는 사람이라면 어딘가에 사진이 올라와 있을 것이다. 한편으로는 그가 매력적인 사람이라면 인터뷰를 앞두고 오히려 더 긴장할지도 모른다고 생각하며 역으로 가는 마지막 건널목을 건넜다.

역에 오는 건 겨울 이후 처음이었다. 크리스마스 연휴가 시작될 무렵, 벤은 그의 어머니와 도로테아와 함께 할머니가 있는 뒤셀도르프 부근으로 떠났다. 섣달그믐에는 밴드 공연이 있어서 벤은 마지막 연습 스케줄에 맞추려고 혼자 기차를 타고 뤼네부르크로 돌아왔다. 클라라는 그날 역에서 벤을 마중하면서 그를 다시 만나 얼마나 기뻤는지 아직도 생생하게 기억하고 있었다. 벤이 클라라에게 청혼한 이

후 겨우 며칠 떨어져 있었을 뿐인데도 말이다.

그런데 그때 벤은 이상하리만치 조용했다. 어쩌면 그 시점에 벤은 이미 잘못된 길로 들어선 자신의 운명과 싸우고 있었는지도 모른다. 그때 이미 인생을 계속 살아가지 않겠다고 굳은 결심을 한 걸까?

벤이 마음 깊이 사랑하던 할머니와 작별 인사를 나누며 그 순간이 영원한 이별이 되어야 한다는 것을 벌써 알고 있었으리라고 생각하자 클라라는 목이 졸리는 기분이었다. 아마도 벤은 기차를 타고 오는 내내 깊은 슬픔에 잠겨 창밖을 바라보았을 테고, 뤼네부르크에 도착해서는 클라라가 아무런 의심을 품지 않도록 정신을 바짝 차려야 했을 것이다.

그리고 클라라는 다시 그 역에 왔다. 모든 것이 그때와는 달랐다.

'얼마 전 카스텔로에 갔을 때와 마찬가지야'라고 클라라는 생각했다. '내가 하는 모든 일을 이제 벤 없이, 혼자서 하는 거야.'

자신이 지금 이곳에 서 있다는 사실에 클라라는 오로지 벤에게 감사했다. 바로 이곳, 인생의 전환점이 여태까지와는 전혀 다른 새로운 시작이라는 현실이 훅 다가왔다. 지금부터는 이전에 단 한 번도 생각해보지 않았던 방향으로 나아갈 것이다. 예전 같았으면 자신이 이렇게 용기 있는 길을 선택할 수 있는 사람이었는지 꿈에도 생각지 못했을 것이다.

마침내 함부르크에서 온 광역 열차가 승강장에 모습을 드러냈을 때, 클라라는 여전히 자기 생각 속에 빠져 있었다. 온종일 심사숙고해서 정해둔 몇몇 재치 있는 문장들은 머릿속에서 어디론가 사라지고 없었다. 정장을 입은 남자를 기대하며 사람들 틈을 두리번거리던 클라라에게 누군가가 말을 걸었다.

"클라라 좀머펠트 씨죠?"

청바지를 입고 작은 노트북 가방을 팔 아래에 낀 훤칠하고 잘생긴 남자가 말했다.

"아, 네. 레만 씨인가요?"

그가 손을 내밀며 클라라의 눈을 뚫어져라 바라보는 바람에 클라라는 조금 당황했다.

"네, 제가 스벤 레만입니다. 오래 기다려주셔서 고맙습니다."

치어스로 돌아와 하필이면 벤과 처음 만났을 때 앉았던 바로 그 테이블에 레만과 마주 앉은 클라라는 이 남자가 어딘지 모르게 불편하다고 생각했다. 약속장소를 정할 때

다른 여러 선택지가 있었음에도 이곳을 선택한 건 기막힌 우연이었다. 클라라는 레만이 마음에 들었다. 유머러스하고 매력적인. 아마도 그 능력을 여태까지 수많은 여성들에게 능숙하게 사용했으리라.

"이렇게 아름답고 안정감 있는 작은 도시에 딱 어울리는 분이시네요."

클라라가 등 뒤로 아틀리에의 문을 닫을 때 그가 확신에 찬 말투로 말했다. 아틀리에를 구경하면서 레만은 클라라의 사진을 몇 장 찍었다. 클라라는 그의 칭찬에 몸 둘 바를 몰랐다.

'이 남자는 몇 살일까' 그의 얼굴을 훔쳐보며 생각했다. 마흔 언저리인 것 같은데. 클라라는 모든 음료와 요리 메뉴를 다 알고 있음에도 재빨리 메뉴판으로 시선을 돌렸다.

"젊은 프리랜서라는 주제를 어떻게 쓰실 생각이세요?"

클라라가 조금이나마 대화를 주체적으로 끌고 가려 애쓰며 물었다. 클라라는 속으로 상대방이 자신에게 매력적인 모습을 보이고 있다는 사실을 무시하는 편이 가장 좋다고 다그쳤다. 레만이 이따금 보이는 터프한 행동은 벤을 연상케 했고, 클라라는 곧바로 자신을 살그머니 덮치는 양심의 가책을 느꼈다. 어쨌든 클라라는 계속해서 전문 직업인의 자세를 유지하면서 인터뷰 상대방이 사적인 영역으로 절대 접근하지 못하도록 막을 생각이었다.

스벤 레만은 클라라의 질문에 흔쾌히 기사를 어떻게 작성할 계획인지 설명했다. 그 주제가 매우 흥미로웠음에도 클라라는 도무지 제대로 집중할 수 없었다. 그럴 수밖에. 클라라는 속으로 생각했다. 눈이 저렇게 생겼는데! 혹시나 옆 테이블에 앉은 사람들이 우리를 커플로 생각할까? 그는 사귀는 사람이 있을 것이다. 이 남자라면 직장의 여성 동료나 여성인 친구와 절대 카스텔로에서 식사를 하지 않을 것이다. 그것은 베포의 틀림없는 직감이었다. 스벤 레만이 여자 친구 혹은 아내와 뤼네부르크를 자주 방문하는 걸까?

"저는 화이트 와인을 한 잔 주문할까 하는데요. 좀머펠트 씨는요? 아니면 와인을 병으로 주문할까요? 물론 제가 사겠습니다."

클라라를 바라보며 미소 짓는 레만의 눈이 반짝였고 클라라는 더욱 동요했다.

"어, 저는 탄산음료가 낫겠어요. 과일 에이드나…, 와인 에이드 말고 그냥 패션 프루트 에이드로요."

더듬거린다는 걸 스스로도 알 수 있었다. 클라라는 절대 진취적이고 전문적인 직업인으로는 들리지 않는 자신의 말투에 혀라도 깨물고 싶었다.

스벤 레만 또한 조금 당황한 듯 보였지만 직원에게 클라라의 주문도 전달하는 그의 목소리는 더 침착하고 매력적으로 돌아왔다.

"그건 그렇고, 이곳이 좀머펠트 씨의 단골 술집인가 보네요."

그러면서 또 한 번 장난기 어린 미소를 보였다. 그의 도발적인 태도에 클라라는 재빨리 반박할 말을 찾았다.

"네, 더 멋진 가게가 많다는 건 저도 알아요. 하지만 전 여기 분위기를 좋아해요. 익숙한 걸 선호하기도 하고요."

"익숙한 걸 선호하시는 분이 이제는 새로운 일에 뛰어들 준비를 마치신 거군요."

레만이 클라라에게 물었다. 아직도 미소를 머금은 표정이었다.

"그렇죠. 경제적으로 자립하는 문제에 있어서만큼은 다른 선택지가 없어요. 프리랜서로 일하는 사람들은 우선 융통성이 있어야 하고 새로운 것에 도전할 열린 마음을 갖고 있어야 하죠."

그렇게 대답하는 클라라는 한숨 놓인 기분이었다. 드디어 오늘 저녁에 예정되어 있던 본래 주제에 도달한 것 같기 때문이었다. 클라라는 도무지 어디에 두어야 할지 갈피를 잡지 못한 양손을 허벅지 아래에 끼워 상대방이 자신이 얼마나 긴장했는지 알아채지 못하도록 만들었다.

"혹시 조금 추우신가요?"

스벤 레만이 걱정스러운 표정으로 물었다. 클라라는 바로 고개를 저었다. 속으로는 '아뇨, 단지 당신이 이상한 질문과 시선으로 날 혼란스럽게 만들어서 그래요'라고 대답했다.

"괜찮으시다면 잠깐 자리를 비워도 될까요?"

클라라가 조심스럽게 말했다.

"물론이죠. 아, 혹시 제가 너무 늦게 온 벌로 일부러 절 혼자 남겨두시려는 건 아니시죠?"

그가 놀리듯이 말했다. 클라라는 어색하게 웃었다. 얼굴이 살짝 달아오르는 게 느껴졌다. 재빨리 화장실 쪽으로 갔다. 지금 당장 문자를 보내야만할 것 같았다. 벤에게.

스벤

자정이 되기 조금 전 스벤이 집 열쇠와 휴대전화를 현관문 옆에 있는 서랍장 위에 올려두는 순간, 그는 문자 메시지가 도착했다는 사실을 알았다. 망설이며 화면을 살폈다. 클라라에게서 온 문자였다! 기뻐해야 할지 화를 내야 할지 알 수 없었다. 스벤에게 온 문자 메시지는 아니었기 때문이다.

벤, 당신이 진작부터 눈치 채고 있었을지도 모르지만, 당신에게 고해할 일이 있어. 우리가 앉던 테이블에서 바람을 피웠고, 지금 마음이 상당히 불편해. 하지만 날 믿어줘. 당신은 누구로도 대신할 수 없어. 당신의 사샤가.

'바람을 피웠다'는 부분을 읽자마자 스벤은 웃을 수밖에 없었다. 게다가 벤과 앉았던 테이블이라고?

집으로 돌아오는 내내 스벤은 감수성이 풍부한 클라라를 다른 방식으로 자극했어야 하는지 혹은 그녀에게 오로지 칭찬을 퍼부었어야 하는지 돌이켜 생각했다. 그녀가 스벤에게 마법을 부린 것 같았다. 클라라는 스벤이 그녀에게 조금 더 가까이 다가가고자 시도한 모든 행동을 회피하는 시선과 태도로 일관했다.

스벤은 여태까지 성공적으로 끝나지 않은 데이트를 많이, 어쩌면 너무 많이 해보았지만, 그 때문인지 여태까지 이성의 은근한 행동을 다른 남자들보다 더 잘 해석할 수 있다고 자부해왔다. 예를 들어, 여성이 손에 턱을 괴고 고개를 살짝 옆으로 기울이는 행동들 말이다. 그러면서 다른 손으로 맥주 컵받침 가장자리나 식기 아래 놓인 냅킨, 유리잔 근처를 초조하게 훑을 경우, 스벤이 처음으로 선을 넘어 조심스러우나 확고하게 그 손을 잡아도 80퍼센트는 피하거나 뿌리치지 않았다. 혹은 여성이 몸을 살짝 앞으로 기울여 가슴 굴곡이 더 잘 보이도록 했을 때도 말이다. 그런 행동은 스벤이 그녀를 더 늦은 시간까지 붙잡아도 될 가능성이 매우 높다는 뜻이다.

그런데 클라라에게서는 그런 행동이 단 하나도 보이지 않았다. 아무런 암시도, 신호도, 호의를 나타내는 행동도 없었다. 그렇다고 클라라의 태도가 냉담했던 건 아니었다. 그녀는 오히려 스벤이 늘 상상했던 대로의 다정한 사람이었다. 동시에 가까이 다가가기 어려운 분위기를 풍겼고, 바로 그런 점 때문에 스벤을 끌어당기는 매력이 역에서 처음 만난 순간 이후로 줄곧 강력해지기만 했다. 어린 소녀 같으면서도 자신의 매력을 충분히 알고 있지만 그것을 특정한 목적을 두고 사용하지는 않는, 성숙한 여성으로서 섹시함마저 느껴졌다.

승강장에서 클라라를 처음 마주한 순간을 떠올리자 스벤은 저도 모르게 한숨을 내뱉었다. 곧 다시 정신을 가다

듣고는 휴대전화를 내려놓고 신발을 벗은 다음 재킷을 구석으로 던져버렸다. 텔레비전을 켜고 냉장고에서 맥주를 가져온 다음 가방을 집어 들고 소파에 몸을 내던졌다. 스벤은 가방에서 클라라와 그녀의 아틀리에의 모습을 찍은 디지털카메라를 꺼냈다. 열차를 타고 오는 내내 들여다보았던 사진들이지만 다시 한 번 눈에 담아야 할 것만 같았다.

사진을 살피던 스벤은 새삼스레 클라라의 반짝이는 녹색 눈에서 나오는 빛을 보았다. 그 시선이 더없이 매력적이어서, 지금 당장 클라라의 번호를 찾아 곧장 전화를 걸어 사적인 이야기를 늘어놓고 싶다는 충동이 들었다. 그는 휴대전화로 손을 뻗다가 동작을 멈췄다.

그제야 마지막으로 받은 문자를 받고 느낀 불쾌한 기분이 무엇인지 알아차렸다. 그녀는 다른 사람을 사랑했다. 스벤은 가능한 빨리 클라라를 잊어야겠다고 마음먹었다.

클라라

"너한테 남편이 있었으면 우리가 이렇게 뼈 빠지게 고생할 필요는 없었을 거야."

카트야가 클라라로부터 날아올 반박과 비난을 기대하는 미소를 지으며 말했다.

"그래, 나도 알아. 다 내 잘못이고, 내 행복을 발로 차 버린 것도 나고, 지금 일말의 희망도 없이 망한 상태라는 것도."

클라라가 빈정대듯 대답하며 아주 무거운 페인트 통을 트렁크에서부터 끄집어내느라 끙끙댔다.

"네가 그렇게 로봇처럼 뻣뻣하게 굴지 않았다면 그 남자가 너한테 키스라도 했을 거라는 말이야?"

카트야가 옆에서 두 번째 페인트 통을 꺼내며 계속해서 놀려댔다.

"그건 데이트가 아니라 사무적인 만남이었다니까. 그리고…."

"그리고 모든 일이 다르게 흘러갈 수도 있었겠지."

카트야가 클라라의 말을 가로막았다. 클라라가 페인트 통을 똑바로 세우고 몸을 일으켜 카트야를 똑바로 바라보았다.

"다시 한 번 똑똑하게 말하는데, 첫째로, 그 남자는 예의 바른 기자이고…."

"그 남자가 너한테 같이 술을 마시러 가자고 했다며. 그리고 네 말대로라면 아주 좋은 시간이었고!"

클라라가 못 말리겠다는 듯 눈을 흘기고는 말을 이었다.

"둘째로, 그 남자는 결혼했어."

"증거는 없잖아."

"딱 보면 알지. 그 사람이 카스텔로에 데려왔던 여자와 아주 다정했다고 하던걸."

"그게 무슨 증거야? 우리도 처음에 앤디가 반지를 끼고 있었다는 이유만으로 유부남이라고 생각했잖아."

"셋째로, 그 남자처럼 잘생긴 남자들은 여자들이랑 잠깐 동안 재미 볼 수 있는 방법을 잘 알고 있다고. 누군가한테 얽매이는 걸 싫어할 거야."

"잘생긴 게 그 사람 잘못은 아니잖아."

"그 남자가 나한테 수작을 걸었다니까."

"자기가 매력적인 걸 잘 알고 있는 주체적인 남자가 원하는 상대방을 손에 넣고자 하는 게 범죄야?"

"아니, 범죄라기보다는, 섹시하지."

클라라는 인정해야 했다.

"아하!"

"'아하'가 아냐. 그게 바로 문제라고. 넷째로, 나는 아직 그럴 마음이 없어. 다섯째로, 지금 나는 내 커리어에 집중하고 있다고!"

"그 남자가 너한테 엄청난 도움이 될 텐데."

"나한텐 네가 있잖아. 빨리 와! 아틀리에에 페인트칠이 저절로 되는 게 아니니까."

카트야는 더 반박하고 싶어 보였지만 이미 모든 총알을 발사한 뒤였다. 마지막 남은 수단은 협박뿐이었다.

"네가 그 남자한테 오늘 연락하지 않으면 난 손가락 하나 까딱하지 않을 거야!"

클라라가 카트야를 쩨려보았다. 하지만 겨우 5초 만에 카트야를 노려보던 클라라의 입가에 서서히 미소가 걸렸고 카트야는 압도적인 승리를 손에 넣고 기뻐했다.

스벤

"아무튼 그 사람한테 다시 연락해서 기사에 대해서 더 논의하자고 말해야 한다니까."

힐케가 손자를 보살피는 할머니처럼 마음에서 우러나온 것 같은 친절한 목소리로 설득했다. 처음 겪는 이런 상황이 스벤은 어색했다.

"그건 메일로 물어볼 거야."

스벤이 표정을 바꾸지 않고 대답했다.

"그리고 기회가 생기면 스벤 씨가 먼저…, 음…, 그러니까 다른 작업도 같이 한번 해봤으면 좋겠다고 완곡하게 얘기해봐."

힐케가 말했지만 귀가 솔깃해지는 제안은 아니었다.

"그 사람한테 이성으로서 거절당했다고 해서 내 인생이 망하는 건 아냐. 그러니까 드라마는 이제 그만 써. 내가 힐케 씨한테 그 만남에 대해 이야기한 건, 언제가 됐든 힐케 씨가 그 얘길 알게 될 거였기 때문이야."

"스벤 씨가 지금 그렇게 포기하면 드라마가 돼버린다니까!"

"친애하는 동료님, 이건 영화가 아니라니까. 현실이야. 그리고 현실에서 나는 해야 할 일이 아주 많다고. 이제 일 좀 해도 될까?"

"친애하는 동료님, 현실이든 영화든, 중요한 건 사랑을 쟁취하기 위해서 사람은 늘 싸워야 한다는 거야."

"누가 그래?"

"나도 그렇고 다른 사람들 모두가. 특히 클라라 씨처럼 로맨틱한 사람이라면 더더욱 그렇게 말할걸."

"그래, 그렇게 로맨틱한 사람이 나를 제멋대로 폭주하다가 콘크리트 벽을 들이받는 마네킹이 되도록 만들었지."

"하지만 매력적인 사람이었다며. 게다가…."

"게다가 뭐?"

267

"별로 하고 싶지 않은 말이긴 한데, 스벤 씨도 매력적이 잖아."

스벤은 당황에서 창밖으로 시선을 돌렸다. 힐케로부터 비난이나 놀리는 말이 아니라 칭찬을 듣는 건 익숙하지 않 았다.

"흠…, 그렇다고 클라라 씨가 나한테 관심이 있는 건 아 니잖아."

"그 사람이 뭐라고 했는지 다시 설명해줘."

"방금 전에 얘기했잖아."

"스벤 씨가 언제! 그래, 설명을 하긴 했지. 하지만 난 더 자세하게, 세세한 내용까지 알아야겠어. 분명 아주 작고 미묘한 차이가 있을 거라고."

"여자들이란! 알겠어. 그러니까, 내가 아주 예의바르게 작별 인사를 하면서 기회가 된다면 사적으로 만나서 이야 기를 나눠도 좋을 것 같다고 말했어. 우리가 즐겁고 좋은 시간을 보냈으니까 말이야."

"그래서 그 사람이 뭐라고 했는데?"

"아무 말도 안 했다니까! 그냥 웃을 뿐이었고, 대화를 나누는 내내 내 눈길을 피했다고. 그리고 나한테 잘 가라 고 인사했어."

"그건 거절이 아니잖아!"

"여기 있는 이건 거절이 확실하지."

스벤은 날카로운 목소리로 쏘아붙이며 휴대전화를 집어 들었다. 클라라에게서 온 마지막 문자를 보여주자, 힐케는 당황한 표정으로 입을 다물었다.

로맨틱한 상상으로 이 세상을 개혁하려는 힐케 같은 사람도 이 문자를 보면 클라라가 얼마나 전 남자 친구에게 마음을 쏟고 있는지 이해할 거라고 스벤은 생각했다. 클라라에게 다가가려고 해봤자 아무 의미가 없을 것이다.

"봤지?"

스벤이 말했다.

"내 얼굴을 제대로 쳐다보지도 않았으면서 바람을 피웠다고 하잖아."

힐케는 실망한 듯 입꼬리를 일그러뜨리고는 한숨을 크게 쉬었다. 드디어 힐케에게서 벗어났다는 생각이 들자 스벤은 마음이 조금 가벼워졌다.

클라라

클라라는 침대에 누워 있었지만 잠이 오지 않았다. 아틀리에를 리모델링하느라 두 다리로 서 있을 수 없을 정도로 바쁘고 피곤한 주말을 보낸 데다 일요일 저녁에는 카트야에게 고마움의 표시로 카스텔로에서 식사를 대접하면서 시간을 보냈는데도 말이다.

카트야는 당연하게도 기회를 놓치지 않고 베포에게 그 기자에 대해 그리고 무엇보다 그의 동행인 여성에 대해 질문공세를 퍼부었다. 베포는 두 사람이 커플이라고 단언할 수는 없지만 그렇다고 커플이 아니라고 볼 근거도 없다고 말했다. 그 말을 들은 카트야는 클라라가 마침내 스벤 레만에게 적어도 문자를 한번 보내보겠다고 약속할 때까지 집요하게 클라라를 닦달하며 중매를 하지 못해 안달이었다.

다행히 클라라는 레만이 늦는다는 전화를 했을 때 그의 전화번호를 곧장 저장해두었다. 클라라는 벌써 세 번째로 휴대전화 문자 메시지 창을 열어 자신이 뭔가 이상한 말을 쓰지는 않았는지 살폈다. 혹시나 의도를 명확하게 전달하지 못한 건 아닌지, 그가 반응하기 애매한 말을 쓴 건 아닌지 고민했다. 자신이 보낸 문자를 다시 한 번 소리 내어 읽고는 적어도 그 이면에서 오해할 여지가 없이 친근한 말투가 느껴지는지 확인했다.

안녕하세요. 식사를 대접해주셨는데 감사하다는 인사도 못 드렸네요. 고맙습니다. 만약 다음 주 주말에 더 이야기를 나누고 싶으시다면 기꺼이 응하겠습니다;-)

예의상으로라도 벌써 답장을 보냈어야 하는데, 아니면 내가 보낸 메시지가 너무 직설적이었나? 클라라는 그렇게 생각하며 스스로에게 그리고 수많은 속임수와 규칙이 숨어 있는 무시무시한 싱글들의 세상에 화를 냈다. 이제 다시는 그런 속임수와 규칙으로 스스로를 괴롭히지 않겠다고 다짐했다. 벤과는 모든 과정이 달랐다. 벤은 클라라를 처음 만난 바로 그날 곧바로 치어스에서 다음 데이트 약속을 잡았고 클라라의 마음을 얻으려고 넌지시 떠보는 말이나 행동을 하지도 않았다.

클라라는 다시금 휴대전화의 메시지 발신 내역을 살폈다. 카트야에게 보낸 문자 두 건을 제외하고는 모두 벤에게 보낸 것이었고, 하나는 스벤 레만에게 보낸 것이었다. 그 순간 클라라는 자신의 주변에 친구라고 부를 수 있는 사람이 얼마 없다는 쓰디쓴 사실을 깨달았다. 모든 사람들이 언제나 말하듯이, 우정이 실재한다면 위기 상황이 되어야 나타날 것이다.

처음에는 주변의 수많은 지인들이 클라라가 잘 지내는지 꾸준히 물어왔다. 하지만 사고로부터 반년이 지난 지금 클라라는 누군가에게 연락할 때 불안이나 슬픔을 전염시키는 사람이 되고 싶지 않았다. 반대로 다른 사람들도 아무런 선입견 없이 자연스럽게 클라라와 연락을 취하기가 어려울 거라고 생각했다.

클라라는 미래에 생길 새로운 지인들에게는 과거 일을 먼저 말하지 말아야겠다고 생각했다. 새로운 남자를 만난다면 되도록 자연스러운 상황이었으면 좋겠다고 바랐고, 상대방에게 곧장 과거 이야기를 터놓아 혼란스럽게 만들고 싶지 않았다.

스벤 레만과 함께 보낸 금요일 저녁에는 역에서도, 아틀리에에서도, 치어스, 어디서든 벤이 함께 했다. 무엇보다도 그 기자가 클라라만의 공간을 둘러보고 사진을 찍었을 때, 클라라는 희한하게도 벤이 아주 가까이에 있다고 느꼈다. 마치 그가 클라라에게 안전하다는 신호를 보내듯이.

스벤 레만은 그만의 방식으로 클라라에게 친밀함과 신뢰를 보여주었다. 클라라를 그렇게나 초조하게 만들어놓았음에도 말이다. '어쩌면 그 사람을 보면서 내가 다른 사람을 떠올린 걸지도 몰라'라고 클라라는 아무 근거도 없는 생각에 빠졌다. 클라라는 이불 속으로 폭 파고들었다.

스벤이라는 남자는 많은 면에서 벤과 정반대로 보였다. 클라라는 그것이 좋은 신호일지, 나쁜 신호일지 고민했다. 그러고는 곧 그 문제에 더이상 생각을 할애해서는 안 된다고 스스로를 다그쳤다. 그 사람이 문자 메시지에 아무런 반응도 보이지 않는다는 건 그가 보였던 행동이 얼마나 형식적이었는지를 뜻하는 것이었다. 어쩌면 그는 여자들이 먼저 '애프터'를 신청하도록 만들어놓고, 막상 다시 만나면 그녀와의 첫 만남을 전혀 기억하지 못하는 부류의 남자일 수도 있었다.

다음 날 클라라는 스벤 레만에 대한 자신의 상상이 옳았다는 것을 알게 되었다. 클라라는 컴퓨터 앞에 앉아 조금 전에 도착한 이메일을 아무런 설명 없이 곧바로 카트야에게 전달했다. 어차피 이렇게 차갑고 예의 없는 이메일에 설명을 덧붙일 필요도 없을 것이다.

좀머펠트 씨,
첨부파일로 완성된 기사를 보내드리오니 검토 부탁드립니다. 작업하는 동안 편안하게 대해 주셔서 고맙습니다. 홀로서기가 잘되시길 바랍니다. 안녕히 계세요.
스벤 레만 드림

클라라는 이 똑 부러진 남자에게 화를 내야 할지, 아니면 스스로에게 화를 내야 할지 순간 판단할 수가 없었다. 클라라는 그와 함께 보낸 저녁 시간에 뭔가 특별한 뉘앙스가 담겨 있었다고 생각했다. 하지만 그녀가 보낸 다시 만나자는 제안은 어색하고 무의미하게 마치 없던 일 인듯 지나쳐버린 것 같았다. 그나저나 문자 메시지에는 점 하나도 찍어 보내지 않았으면서 이렇게 무정하고 사무적인 이메일만 달랑 보내다니, 모욕적이다. 도저히 참고 넘어가 줄 수 없었다.

클라라는 비판적인 시각으로 단단히 무장하고 자신의 마음에 들지 않는 레만의 단어 하나하나를 쳐내려갈 기세로 기사를 읽을 작정이었다.

기사를 읽으려던 찰나에 클라라는 이메일에 사진 파일이 첨부되어 있는 것을 발견했다. 사진을 찍었다는 사실조차 잊고 있었다. 첨부파일에는 다른 프리랜서인 여성 한 명, 남성 두 명의 사진도 포함되어 있었다. 올해 프리랜서로서 첫발을 내디딘 사람들이라고 했다. 클라라는 사진이 두 장 게재된 사람은 자신이 유일하다는 것을 확인하고 놀랐다. 그리고 임시방편으로 아틀리에 바닥에 세워두었던 그림 몇 점과 가게 간판이 아주 멋들어지게 찍혀 있는 모습에 감탄했다. 스벤 레만이 원하던 게 바로 이런 사진이었고, 그의 생각이 옳았다. 이제 막 출발 지점에 선 사람들을 잘 보여주는 사진이었다.

사진 아래에 쓰인 설명문을 보고 클라라는 저도 모르게 미소를 지을 수밖에 없었다.

얼마 전 연 아틀리에이자 가게인 '아트 앤 워크'에 선 클라라 S 씨. "약간의 단순함과 리스크를 감내할 용기가 필요하죠."

내가 정말 이런 말을 했던가? 저도 모르게 그날 저녁 치어스에서 레만과 나눴던 활발한 대화를 떠올렸다. 그는 클라라에게 직접 '시원시원할 정도로 단순하지만 빈틈없고 흥미를 끄는 예술가'라고 말했었다. 클라라는 잠깐 생각하다가 솔직한 항변을 덧붙였었다.

"가게 운영에 대해서는 아는 게 없어 보이는 예술가죠."

그 말을 들은 레만은 진심으로 웃음을 터뜨렸다. 인터뷰 내내 두 사람은 늦은 시간이라고 느끼지 못할 정도로 많이 웃었다. 대화 주제는 직업과 아주 조금은 사적인 영역에 침범한 부분까지 넘나들었다.

자신이 그린 그림에 대해 이야기할 때는 묘한 기분이 들었다. 클라라는 스벤이 완전히 빠져 든 채 자신의 말을 경청한다고 느꼈다. 하지만 그녀가 달 그림 시리즈는 별로 언급하고 싶지 않은 지극히 개인적인 일과 얽혀 있다고 털어놓았을 때는 그의 반응이 다소 미적지근했던 기억이 떠올랐다.

그때 스벤은 아주 깊은 비밀을 당장이라고 고해하고 싶은 사람처럼 어색한 시선으로 클라라를 바라보았다. 하지만 마지막에 그는 그저 미술에는 문외한이지만 그럼에도, 아니 오히려 그렇기 때문에 더더욱 클라라가 그린 그림의 힘에 압도되었다고 말할 뿐이었다. 그래서 클라라는 자신의 작품에 대한 기사가 어떤 말로 쓰여 있을지 기대감에 부풀었다.

소중한 점심시간을 아끼고 나중에 조용히 각 문장을 곱씹어 읽어보기 위해 클라라는 기사를 빠른 속도로 훑어보았다. 잠시 후 기사를 다 읽은 클라라는 마음 한구석이 가벼워졌으면서도 동시에 실망했다. 이 기사에 등장하는 네 명의 프리랜서들이 보인 소위 '단순한 열정'이 기사의 어투에는 전혀 반영되지 않았기 때문이다. 이 기사는 오히려 냉정한 태도를 취하고 있었는데, 그게 스벤 레만이라는 사람의 문체인 것 같았다.

클라라는 카트야의 반응을 기다리지 않고 답장 버튼을 눌렀다.

레만 씨, 안녕하세요.

객관적이고 훌륭한 기사를 써주셔서 감사합니다. 이대로 송출해도 문제없습니다.

저 또한 레만 씨의 공적인 그리고 사적인 미래에 좋은 일들만 있기를 기원합니다.

안녕히 계세요.

C. 좀머펠트 드림

클라라는 메일을 보낸 다음 그 메일도 아무런 첨언 없이 카트야에게 전달했다.

공식적으로 아틀리에의 문을 여는 날까지 남은 시간이 날개를 단 듯 지나갔고, 클라라는 잡다한 생각에 마음을 빼앗길 여유라고는 눈곱만치도 없이 바쁘게 움직여야 해서 오히려 기분이 좋았다. 늑장을 부릴 시간 따위는 없었다. 다가오는 일요일까지 끝내야 하는 일 목록은 끝없이 이어졌고 엄마와 카트야의 도움이 없었다면 도저히 해낼 수 없었을 것이다.

"널 자극하려는 생각은 없는데 말이야."

어느 날 저녁 카트야가 초대 손님 목록을 살펴보며 물었다.

"그 스벤 레만이라는 사람은 왜 목록에 없어?"

"날 자극하려는 생각은 없다며?"

초청장 더미에서 눈을 떼지 않은 채 클라가 말했다. 카트야 또한 지금 그런 논쟁을 해 봐야 아무 의미가 없다는 것 정도는 알고 있었기 때문에 마지못해 말을 이었다.

"알았어. 그 목록은 나한테 줘. 내가 할 테니까. 너는 네 그림에나 신경 써. 근데 잠깐만. 여기 내가 모르는 이름들이 있는데? 네 직장 동료들이야?"

"응. 회사 사람들한테는 봉투 한 장에 초대장을 두 장씩 넣어서 주려고. 아틀리에를 여는 동시에 이제 회사에서도 완전히 독립하는 걸 축하하는 자리라고 말할 거야. 그리고 회사 사람 중에 몇 명이 나를 많이 도와줬거든."

"아하. 알겠어."

"물론 너만큼 도와준 건 아니고!"

클라라가 그림을 걸기 위해 옆방으로 이동하기 전에 소리쳤다.

"흠. 그리고 사람들한테는 가끔씩 행운의 요정이 필요한 법이지."

카트야는 클라라에게 들리지 않을 만큼 작은 소리로 혼잣말을 했다. 그러고는 초대장 한 장을 아직 주소가 적히지 않은 편지봉투에 넣어 자신의 핸드백에 숨겼다.

스벤

"드디어!"

힐케가 사무실로 들어오며 흥분한 목소리로 스벤에게 인사했다.

"좋은 아침. 무슨 일이야?"

아직 잠에서 덜 깬 목소리로 스벤이 물었다.

"스벤 씨한테 편지가 왔잖아!"

힐케가 스벤의 책상을 가리키며 말했다.

"그것도 뤼네부르크에서!"

"그러네."

스벤은 중얼거리며 자신의 행동이 힐케를 머리끝까지 화나게 하리라는 사실을 알면서도 자리에서 일어나 커피를 가지러 갔다.

"빨리 열어봐. 여기서, 지금 당장!"

잠시 후 스벤이 자리로 돌아오자 힐케가 스벤의 코앞에 연한 청회색 편지봉투를 들이밀며 닦달했다. 스벤은 짜증을 내며 편지봉투를 뜯은 다음 몇 줄 되지 않는 내용을 대충 읽었다. 그리고 편지와 봉투를 모두 곧바로 쓰레기통에 던져버렸다.

"미쳤어? 대체 무슨 내용인데?"

"그냥 초대장이야."

힐케가 기가 차다는 표정으로 스벤을 바라보았다.

"그, 아틀리에 개점식 초대장이라고."

스벤이 퉁명스럽게 말하고는 자신의 책상으로 몸을 돌려 컴퓨터를 켰다.

"안 가겠다고?"

"내가 왜 가?"

"안 가는 건 예의가 아니잖아."

스벤이 아주 어리석은 말을 한 어린아이를 보듯이 힐케를 쳐다보았다.

"그리고 클라라 좀머펠트 씨가 스벤 씨를 초대한 건 고마운 일이고."

힐케가 약간 기죽은 목소리로 덧붙였다. 스벤의 시선이 그대로 머물렀다.

"게다가 애초에…."

힐케가 설득을 이어갔다.

"스벤 씨가 잃을 게 뭐 있어?"

"내 마음."

스벤이 낮은 목소리로 웅얼거리고는 모니터로 고개를 돌렸다. 힐케는 쓰레기통에서 편지를 꺼낸 다음 내용을 읽었다.

"이렇게 하면 어때? 우리가 같이 가는 거야."

힐케가 들뜬 목소리로 스벤에게 말하며 고개를 끄덕였다. 스벤은 일부러 보란 듯이 과장되게 책상 위로 고개를 푹 숙였다.

"대체 나한테 왜 이런 시련이!"

클라라

바쁜 하루가 본격적으로 시작되기 전에 클라라는 재빨리 벤에게 보낼 문자를 작성했다. 엄마와 라인하르트 아저씨, 할머니와 할아버지는 이미 도착했다. 카트야와 앤디는 당연하게도 늦는다. 하지만 빈자리가 가장 크게 느껴지는 사람은 바로 벤이다. 클라라는 웃어야 할지 울어야 할지 갈피를 잡지 못했고, 그래서 벤에게 문자를 보내고 나면 안정을 되찾을 수 있기를 바랐다.

사랑하는 자기야, 지금 정말 미친 듯이 심장이 뛰지만 동시에 감사하기도 해. 오늘 당신이 내 곁에 없다는 게 믿기지 않지만, 그럼에도 당신이 여기에 있다는 걸 알아. 고마워.

초대장에는 시작 시간을 11시로 기재해 두었지만, 11시 반이 되었는데도 아틀리에 내의 방 두 개를 채운 사람은 많지 않았다. 이따금 낯선 사람들이 가게 안으로 들어왔다.

원래는 일요일에 문을 열지 않는 상점들이 특별하게 문을 여는 일요일이었기에 많은 사람들이 시내 중심가와 근처 거리를 가득 메우고 있었다. 클라라의 가게를 찾는 사람들은 원한다면 프로세코 와인과 오렌지 주스 그리고 카나페를 무료로 즐길 수 있었다. 계속 사양했지만, 베포는 이 모든 음식을 개점 축하 선물로 제공하겠다고 고집을 부렸다.

회사 동료 몇 명을 만나 이야기를 나눈 다음 클라라는 긴장을 풀고 한숨 돌리며 꿈만 같은 현실 속에서 혼자만의 기분을 느끼기 위해 잠시 사람들 틈에서 벗어났다.

클라라는 니클라스와 그의 아내가 자리를 빛내준 것에 감사했다. 여태까지 클라라가 알던 니클라스라면 그녀를 해고해야 한다는 현실이 쉽지만은 않았을 것이다. 게다가 이전과 달리 회사 사정도 여유있지 않았다. 그럼에도 모든 직장 동료들이 클라라의 재능과 용기를 축하해주었다. 지난 몇 주 동안 감당하기 힘들 정도로 많은 일들이 일어나는 바람에 다소 어색하고 생소한 기분이었지만 마음속으로 클라라는 모든 것이 올바른 방향으로 가고 있다고 느졌다.

　작은 방의 복층 난간에 서 있던 클라라는 큰 방으로 돌아가려다가 숨을 멈췄다. 스벤 레만이 그곳에 있었다. 갈색머리의 매력적인 여성과 함께 온 그는 그 사이 스무 명 정도로 늘어난 손님들 사이에 섞여 있었다. 두 사람보다 예닐곱 걸음쯤 뒤편에서 마침내 카트야와 앤디도 나타났다.

　카트야는 속속들이 도착하는 손님들 중 낯선 사람들을 더 자세히 관찰하려는 듯 남자 친구의 등 뒤에 몸을 숨기고 있었다. 클라라는 카트야에게 질책하는 시선을 던진 다음 천천히 계단을 내려갔다. 카트야는 어쩔 수 없다는 듯 어깨를 으쓱하고는 클라라에게 다가와 잔뜩 상기된 얼굴로 말했다.

　"그래, 내가 한 짓이야. 다 내가 잘못했어. 하지만 저 남자 탓도 있다고. 하도 굼뜨고 아무런 반응이 없으니까."

　레만과 함께 온 여자는 아름다울 뿐만 아니라 성격도 아주 호쾌해 보였다. 그러나 지금 여기에 있는 스벤 레만은 전혀 그렇게 보이지 않았다. 물론 갈색 코듀로이 재킷은 매우 잘 어울렸지만, 레만은 굉장히 지루해 보이는 표정으로 주변을 두리번거리고 있었다. '재수 없는 자식.' 클라라는 속으로 꿍얼댔다. 그의 여자 친구로 보이는 동행인은 적어도 벽에 걸린 그림을 구경하고 있는데 말이다.

"빨리 가봐!"

카트야가 언제나 그렇듯 거만한 태도로 명령하듯 말했다. 그 말투만으로도 클라라에게는 선택지가 없음을 두 사람 모두 알고 있었다.

"어, 안녕하세요."

클라라는 깜짝 손님에게 다가가 인사하며 손을 내밀었다.

"두 분이 와 주셔서 기뻐요."

이렇게 거짓말을 할 때는 스벤 레만의 아름다운 동행인을 보며 말했다.

"저는 힐케 슈나이더입니다. 스벤의 동료예요. 그리고 당신의 엄청난 팬이랍니다!"

갈색머리 여자가 진심으로 감격한 목소리로 말했다.

"클라라 좀머펠트입니다. 정말 고맙습니다. 마실 걸 드릴까요?"

클라라가 벌써 프로세코 와인 잔이 놓인 쟁반을 들고 이리저리 돌아다니며 손님들에게 말을 붙이는 데 재미 들린 것처럼 보이는 카트야를 가리키며 물었다.

"네!"

"아뇨!"

두 사람이 동시에 대답했다. 클라라는 두 사람을 번갈아 쳐다보았고 세 사람은 동시에 어색한 웃음을 터뜨릴 수밖에 없었다.

"잠시만 기다려주세요."

클라라가 그렇게 말하며 카트야에게 윙크해 보였다.

"아, 그보다, 음, 초대해 주셔서 감사합니다."

클라라가 스벤 레만과 그의 동료 직원에게 건넬 프로세코 와인을 쟁반에서 집어 드는 동안 레만이 겸연쩍게 말했다.

"천만에요. 소개해드릴게요. 여기는 제 친구이자 임시 사업 파트너인 카트야 알베르스입니다. 카트야, 이쪽은 힐케 슈나이더 씨랑 스벤 레만 씨야."

"그 멋진 기사를 써주신 분들이군요?"

카트야가 곧장 대화를 주도했다. 곧이어 앤디가 끼어들었고, 네 사람은 수다에 빠져들었다. 클라라는 그 틈에서 가벼운 잡담을 나눌 마음이 없었다. 다른 손님들에게도 신경을 써야 했다.

손님들은 클라라가 여태까지 생각해본 적 없는 질문을 던지며 그녀의 혼을 쏙 빼놓았다. 예를 들어, 아이디어를 어디에서 얻었는지, 몇 살 때부터 그림을 그리기 시작했는지, 뤼네부르크의 풍경을 소재로 한 그림으로 만든 달력이

나 커피잔은 없는지, 그림 카탈로그는 없는지, 회화 수업은 언제 시작할 것인지 같은 것들이었다.

한 시간쯤 후 힐케가 클라라에게 다가와 그림을 한 점 사고 싶은데 가격표가 붙어 있지 않다고 말했다. 얼마 후 두 사람은 적절한 금액에 동의했고, 그것은 클라라가 애초에 생각했던 것보다 훨씬 높은 수준이었다. 반면 힐케 슈나이더는 아주 저렴한 가격에 원하는 그림을 구해 대단히 기뻐하는 모습이었다.

"정말 기분 좋게 집에 돌아갈 수 있겠어요."

힐케가 그렇게 말하며 클라라에게 진심 어린 미소를 보였다. 그리고 뜻밖의 말을 덧붙였다.

"그보다, 제가 아까 거짓말을 했어요."

힐케는 장난기 어린 시선으로 아직까지 앤디와 카트야와 열정적으로 수다를 떨고 있는 스벤 레만 쪽을 힐끔 쳐다보았다. 무슨 일이 벌어질지 예상한 클라라는 사뭇 긴장되어 몸이 떨렸다. 앞으로 5초 이내에 이 쓸데없이 매력적인 여자가 클라라에게 그녀와 스벤 레만이 그저 동료일 뿐만 아니라 서로 사랑하는 사이이며 그녀는 이미 임신 7주차이고 곧 사랑하는 스벤과 결혼할 것이라고 고백하겠지.

"네?"

클라라가 불안한 목소리로 물었다.

"제가 클라라 씨의 그림을 좋아하는 건 사실이에요. 하지만 당신의 가장 큰 팬은 제가 아니라 다른 사람이거든요."

힐케 슈나이더는 웃으며 그렇게 말하고는 다시 한 번 의미심장한 눈길로 스벤 레만 쪽을 쳐다보았다. 그리고 정중하게 작별인사를 건넸다. 물론 클라라에게 친근하게 윙크하며 미래의 모든 일들이 다 잘 되기를 바란다고 전하는 것을 잊지 않았다. 클라라는 조금 혼란스러운 상태로 스벤 레만에게도 작별인사를 하기 위해 힐케를 따라갔다.

"힐케 씨는 이제 가신대요."

클라라는 자신의 목소리에 서린 불확실함이 다른 사람들의 목소리에 가려 보이지 않길 바랐다. 힐케 슈나이더는 벌써 자신이 구입한 그림을 가게 밖으로 옮기고 있었고 카트야와 앤디는 조용히 몸을 돌려 각자의 프로세코 와인을 가지러 갔다.

"사실 우리가 다시 만날 때는 조금 다른 상황을 상상했거든요."

스벤이 솔직하게 말했다.

"그래요? 제가 여쭤도 된다면, 어떤 상황이죠?"

"뭐, 예를 들자면 주변에 사람이 더 적은 상황?"

"그 말은, 다시 한 번 만나는 데 관심이 있다는 뜻인가요?"

"제가 안 그럴 것 같았나요? 제 기억으로는 제 태도가 꽤 확고했던 것 같은데요."

"하지만 확실하게 말하지 않으셨잖아요."

"알겠어요. 그럼 확실하게 말하죠."

스벤은 자신이 방금 내뱉은 말을 믿을 수 없었다.

"제안하실 게 있나요?"

클라라는 자신이 방금 내뱉은 말을 믿을 수 없었다.

"개인적으로 한번 만납시다."

"좋아요. 그러면 다음 주 금요일, 지난번에 만났을 때와 같은 시간에 역에서 만나서, 똑같은 가게에 가서, 똑같은 파스타 메뉴를 먹고 똑같은 피노 그리 와인을 마시는 건 어때요? 다만 이번에는 저도 술을 마실 거고, 질문도 할 거예요!"

"그건 약속인가요, 아니면 협박인가요?"

스벤이 그렇게 말하며 웃음기를 머금은 눈길로 클라라를 바라보았다.

"둘 다요!"

두 사람은 함께 웃으며 작별인사로 악수를 나눴다. 일반적인 악수라기에는 간질거리고 따뜻한 감촉이 2초 정도 더 길게 지속된 접촉이었다. 클라라 생각에는 그랬다.

스벤

금요일 저녁, 스벤은 뱃속이 계속 간질거리는 탓에 벌써 그다지 깨끗하지 않은 기차 화장실로 도망치듯 들어갔다. 벌써 세 번째였다. 차장의 안내에 따르면 다음 역이 뤼네부르크였지만 도저히 참을 수가 없었다.

거울을 바라보며 스벤은 후드 티셔츠 말고 셔츠를 입는 편이 더 낫지 않았나 생각했다. 하지만 힐케는 클라라라면 거만해 보이는 사무직 남성보다 편안해 보이는 남성을 선호할 거라고 호언장담했다. 힐케는 심지어 스벤의 애프터 셰이브 로션 향까지 맡아보고 그대로 가도 좋다고 허락했다. 스벤은 그때까지 힐케가 자신이 애프터 셰이브 로션을 사용한다는 것을 안다는 사실조차 몰랐다. 이제 와서는 혹시 로션을 너무 많이 사용한 건 아닌가 하는 의문이 들었다.

클라라가 테이블의 맞은편에 앉아 있는 모습을 상상하는 것만으로도 초조해졌고, 절대 이런 감정을 들켜서는 안 되겠다고 새삼 생각했다. 가장 좋은 방법은 클라라가 껌뻑 넘어갈 칭찬부터 시작하고 그가 그냥 정신이 나간 게 아니라 클라라의 매력에 사로잡혀 있다는 점을 분명히 보여주는 것이다.

클라라

클라라는 떨리는 다리로 기차역에 서서 그와 만나기로 약속한 것이 정말 현실인지 생각했다. 그 사이 나눈 문자 메시지도, 이메일도, 전화도 없었다. 일요일 이후 클라라가 스벤 레만과 프로세코 와인을 몇 잔 나눈 뒤 만날 약속을 정했다는 사실을 뒷받침할 아무런 일도 일어나지 않았다.

곧 함부르크발 열차가 들어온다는 안내 방송이 울려 퍼졌다. 모든 것이 지난번과 똑같았지만, 단 한 가지 다른 점이 있다면 지금 클라라는 초조할 뿐만 아니라 정신이 나가 버릴 정도로 흥분한 상태라는 것이었다. 자신의 내적인 면은 물론 외적인 면이 어떤 평가를 받을지 걱정스러웠다.

클라라는 벌써 다섯 번이나 카트야에게 오늘 저녁 약속에 청바지와 수수하고 편안한 상의를 입고 가도 될지 확인을 받았다. 카트야는 전화로 스벤 레만은 자연스러운 치장을 좋아하는 사람 같으니 화장은 반드시 은은하게 하라고 엄포를 놓았다. 카트야는 이어서 꼭 높은 굽의 구두를 신으라고 말했다. 혹시 굽이 낮은 구두를 신고 키스라도 하게 되면 낮은 클라라의 입술이 겨우 그의 목젖에나 닿을 거라고 덧붙이기도 했다.

그 모습을 상상하는 것만으로도 클라라의 심장은 두 배

나 빠른 속도로 뛰었다. 다른 상황은 더이상 떠올리고 싶지 않았다. 클라라는 마음을 가라앉히려고 재빨리 벤에게 보낼 문자를 작성했다. 그렇지 않으면 그 자리에서 주저앉아버릴 것 같았다.

벤, 당신은 언제나 내 마음속에 있을 거야. 무슨 일이 일어나더라도. 약속할게!

클라라는 눈을 감은 채 갓 내린 커피 향을 천천히 만족스럽게 들이마셨다. 몸이 푹 잠길 정도로 포근한 소파 위에서 기지개를 켜고 온몸을 가득 채운 나른함에 모든 걸 내맡겼다. 오늘은 주말일 것이다.

세상에! 대체 왜 커피 향이 나고 커피머신 돌아가는 소리가 들리는 거지? 주방에서 부스럭거리는 소리가 들릴 이유가 없는데. 뱃속에서부터 느껴지는 이 이상한 기분은 뭘까? 마치 그녀의 인생이 흑백에서 컬러로, 그녀를 둘러싸고 있던 냉기가 온기로 바뀐 것만 같은 기분이었다. 가장 먼저 든 생각은 이것이었다. 왜 이렇게 머리가 깨질 것 같지?

아마도 아주 늦은 시간에 자신의 집으로 함께 돌아온 다음 스벤과 함께 따서 마신 불룩한 병에 든 피노 그리 와 인 여러 병과 샴페인 한 병 때문이리라.

클라라는 어제 저녁과 지난밤의 가장 아름다운 순간들 이 슬로우 모션처럼 흘러 지나가도록 했다. 기억의 파편들 이 전부 그대로 재현된 걸까? 아니면 어느 시점엔가 끔찍 하리만치 곤혹스러운 일이 발생한 걸까?

내가 혹시 벤에 대한 이야기를 했을까? 그 생각이 들자 클라라는 번개같이 몸을 일으켰다. 다만 분명히 기억하건 대 클라라는 혹독하고 여전히 일상의 많은 측면에 실재하 는 자신의 과거에 대해 애매하게 암시했을 뿐, 암울한 인 생 이야기로 스벤에게 우울함을 전염시키지는 않았다.

클라라는 지금도 술집에서 마지막으로 화장실에 갔을 때 거울을 보며 스스로에게 미소 짓고 불분명한 목소리로 웅얼거리며 스벤을 절대 집으로는 데려가지 않겠다고 혼 잣말로 다짐하던 자신의 모습을 선명하게 기억한다.

하지만 어찌된 영문인지 잠시 후 두 사람은 역 방향이 아니라 클라라의 집 방향으로 걷기 시작했다. 클라라는 혹 시 벤에 대해 알 수 있는 물건이 남아 있는지 집 안의 모 든 방을 재빨리 마음속으로 훑었다. 대부분의 기억들은 서 랍이나 찬장, 상자 안에 들어 있었다. 다만 침실만이 기억의 신전으로 남아 존재감을 드러내고 있었다. 침대 옆 탁자 위에는 벤의 사진이, 보드판에는 압정으로 고정된 벤의 노래 가사가, 침대의 왼편에는 아직 세탁조차 하지 않은 벤의 티셔츠와 이불이 있었다. 모든 것들이 스벤과 끝까지 가지 않고 그를 그냥 소파에 재우는 편이 낫겠다는 생각을 뒷받침했다.

부엌에서는 아직도 달그락거리고 쟁그랑거리는 소리가 들렸지만 스벤이 클라라를 깨우지 않기 위해 무던히 노력하는 듯 그다지 큰 소음은 아니었다. 클라라는 이대로 스벤에게 다가가 그를 뒤에서부터 부드럽게 껴안아야 할지 아니면 놀래야 할지 알 수 없었다.

클라라는 담요를 코 위까지 올려 덮고는 눈을 감고 누군가가 곁에 있다는 감각을 즐겼다. 밤새 그 사람과 함께 있었다는 감각도. 성마른 긴장과 묘한 친밀함이 뒤섞인, 그저 환상적인 시간이었다.

먼저 두 사람의 손이 테이블 위에서 우연히 스치나 싶었다. 그 다음 두 사람이 소파 위에서 서로를 끌어안았을 때는 그들을 붙잡고 있던 무언가가 끊기는 기분이었다. 그런 힘이 존재하는지조차도 클라라는 몰랐었다. 클라라는 기꺼이 스벤에게 자기 자신을 온전히 맡기고 누군가로부터 열망당하면서 동시에 보호받는다는 경이로운 기분을 진심으로 만끽했다. 그러나 그날 밤 그녀에게 훨씬 소중했던 경험은 줄곧 그의 곁에 있다는 편안함과 목덜미에 닿는 그의 잔잔한 숨결을 느낀 것이었다. 두 사람이 소파 위에서 몸을 꼭 붙이고 이른 새벽 어느샌가 잠들 때까지.

스벤

역에서 집으로 돌아오는 내내 클라라와 그녀의 반짝이던 눈, 그리고 그의 감각을 자극하던 클라라의 열기를 떠올리던 스벤의 머릿속에 갑자기 다비드가 나타났다. 불과 며칠 전까지만 해도 스벤은 친구인 다비드가 여자 한 명을 만난 걸 가지고 그토록 극적인 감상을 늘어놓는 모습을 보고 그가 미쳤다고 생각했었다. 그리고 바로 그 일이 스벤 자신에게 일어난 것이다.

'그녀에게 완전히 빠져버렸어.' 얼마 전까지만 해도 도무지 상상할 수 없던 모든 일들이 단숨에 구체적이고 쉽게 일어날 수 있는 일들이 되어버렸다. 다른 선택지라고는 존재하지 않는 길 하나만이 눈앞에 그려진 기분이었다.

스벤은 사실 뤼네부르크에 도착하자마자 클라라를 침

대로 데려가고 싶었고, 그녀와 자는 모습을 상상하는 것만으로도 깊은 곳에서부터 열망이 끓어올랐지만, 클라라가 그녀 자신은 물론 스벤의 감정까지 다독인 방식이 사랑스럽다고 생각했다.

클라라와는 반대로 스벤은 클라라가 내뱉는 모든 말, 모든 행동, 모든 미소를 전부 흡수하고 싶다는 욕구를 느꼈다. 클라라에 대해 떠올렸던 모든 판타지를 차례로 생생한 실제가 되도록 만들겠다는 듯이. 스벤은 이미 클라라의 사려 깊은 태도에서 그녀가 자신을 신뢰하고 있다고 느꼈음에도 클라라의 행동을 아주 가까이에서 관찰하고 그녀와 스킨십을 하며 두 사람이 함께 만들어갈 새로운 세상을 자세하게 알아가고 싶었다. 클라라가 몸을 사리고 주춤거릴수록 그녀의 모든 것을 경험하고 싶다는 스벤의 충동은 더욱 강해졌다.

어제 두 사람은 각자의 과거에 대해서는 말을 아꼈다. 스벤은 경솔한 말을 내뱉지 않으려고 애썼다. 다만 클라라가 스벤에게 보냈다고 생각하고 있는, 하지만 사실은 알토나 역에서 만난 돈 밝히는 청소년의 휴대전화로 보낸 문자 메시지에 얽힌 오해는 그럭저럭 풀 수 있었다. 클라라는 스벤의 말을 믿는 것처럼 보였다. 스벤은 클라라로부터 어렵게 얻은 신뢰를 잃고 싶지 않았다. 그래서 그 휴대전화는 외부 약속을 잡을 때만 사용하는 업무용 휴대전화이며, 평소에는 착신을 무시한 채 기기를 책상 서랍에 처박아둘 뿐이라고 둘러댔다. 클라라가 곧바로 스벤의 개인적인 휴대전화 번호를 묻지 않은 게 스벤에게는 행운이었다. 만약 두 사람이 소파 위에 앉아 분위기 있고 로맨틱한 시간을 보낼 때 클라라가 번호를 물어왔다면, 스벤은 어째서 곧장 번호를 알려줄 수 없는지 그럴싸한 핑계를 찾아내지 못했을 것이다.

물론 그렇다고 계속해서 사실을 숨길 수는 없다. 다음 주 금요일, 함부르크에서 만나기 전까지 스벤은 클라라에게 완곡하면서도 솔직하게 모든 사실을 밝히고 두 사람 사이에 어떠한 비밀도 남아 있지 않도록 만들 방법을 생각해내야 했다.

굳은 결심을 품고 스벤은 서둘러 집으로 향하는 계단을 올랐다. 방의 한쪽 구석에 재킷을 벗어 던지려는 찰나, 휴대전화가 울렸다. 처음에는 참을 수 없는 웃음이 지어졌지만, 클라라가 보낸 메시지를 읽는 동안 스벤은 침을 꿀꺽 삼킬 수밖에 없었다.

벤, 난 정말 행복하지만 마음 한구석이 불편한 시간을 보내고

있어. 나는 지금 다른 사람과 사랑에 빠지려고 하고 있지만,
절대 당신을 잊지 않을 거야!

어제 저녁이 점점 멀어질수록 그리고 스벤과 클라라 사이의 물리적인 거리가 점점 벌어질수록 스벤의 마음속에서는 점점 더 큰 의심의 싹이 자랐다. 만약 클라라가 사실을 견디지 못한다면? 스벤이 클라라에게 모든 일을 고백했을 때 그녀가 공허한 눈으로 그를 바라본다면? 애초에 스벤이 어떤 감정에 빠진 것이 맞긴 한 걸까? 두 사람이 함께 아침 식사를 하면서도 분명하게 느꼈던 호감이 그 혼자만의 희망적인 망상이라면?

스벤은 몇 번이고 문자를 다시 읽었다. 그는 불안한 마음을 안고 오늘 내로 클라라에게 전화해서 모든 사실을 설명하겠다고 마음먹었다.

커피를 끓이려고 부엌으로 이동하는데 집 전화기가 울렸다. 스벤의 아버지 외에 굳이 집 전화로 연락하는 사람이 없다. 대부분은 휴대전화나 이메일을 보낸다.

스벤은 전화기 액정을 확인했다. 뤼네부르크 지역번호를 확인한 순간, 스벤은 심호흡을 하고 수화기를 든 다음 기쁜 목소리로 말했다.

"안녕, 내 여신!"

"흠. 여신이라니, 누구를 말하는 거에요?"

편안한 목소리가 미심쩍은 말투로 물었다.

"내가 이렇게 인사할 사람은 이 세상에 한 여자밖에 없잖아요."

"그렇다고 치죠, 뭐. 이번에는 당신을 믿을게요. 하지만 알게 뭐야?"

클라라가 비꼬듯이 말했다.

"어쩌면 당신이 이중생활을 하고 있는지…."

"내가 왜 그런 짓을 하겠어요? 켕기는 게 있으면 당신을 우리집으로 초대하지도 않았겠지."

"알겠어. 이번엔 당신이 이겼어요. 그런데 도대체 왜 당신 휴대전화 번호를 물어보라는 거야?"

"왜냐면 내가 당신한테 내 모든 비밀을 한꺼번에 알려주지는 않을 거거든. 당신이 직접 한 번에 하나씩 알아가야 돼요."

"그러니까 그 이유가 뭔데요?"

"자연스러워야 하니까. 처음에는 간지러운 키스를 하고, 그 다음에는 부드럽게 목을 주무르고, 애정어리고 다정한 말을 속삭이고…."

"알았어, 알았어. 놔두면 계속 말하겠다."

"그럼, 당연하죠."

스벤은 절로 웃음이 나왔다.

"어제는 정말 즐거웠어요."

"나도."

클라라가 수화기에 대고 한숨을 쉬듯이 대답했다. 그리고 물었다. "뭘 그렇게 부스럭거려요?"

"지금 커피를 끓이려던 중이거든. 우리집에 와요. 커피 한 잔 줄게."

"다시 또 시작하지 마. 당신도 알잖아요. 내가…."

"당신이 일 때문에 눈코 뜰 새 없이 바쁘다는 거. 내가 도와줄 일이 있을까?"

"에이, 무슨 소리에요. 당신이 벌써 기사를 써줘서 나한테 얼마나 도움이 됐는데. 그리고 앞으로 우리가 만나면서 더 좋은 일이 생길 테고요."

스벤은 또 다시 만족스러운 미소를 지었다. 가장 좋아하는 컵을 집어 들고 그 안에 커피를 부은 다음 우유를 조금 넣고 소파에 앉아 클라라의 목소리와 함께 커피를 마시며 진심으로 즐거운 시간을 보낼 생각이었다.

클라라

너무 오랜 시간 통화를 한 나머지 클라라의 귀가 뜨거
웠다. 원래는 스벤에게 간단한 안부 인사만 한 다음 아틀
리에에서 끝마쳐야 할 일을 전부 처리할 생각이었다.

카트야가 스벤에게 전화하라고 야단이었다. 그리고 전
화를 마친 클라라는 자신의 생각이 더 확고해졌다고 느꼈
다. 이 남자는 진심이었다!

벌써 일요일도 절반이 지나갔고, 클라라는 도무지 집중
할 수가 없었다. 일단 조금 오래 걸은 다음 조부모님 집에
들러야겠다고 곧장 마음먹었다.

너무 많은 생각을 정리해야 했다. 클라라는 머릿속 세상
을 구석구석 둘러본다면 그 안에서 들썩이는 혼돈을 혼자
서는 잠재우지 못할 것 같은 기분이었다. 어디에나 스벤이
숨어 있었다. 불과 며칠 전까지만 해도 암담하고 절망적으
로만 보였던 온갖 일들이 단숨에 정리되었고 클라라는 그
토록 어둡고 온몸을 얼어붙게 만드는 감정이 존재했다는
사실조차 아득하게 느꼈다. 지금은 무지갯빛으로 반짝이
는 영화 속에서 주인공을 연기함과 동시에 스스로 관객이
되어 편안하고 느긋한 마음으로 즐기며 관람할 수 있을 것
만 같은 기분이었다.

요즘은 카트야도 줄곧 진실하고 순수한 사랑은 오히려 조용하고 잔잔하게 드러난다고 말한다. 그러면서 아주 좋은 예시를 하나 늘어놓았다. 지금 앤디 덕분에 온 세상이 핑크빛으로 보이는 반면, 자신의 내면은 인생에서 처음으로 안정을 찾았다는 것이다. 조용하면서도 영롱하고 아름답다고. 자신만의 평화를 찾은 기분이라고 했다.

클라라는 처음에 카트야가 무슨 말을 하는지 이해하지 못했다. 카트야가 로베르트와 나눴던 감정의 혼란과 현재 앤디와 보내고 있는 나날이 대체 어떻게 다르다는 것인지 납득하지 못했다. 카트야의 이번 연애도 예전처럼 빠르게 지나갈까? 카트야가 로베르트의 아내의 존재를 뒤늦게나마 알고 나서 곧 벌어질 이별을 단도직입적으로 전달한 즉시 로베르트는 연인으로서의 자격을 박탈당했다. 그전까지 카트야는 아무것도 모르고 있었다. 이는 그녀에게 매우 중요한 일이었다. 고뇌에 찬 시간을 몇 주나 보내고 난 뒤에야 끝없는 공포보다는 낫지만 여전히 끔찍한 끝이 찾아왔고, 그제야 카트야는 마음이 가벼워졌다. 그 이후 카트야는 확신을 얻었다.

시간이 지나면서 클라라 또한 카트야가 말하는 새로운 삶의 기쁨이 무슨 뜻인지 이해하게 되었다. 얼마나 변한 것인지 카트야는 심지어 얼마 전에 클라라와 전화 통화를 하다가 스치는 말로 '아이에 대한 소망'을 언급하는 지경에 이르렀다. 스벤과 함께 보냈던 밤에 대해 설명하기 바빴던 클라라는 친구가 한 말의 의미를 지금에야 새삼 깨달았다.

클라라는 할머니에게 새로 사귄 남자 친구의 존재를 알려야 할지 고민했다. 하지만 아직은 때가 아닌 것 같았다. 어차피 할머니는 곧 스벤과 만나게 될 것이 분명하다고 클라라는 생각했다. 그리고 모든 일들이 지금 느껴지는 감정처럼 계속해서 아무런 장애물을 마주치지 않고 물 흐르듯이 진행된다면 그 순간은 머지않아 올 것이 확실했다. 클라라는 조급해하지 않았다. 그녀는 모든 일의 중심이 자신이 되기를 바랐다. 인생의 대부분이 좋아지리라는 기대를 다시 한번 믿어본다는 기분만으로도 클라라는 깊은 곳에서부터 고마움이 차올랐다.

스벤

요리가 이렇게 재미있는 일인 걸 왜 여태 잊고 살았지? 스벤은 그렇게 생각하며 오븐구이 토마토에 넣을 속의 맛을 보았다. 클라라가 도착하면 스캄피와 바게트, 샴페인 그리고 토마토 요리를 함께 선보일 것이다. 도시의 반짝이는 야경이 한눈에 내려다보이는 지붕 위 테라스에는 이미 작은 초를 켜두어서 클라라가 따뜻하고 편안하며 환영받는 기분을 느끼도록 해두었다.

그보다 스벤은 서둘러야 했다. 몇몇 물건들은 숨기거나 없애야 했다. 방구석에 굴러다니는 양말, 침대 옆 테이블에 놓은 플레이보이 잡지, 세면대 위 치약자국 등. 클라라가 그의 집에서 밤을 보낼 것이 분명했기 때문이다.

지난 일요일부터 그녀와 전화통화를 하며 나눈 모든 대화에 그런 뉘앙스가 담겨 있었고 그래서 스벤은 이번 만남을 목이 빠져라 기다리고 있었다.

클라라가 제 시간에 도착해서 예상과 달리 주차할 자리를 곧바로 찾는다면 5분 안에 공동 현관문 초인종을 누르고 1분 후에는 집까지 올라올 것이다. 혹시나 클라라가 주차 공간을 찾지 못할까봐 테라스에서 내려다보며 참견을 좀 해볼까 하던 찰나, 그의 집 현관문 초인종이 울렸다.

몸 밖에서도 느껴질 정도로 세차게 뛰는 심장을 안고 스벤은 빠른 걸음으로 현관까지 다가간 다음 힘차게 문을 열었다. 그의 앞에 무릎길이의 여름 치마와 청재킷을 입은, 이루 말할 수 없이 아름답고 생동감 넘치는 클라라가 서 있었다. 청재킷 안으로 몸에 달라붙는 밝은 녹색 셔츠가 보였다. 파인 목 부분으로 그녀의 매력적인 목과 쇄골

부분이 드러났다.

"와우!"

스벤이 클라라에게 안으로 들어오라고 손짓하며 말했다.

"와우!"

클라라가 스벤의 집 안으로 들어서며 말했다.

"당신 취향이 이렇게 좋을 줄 몰랐어."

클라라는 스벤에게 미소 지으며 그의 입술에 짧은 순간 부드럽게 입 맞췄다. 스벤은 지금 이 순간을 완벽한 현실로 만들어 더욱 강렬하게 느낄 수 있도록 시간을 멈추고 싶은 심정이었다. 하지만 곧 애써 자연스러운 태도로 반응했다.

"내 취향이 이렇게 좋지 않았으면 당신이 내 머릿속에서 그렇게 돌아다니지도 않았겠지."

클라라가 수줍게 웃었고 스벤은 그녀가 자신의 매력을 더 돋보이게 하려고 그러는 것인지 아니면 정말로 칭찬을 들어 당황한 것인지 알 수 없었다. 스벤은 그녀에 대해 더 많이 알아내고 아직 해결되지 않은 모든 문제들을 한 단계씩 파헤치고 싶다는 충동을 느꼈다.

"게다가 당신 취향이 별로였으면 이렇게 맛있는 음식 냄새가 나지도 않았겠지."

클라라가 그렇게 덧붙이며 호기심 가득한 눈으로 주변을 둘러보았다. 스벤은 클라라의 재킷을 받아들고 그녀의 손을 잡아 자신의 왕국을 통과한 다음 음식이 늘어선 테이블이 놓인 테라스로 이끌었다.

"당신도 배고플 것 같은데."

스벤이 초조함을 감추며 물었다. 클라라는 쑥스러운 시선을 스벤에게 건넨 다음 대답했다.

"배는 고파. 하지만 솔직히 말하자면 지금 뭔가를 먹기에는 조금 긴장한 상태예요."

클라라는 스벤에게 한 걸음 다가와 그를 뚫어져라 쳐다보았다. 그녀의 두 눈을 보자 스벤은 마음 속 깊은 곳에서부터 빨리 그녀를 안고 싶다는 감정을 느꼈다. 스벤은 미소 지으며 클라라에게 자리에서 움직이지 말라는 손짓을 해보였다. 그런 다음 차갑게 식혀둔 샴페인을 가져오려고 서둘러 부엌으로 사라졌다. 테라스로 돌아오던 스벤의 눈에 턴테이블 옆에 놓인 핑크 플로이드의 앨범 커버가 들어왔다. 재빨리 그것을 숨긴 다음 단순하고 잔잔한 피아노 연주곡을 틀었다. 곧장 클라라에게 다가간 그는 드디어 그녀를 품에 안고 속삭였다.

"이리 와."

스벤은 한 손을 클라라의 목에 둘러서 그녀가 잠시 동

안 그의 가슴에 머리를 기대게 했다. 다시 고개를 든 클라라는 그에게 천천히 그리고 깊게 키스했다.

두 시간쯤 지나 두 사람이 수많은 입맞춤을 나눈 뒤에는 샴페인 병도 비워졌다. 다시 데운 스캄피도 게 눈 감추듯 깨끗이 사라졌다. 스벤은 클라라에게 정성 어린 음식을 대접하기 위해 온 힘을 기울였다. 클라라는 연이은 질문에 차례차례 착실하게 답할 때마다 상품이라도 받듯이 음식을 먹었다. 그러면서도 오늘 같은 밤에는 과거를 돌아보기보다는 미래를 바라보고 싶다고 몇 번이고 강조했고, 이번에는 스벤이 그녀의 질문에 답해야 할 차례라고 말했다.

스벤은 집 안으로 들어가 담요와 화이트와인 한 병을 갖고 다시 테라스로 돌아온 다음 의자의 다리받침 부분을 위로 올리고 등받이를 최대한 뒤로 눕혔다. 그리고 클라라에게 그 자리에 누우라고 손짓하고 그녀의 몸 위에 담요를 덮어주었다.

"짠! 천문대에 오신 걸 환영합니다."

스벤이 신이 나서 자랑하듯이 말했다.

스벤은 클라라의 옆에 딱 붙어 앉아 담요 아래로 미끄러져 들어간 다음 팔을 벌려 클라라를 끌어안았다. 클라라가 몸을 기대자 스벤이 말을 이었다.

"당신한테 묻고 싶은 게 저 하늘의 별만큼 많아."

스벤은 클라라가 살짝 물러나 미심쩍다는 눈길로 그를 바라보고 있다는 걸 눈치 챘다.

"알겠습니다. 질문 계속하시죠, 스타 기자님. 대신 질문을 받고 솔직하게 대답할지 여부는 내가 결정할 거야. 그리고 질문 하나가 끝나면 우리가 역할을 바꿔야 해!"

"알겠어. 시작은 나부터야."

스벤이 말했다.

"존경하는 좀머펠트 씨, 도대체 왜 개인적인 삶에 대한 흥미로운 세부사항을 밝히지 않는 건지 팬 분들께 설명해주시겠습니까?"

클라라가 고민하는 척하더니 빈정대는 말투로 대답했다.

"글쎄요. 성공한 예술가라면 자고로 영감을 주는 아우라에 둘러싸여 있기 위해서 비밀을 유지해야 하는 법이죠."

초연한 미소를 지은 클라라가 말을 이었다.

"그러는 당신은요? 가면 뒤에 숨은 거짓말쟁이 씨? 도대체 왜 과거에 대한 자세한 이야기를 터놓지 않으시는 거죠?"

스벤은 헛기침을 하고 대답 대신 웃긴 헛소리를 할 생각에 머리를 굴렸다. 하지만 이제야말로 클라라를 필요 이

상으로 오랫동안 속이지 않겠다고 다짐한 자신과의 약속
을 떠올려야 할 때였다. 그리고 오히려 클라라가 자신의
이야기를 속 시원하게 털어놓을 수 있도록 용기를 북돋고
싶었다. 클라라는 사랑하는 사람을 잃었다는 중요한 경험
을 혼자서만 삭혀야 한다는 잘못된 수치심을 가져서는 안
된다. 그래서 스벤은 사실만을 말해야겠다고 마음먹었다.

"일단 난 거짓말쟁이가 아니고 중요한 연애사는 내가
신뢰하는 사람들하고만 상담하는 사람이야. 그렇기 때문
에 당신한테 지금 고백하는데, 난 사랑에 무척 실망한 적
이 있어서 사랑에 대한 믿음을 거의 다 잃은 상태였어. 첫
번째 질문에 대한 답은 이걸로 충분할 것 같은데. 그럼 이
제 다시 내 차례야. 당신한테 그림은 어떤 의미야? 그 그
림들이 말하고자 하는 바는 뭐야?"

클라라가 몸을 살짝 일으키자 스벤은 자신이 너무 앞
서 나간 것은 아닌가 싶었다. 조금 더 신중하게 다가가야
했다.

"내 그림들은 나한테는 무엇보다도 희망을 뜻해. 더 깊
은 의미가 있는, 괜찮은 삶을 살아야 한다는 모든 발버둥
에 대한 희망. 하지만 바로 얼마 전에 내 삶에서 송두리째
사라져버린 희망…. 자, 그럼 이제 다시 내 차례야. 당신은
어디서 희망을 얻어?"

스벤은 웃을 수밖에 없었다. 그 질문에는 답이 하나뿐이기 때문이다. 바로 클라라라는 답이다. 하지만 스벤은 클라라에게 더 많은 정보를 주고 싶었다.

"아까 말했듯이 나도 희망을 거의 잃은 상태였어. 그런데 당신이 내 삶에 걸어 들어온 이후로 나는 여태까지 그런 게 존재하는지도 몰랐던 생동감을 느끼고 있어."

"그래?"

클라라가 대답했다.

"당신이 그렇게까지 희망을 잃고 살았던 것 같진 않은데. 지금처럼 묻고 대답하기 놀이를 하는 것만으로도 당신을 신나게 만들 수 있잖아."

클라라가 능숙한 방식으로 칭찬을 유도해내려고 한다는 걸 스벤도 잘 알았다. 클라라가 무슨 말을 듣고 싶어 하는지도 알았기 때문에 그녀의 애교가 마음에 들었다. 칭찬하는 것 또한 어려운 일이 아니었다. 하지만 그는 모처럼 손에 넣은 기회가 제대로 빛을 보기도 전에 지워지도록 두고 싶지 않았고 지금의 꿈같은 상황을 모조리 수포로 되돌릴 또 다른 거짓말을 하는 데 시간을 허비하고 싶지도 않았다.

"난 당신이 생각하는 것보다 훨씬 오래전부터 당신이 보내는 신호를 듣고 있었어."

스벤이 조심스럽게 말을 꺼냈다. 그는 지금이야말로 클라라에게 모든 것을 털어놓을 기회라고 생각했다. 마침내 클라라에게 그녀가 얼마나 오랫동안 그리고 얼마나 강렬하게 그의 삶 속에 존재했는지 말할 수 있게 된 것이다.

"그러니까, 말하자면…, 내가 당신한테…, 아니, 정말 진심으로 하는 말이야. 난 당신한테 반했어. 우선은 당신의 감상적인 천성에, 그러니까 나를 감동시키는 말을 하는 당신의 능력에 반했어."

클라라가 그의 얼굴을 쓰다듬고는 행복하다는 미소를 지어 보였다. 클라라의 태도에 자신감을 얻은 스벤은 말을 이었다.

"당신의 순수한 가벼움도 사랑해. 그 생동감 넘치는 경쾌함 말이야. 당신이 그림을 그리거나 글을 쓸 때…, 그나저나 그 사샤라는 이름 말이야. 어떻게 생긴 이름이야? 그게 너무 궁금해서 미칠 것 같았어."

스벤은 진실로 가는 첫 번째 허들을 뛰어넘었다는 생각에 조금 가벼워진 마음으로 말했다. 클라라가 갑자기 몸을 벌떡 일으켰다. 눈이 빛나고 있었다. 하지만 스벤은 그녀가 왜 그렇게 격렬한 반응을 보이는지 이해할 수 없었다.

"왜 그래? 내가 이상한 말이라도 했어?"

그 순간 클라라가 온몸을 부들부들 떨기 시작하더니 신

발을 찾아 고개를 두리번거렸다.

"클라라, 말 좀 해봐. 도대체 왜 그래?"

클라라가 입가를 떨며 차가운 시선과 함께 속삭였다.

"그 이름을 어떻게 알았어?"

스벤은 마치 번개에 맞은 것 같았다. 사샤! 이런 멍청한
실수를 하다니! 클라라에게 숨기던 일을 고백하는 순간에
이보다 더 어리석은 선택을 할 수는 없다.

"난…, 들어봐, 난…."

"이 세상에 그 이름을 아는 사람은 없어."

클라라가 쏘아붙였다.

"기자랍시고 내 뒤라도 캔 거야, 뭐야?"

스벤은 더이상 아무 말도 하지 못했다.

"내 비밀을 뒤지고 캐내면서 조금이나마 재밌었으면 좋
았겠네요."

클라라는 자리를 박차고 일어나 거칠게 신발과 가방을
집어 들고 거실 방향으로 달려갔고 반응할 시간을 놓친 스
벤은 뒤에 남겨진 채로 소리쳤다.

"클라라! 클라라, 제발, 기다려줘. 클라라!"

하지만 그녀는 뒤도 돌아보지 않고 현관문을 쾅 닫은
뒤 떠나버렸다.

클라라

집으로 돌아오는 내내 클라라는 도대체 어떻게 이렇게 빨리 함부르크에서부터 뤼네부르크로 돌아올 수 있었는지 의아했다. 심지어 고속도로에서 뤼네부르크 방면으로 정확히 언제 빠졌는지도 기억나지 않았다. 그리고 이제 곧 집에 도착한다. 잔뜩 부은 눈에서는 여전히 눈물이 흐르고 있어서 표지판을 거의 알아보지 못할 지경이었다.

클라라는 절망에 풍덩 빠진 채 이제 뭘 해야 할지 생각했다. 이 진절머리가 날 정도로 끔찍한 밤에, 그보다도 그녀의 삶의 바로 이 순간에. '벤을 산산조각 부숴버린 이런 인생에서 나는 이제 뭘 해야 할까.' 클라라는 속으로 욕을 퍼부었다. 미안함과 안쓰러움은 곧 분노와 혐오로 뒤덮였다.

모든 상황을 저울질하기도 전에 클라라는 충동적으로 차를 몰고 밖으로 나서며 엄마가 집에 있기를 그리고 자신을 위해 시간을 내주기를 바랐다. 엄마의 집 거실에서 불빛이 새어나오는 모습을 보고 마음을 놓은 클라라는 몇 분 후 초인종을 눌렀다.

"클라라, 우리 딸. 무슨 일이니?"

카린이 깜짝 놀라 딸을 바라보다가 얼른 끌어안으며 말

했다.

"엄마, 그냥 다 싫어요! 끔찍한 일투성이예요!"

클라라가 분명치 않은 목소리로 말하며 엄마의 품에 얼굴을 묻었다. 쓰디쓴 눈물이 흘렀다.

"괜찮아, 아가, 다 괜찮아."

카린이 나지막하게 말하며 클라라의 머리를 부드럽게 쓰다듬었다.

"얼른 들어오렴. 라인하르트한테 네가 왔다고 전할게. 그런 다음 네가 가장 좋아하는 차를 끓여주도록 하마. 너는 그냥 기분 내킬 때 차분하게 다 설명해주면 돼. 알겠지?"

고되게 보낸 지난 밤, 엄마와 나눈 속 깊은 대화, 그리고 지난 몇 달 동안 겪은 모든 사건과 끝까지 버텨낸 일들로 피로했던 클라라는 거실 소파 위에서 그대로 잠들었다. 정신을 차리고 보니 신선한 향기가 나는 손님방 침대 위에 누워 있었다.

엄마가 남긴 말들이 아직까지 귓가에 울리는 것 같았지만, 그 말을 더 오래 곱씹을수록 클라라의 내면은 점점 차분해졌다. 잠시 후 그녀는 갑자기 자신을 덮친 운명적인 시련에 대해 숨김없이 말했다. 고집스럽게도 주기적으로 클라라를 덮치는 죄책감에 대해. 새로운 사랑에 큰 희망을 품었지만 허사로 끝난 일에 대해. 그리고 그 희망이 드넓은 바다에서 겨우 건진 아주 작은 구명튜브였던 사실에 대해.

처음에 엄마는 스벤이 클라라를 뒷조사했다는 것이 바로 문제라는 점을 이해하지 못했다. 오히려 엄마는 그 남자가 클라라에게 그만큼 관심이 많다는 뜻이라며 스벤의 행동을 옹호하기까지 했다. 하지만 엄마도 호기심에도 정도가 있다는 점은 인정했다.

클라라는 하마터면 마음의 문을 닫을 뻔했다. 하지만 그랬다면 결국 끝에는 더 외롭고 이해받지 못한다고 느꼈을 것이다. 그 전에 엄마가 먼저 클라라의 마음을 꿰뚫어보고 그녀의 감정을 그대로 느꼈기 때문에 두 사람 사이에는 더이상의 말이 필요 없었다. 카린은 클라라가 다른 사람과 신뢰를 쌓기 어렵다고 생각하는 상황을 점차 이해했다. 스벤이라는 남자가 클라라가 아직도 과거에 얽매여 있다는 사실을 알고서 곧장 어디론가 도망가지 않았음에도 클라라가 그 남자를 신뢰하기 어려운 이유를. 카린은 클라라가 우려하는 게 무엇인지 또한 이해했다. 클라라는 스벤이 그녀와 진심으로 깊은 관계를 맺길 원치 않을지도 모른다고 그리고 그들이 사랑에 빠졌다고 느낀 간지러움이 그저 새로운 일을 시작할 때의 즐거움과 기대에서 생겨난 게 아닐까 걱정하고 있었다.

전혀 오만하거나 거만하지 않은 태도로 엄마가 아주 단순하게 정곡을 찌른 말이 클라라의 마음을 가장 많이 움직였다. 클라라의 근본적인 걱정은 어쩌면 다시는 누군가를 믿을 수 없으리라는 것 그리고 클라라의 막대한 두려움은 감정이 혹사당해 종국에는 무력해지고, 혼자 남아 고독하게 지내야 한다는 것이라고.

'엄마와 엄마의 조언을 어디까지 믿어야 할까' 하고 클라라가 고민하기 시작하던 바로 그때 두 사람의 대화에 새로운 관점이 끼어들었고, 클라라는 그것에 사로잡혀 벗어날 수 없었다.

클라라는 엄마에게 사실 스벤에게 벤과의 일을 전부 설명하기 직전이었다고 설명했다. 스벤이 클라라에게 진심으로 관심을 보인다는 느낌을 가득 안겨줬기 때문이었다. 그 말을 들은 엄마는 클라라에게 스벤에 대해 깊이 아는 게 있냐고 물었다. 그 순간 클라라는 스벤이 희망을 되찾았다고 한 말을 분명하게 떠올렸다. 클라라에게 그렇게 솔직할 수 있었던 건 그가 용기를 냈기 때문이다.

"그러면 그 사람 기분이 지금 어떨지 너도 잘 알겠구나."

엄마는 그렇게 말했다.

"그 사람은 너한테 더 가까이 다가가서 마음을 열어 보이려고 노력한 거야. 그 사람도 나름대로 과거에 겪은 일이나 속에 숨기고 있던 이야기가 있었을 테고, 그걸 너한테 밝힌 거겠지. 그런데 한순간에 네가 아무런 설명도 없이 그의 곁을 떠난 거고."

카린은 누구도 탓하지 않고 중립적인 목소리로, 마치 거울 속 자신에게 내뱉듯이 근본을 파헤치는 말을 전달했다. 그 말을 들은 클라라는 카트야를 떠올렸다. 카트야는 아주 가까이에 누군가를 두는 것을 늘 어려워하던 사람이었다. 그녀는 사랑에 크게 데인 이후 기적적으로 앤디를 만났고, 그는 카트야를 더 참을성 있고 덜 냉소적인 사람으로 만들어주었다.

속죄의 파도가 클라라를 부드럽게 감쌌다. 그 순간 갑자기 카트야의 행복 또한 클라라 자신의 불행이 있었기 때문에 탄생한 것이라는 사실을 깨달았다. 만약 벤이 클라라를 떠나지 않았더라면, 카트야가 억지로 클라라를 다른 남자와 이어주려고 애쓰지도 않았을 테고, 앤디를 만나 사랑에 빠지는 일도 없었을 것이다.

클라라는 어둠 속에서 옅은 미소를 지었다. 스벤이 사샤라는 별명을 도대체 어떻게 알았을지 고민했다. 머릿속에서 집 거실과 아틀리에를 둘러보며 혹시 그가 자신이 잠든 사이, 아니면 다른 데 정신이 팔린 사이에 작은 메모지나 편지나 CD 커버나 다른 어떤 물건이든 뒤져서 별명을 찾아낸 것은 아닐까?

어쩌면 스벤은 클라라가 소위 여러 남자를 어장관리하고 있는지 아니면 신뢰할 수 있는 사람인지 알아보려고 그녀의 휴대전화를 몰래 훔쳐봤는지도 모른다. 그러다가 발신 메시지함에서 벤에게 보낸 문자를 발견했을 수도.

그러나 클라라의 직감은 스벤이 그런 짓을 할 사람이 아니라고 말하고 있었다. 게다가 애초에 클라라의 휴대전화를 뒤질 만큼 그녀와 가까웠던 적도 없다. '그래도 혹시라도 만약에 그가 벤에게 보낸 문자를 읽었다면?' 클라라는 가능한 빨리 스벤에게 모든 것을 털어놓아야 하는 게 아닌가 하는 조급함이 일었다.

이런저런 생각을 마무리하고 나자 마음이 차분해지며 소소한 만족감마저 피어올랐다. 클라라는 내일 아침 일찍 스벤에게 전화해야겠다고 마음먹었다. 무언가 털어놓고 싶을 때면 으레 벤에게 그랬듯이 지금 당장 스벤에게 문자를 보내고 싶었지만, 우습게도 클라라는 아직 스벤의 휴대전화 번호를 몰랐다.

갑자기 기대감이 차올랐다. 혹시 스벤이 클라라에게 먼저 연락을 한 건 아닐까? 알토나에서 첫 정지 신호에 걸렸을 때 꺼둔 휴대전화를 다시 켜서 스벤이 그녀에게 연락했지만 연결에 성공하지 못했다는 사실을 확인해야 할까?

클라라는 엄마와 라인하르트를 깨우지 않으려고 조용히 거실을 가로질렀다. 어둠 속에서 가방을 찾아 휴대전화를 꺼낸 다음 전원을 켜기 전에 심호흡을 하려고 발코니로 나갔다.

떨리는 손가락으로 비밀번호를 누른 다음 통신망에 연결됐다는 화면이 나올 때까지 초조하게 기다렸다. 클라라의 생각이 맞았다. 부재중 전화 세 통과 문자 메시지 한 통이 도착해 있었다.

클라라는 가장 먼저 메일을 열었다. 부재중 전화는 모두 스벤에게서 온 것이었다. 스벤이 인터넷 전화를 사용해 클라라에게 연락하려고 한 것 같았다. 하지만 클라라는 스벤이 문자를 남기지 않았다는 점에는 실망했다. 신경질적으로 문자 메시지함을 열었다.

'이게 뭐지?'

클라라는 눈에 보이는 걸 믿을 수 없었다. 심장이 세차게 뛰다가 터져버릴 것만 같았다.

벤에게서 문자 메시지가 와 있었다.

스벤

휴, 오늘도 잘 달렸다. 강을 따라 1킬로미터를 달리고 난 뒤 집으로 돌아온 스벤은 낮은 한숨을 쉬며 생각했다.

마지막 몇 미터는 설렁설렁 뛰었음에도 계단을 따라 오르기 시작하자 맥박 표시기가 갑자기 큰 소리로 울렸다. 계단 몇 개 정도는 아무리 빨리 오르더라도 맥박이 분당 140회를 넘지 않도록 몸 관리를 더 철저히 해야 할 것 같았다.

지금에 와서야 스벤은 클라라가 그와 그의 몸에 미치는 힘이 얼마나 큰지 객관적인 눈으로 볼 수 있었다. 클라라가 그렇게 사라진 이후 스벤은 그저 억지로 규칙적인 운동이나 할 수밖에 없었다. 오늘 아침에는 그 모든 혼란스러운 기분과 거리를 두고자 일부러 휴대전화를 챙기지 않았다. 그리고 지금, 계단을 한 칸 한 칸 오를 때마다 클라라가 연락을 한 것은 아닌지 하는 기대감에 떨리기 시작했다. 동시에 아무리 운동을 해봐야 클라라를 잊는 데 눈곱만큼도 도움이 되지 않는다는 사실에 화가 났다.

어쨌든 지금은 스벤의 마음이 겨우 가벼워졌다. 클라라에게 세 번이나 전화를 걸었지만 연결되지 않았고, 결국 스벤은 자신의 휴대전화로 그녀에게 메시지를 한 통 보냈다. 아주 오랜 시간에 걸쳐 글을 여러 번 고치고 다듬었다. 몇 주 전에 작성해 저장만 해둔 문자를 기초로 새로운 메시지를 작성했다. 물론 새로운 메시지에는 더 일찍 그것을 보내지 못한 점을 깊이 후회하고 있다는 내용도 담았다. 스벤은 클라라도 그리고 사샤도 놓쳐버리고 말지도 모른다는 걱정에 온몸이 마비될 지경이었다.

메시지를 보내고 난 지금은 어떤 반응이 돌아올지 기다리는 것밖에 할 수 있는 일이 없었다. 그러면서도 마음속으로는 더이상 불필요하게 괴로워하지 않도록 한걸음 물러서서 산산조각 난 감정의 부스러기를 치워야 했다. 이번에는 심장이 완전히 무너지지 않도록 해야 했다.

영원처럼 느껴진 시간을 지나 마침내 현관 앞에 도착하자 스벤은 자신의 움직임을 슬로모션으로 보는 기분이 들었다. 느릿하고 무거운 발걸음을 옮겨 스벤은 식탁 위에 놓인 휴대전화를 집어 들었다.

도저히 믿을 수 없는 일이었다. 그 순간 스벤은 이번에 야말로 심장이 정말 멈추는 것이 아닌가 생각했다. 메시지가 와 있었다. 클라라가 보낸 문자가 와 있었다!

스벤을 짓누르고 있던 거대한 콘크리트 덩어리가 떨어져 나간 기분이었다. 클라라가 그에게 연락을 한 것이다. 이것이 현실인지 채 제대로 인식하기도 전에, 스벤은 만면에 미소를 띠고 눈을 빛내며 메시지를 읽기 시작했다.

친애하는 당신에게. 당신의 용기와 솔직함 그리고 인내심에

고맙다는 말을 하고 싶어. 후반 작업을 위해서 인터뷰 약속을

잡으면 어떨까? 사샤가.

스벤은 모든 글자와 빈 칸의 숫자를 세었다. 80자였다. 클라라는 모든 글자 하나마다 고민을 눌러 담았을 것이다. 스벤은 곧장 답장을 작성했다.

엘베 강을 따라 긴 산책을 하면서 대화를 나누는 건 어떨까요?

대신 복잡한 질문 없이, 서로 홀가분하게 답변만 하는 걸로

스벤.

1분도 채 지나지 않아 답장이 도착했다.

좋은 생각이야. 내일 15시 정각(!)에 함부르크항
케르비더슈피체 건물 앞에서 기다릴게요

클라라

엘브교 위를 지나던 클라라의 머릿속에 작은 종이배가 떠올랐다. 클라라의 생각대로라면 그 작은 종이배는 이미 오래전에 함부르크를 지나 자유로운 북해로 가는 길을 발견했을 것이다.

스벤이 엘베 강을 따라 산책하자고 제안하다니! 그건 클라라를 스벤과 연결하고 다시 원래의 삶으로 돌려놓은 인물이 실제로는 벤이었다는 사실만큼이나 기적적인 일이었다.

아직 클라라는 모든 문자 메시지는 물론이고 그녀가 겪은 '통신 장애'에 대해 누구에게도 알리지 않았다. 말해봐야 아무도 믿어주지 않을 거라는 생각이 들었다. 하지만 그건 중요하지 않았다. 중요한 건 그녀가 지금 무엇을 믿느냐였다.

지금 클라라가 믿는 건 무엇보다도 어이없지만 그녀가 늦게 도착할 거라는 사실이었다. 클라라가 지각하기로 한 이유는 스벤에게 작은 복수를 하기 위해서가 아니라 오히려 전략적으로 스스로를 불리하게 만들어 관계 회복을 꾀하는 작전을 세웠기 때문이다. 원래는 란둥스브뤼케에 있는 벤치에 태연하게 앉아 스벤이 그녀를 찾아 두리번거리며 다가오는 모습을 관찰하고 싶었다. 그랬다면 조금 떨어진 위치에서부터 안심하고 스벤을 바라볼 수 있었을 것이다. 스벤이 이미 여러 차례 자신의 '베스트 프렌드'라고 소개한 자전거에 자물쇠를 채우는 모습. 스벤이 엉클어진 머리카락을 손가락으로 정돈하는 모습. 클라라는 그의 걸음걸이가 어땠는지도 꼭 다시 관찰하고 싶었다. 그의 걸음걸이가 도저히 떠오르지 않았다. 두 사람이 역에서 처음 만나 나란히 서서 걷고 팔짱을 끼고 그녀의 집까지 향했던 이후로는 말이다.

그런데 벌써 시간은 약속시간까지 5분을 남겨두고 있었고, 이대로라면 약속장소에 제 시간에 도착하기가 어차피 불가능했다. 가능하면 빨간 신호등에 걸리지 않으려고 자유항과 하펜시티를 통과하는 길을 택했음에도 약속시간에서 10분이나 지나서야 케르비더슈피체 부근에 도착했다.

아주 좁은 주차 공간에 자동차를 겨우 대기 위해 여러 번 운전대를 비틀었다. 혹시라도 스벤이 그녀를 차가 있는 곳까지 바래다주거나 같이 차에 올라타기라도 한다면 스벤의 앞에서 얼굴을 붉히고 싶지 않았다.

클라라는 서두르는 걸음으로 표면이 반짝이는 물가로 다가갔다. 햇볕이 내리쬐었고 항구에서 만나기로 약속한 사람이 클라라와 스벤만은 아닌 모양이었다. 스벤은 함부르크에 사니 홈그라운드의 이점으로 일찍 와서 지금쯤 벤치에 앉아 상대방을 기다리는 사람들 사이에 섞여 있을 것이다. 클라라가 아무리 스벤을 찾아보려고 눈을 부릅떠도 그의 모습은 보이지 않았다.

클라라는 불안한 마음으로 다시 한 번 자신의 옷차림새를 내려다보고 혀로 이를 훑어 혹시라도 웃다가 이에 묻은 립스틱이 보이지 않도록 했다. 마음 같아서는 당장 자동차로 다시 되돌아가 글러브 박스에 보관해둔 구취제거제라도 사용하고 싶었다.

연신 주변을 두리번거렸지만 10분이 지나도 스벤의 모습이 보이지 않자 클라라는 노파심에 다시 휴대전화를 살펴보았다. 어쩌면 스벤이 늦는다는 메시지를 보냈을지도 모른다. 휴대전화를 보자마자 '스벤'이라는 이름이 뜨며 전화가 걸려왔다.

처음에는 망설였지만 용기를 내 벤의 이름을 스벤으로 바꿔 저장해둬서 다행이라는 생각이 들었다.

"어디예요?"

클라라가 열심히 고개를 움직이며 물었다.

"오늘 입은 블라우스 예쁘네."

스벤이 승리를 확신하는 듯 자신감 있는 목소리로 말했다.

"이럴 수가. 대체 어디 숨었어요?"

"당신이 그저께랑 같은 신발을 신지 않아서 다행이야. 그 구두가 정말 섹시하긴 했지만 그렇게 높은 굽으로는 오늘 1킬로미터도 채 못 걸었을걸."

"도대체 어디에 있는 거야?"

스벤을 찾아내야 한다는 필사적인 마음이 점점 커졌다.

"난 제시간에 왔어."

"알아요. 난 늦었어. 미안해. 아무튼 나한테 벌을 주려고 이러는 거라면 당장 그만두고 빨리 나타나."

"오른쪽으로 360도 돌고 다시 왼쪽으로 180도 돌아봐."

"하하. 하나도 재미없거든."

"그냥 테스트 좀 해본 거야. 당신이 하도 주차를 못 하기에."

"이 능구렁이 같으니! 젊은 여자들 염탐하는 게 당신 취미야?"

"그럼. 상대방이 당신처럼 아름다운 사람이라면."

드디어 두 사람의 시선이 마주쳤다. 클라라는 안도의 한숨을 쉬고 맞은편 길에 선 스벤에게 눈길을 보냈다. 그는 클라라가 차를 주차한 위치에서 바로 정면에 서 있었는데, 조금 떨어진 곳에서 보니 클라라의 눈에도 주차 위치가 광활할 정도로 넓어 보였다.

스벤이 클라라에게 다가오는 도중 두 사람은 각자 휴대전화를 집어넣었고 드디어 얼굴을 마주했을 때는 자유로워진 양팔로 서로를 단단히, 아주 오랜 시간 동안 끌어안았다. 스벤과 맞닿은 순간 클라라는 갑자기 심장이 따뜻해지는 기분에 눈물을 꾹 눌러 참아야 했다.

두 사람은 속 깊은 대화를 나누며 엘베 강을 따라 발걸음을 옮기다가 산책이나 조깅을 하는 사람들이 드문 장소에 도달했고 스벤이 곧바로 천천히 되돌아가자고 말했다.

"오늘 나랑 다른 할 일이 있나 봐?"

웃음을 되찾은 클라라가 놀리듯이 물었다.

"그럼, 당연하지."

스벤이 차분하게 대답하며 클라라의 얼굴을 부드럽게 쓰다듬었다.

"그런데 아직도 이해가 안 가는 점이 하나 있어. 요즘에는 휴대전화 번호가 그렇게 빨리 재사용되는 거야?"

"응, 내가 직접 물어봤거든."

"그렇군요, 탐사보도 전문 기자님?"

"그럼요. 그런데 아직 내가 밝히지 않은 사실이 있어."

클라라가 의문이 담긴 표정으로 스벤을 바라보았다.

"그러니까, 설명하자면 꽤 이상한 일인데. 원래는 계약이 끝난 휴대전화 번호가 빨라도 6개월 정도는 재사용이 금지됐다가 다시 사용될 수 있대. 그러니까 결국은 기술적인 오류가 우리 둘을 만나게 한 거지."

"어쨌든 다행스러운 우연 아냐?"

클라라가 낮게 속삭이며 꿈꾸는 듯한 표정으로 강물 위를 내려다보았다. 심호흡을 했다. 오늘 클라라는 스벤과 시간을 보내면서 내면의 심연에서부터 끄집어내야만 했던 고민과 생각들에서 드디어 벗어났고, 만족스러운 미소와 함께 자신감에 찬 목소리로 다음 말을 이을 용기를 낼 수 있었다.

"누가 알겠어? 어쩌면 이게 전부 우연이 아니었을지도 모른다는 걸 말이야."

메시지가 왔습니다

초판 1쇄 인쇄 2023년 3월 15일
초판 1쇄 발행 2023년 3월 27일

지은이 조피 크라머
옮긴이 강민경
펴낸이 유정연

이사 김귀분
책임편집 신성식 **기획편집** 조현주 유리슬아 이가람 서옥수 황서연 **디자인** 안수진 기경란 디자인봄
마케팅 이승헌 반지영 박중혁 하유정 **제작** 임정호 **경영지원** 박소영

펴낸곳 흐름출판 **출판등록** 제313-2003-199호(2003년 5월 28일)
주소 서울시 마포구 월드컵북로5길 48-9(서교동)
전화 (02)325-4944 **팩스** (02)325-4945 **이메일** book@hbooks.co.kr
홈페이지 http://www.hbooks.co.kr **블로그** blog.naver.com/nextwave7
출력·인쇄·제본 상지사 **용지** 월드페이퍼(주) **후가공** (주)이지앤비(특허 제10-1081185호)

ISBN 978-89-6596-566-4 03850

살아가는 힘이 되는 책 흐름출판은 막히지 않고 두루 소통하는 삶의 이치를 책 속에 담겠습니다.